「ハリー・ポッター」Vol.3 が英語で楽しく読める本

クリストファー・ベルトン

渡辺順子・訳

はじめに

　「ハリー・ポッター」のすばらしい世界へ、ふたたびようこそ！この第3巻 *Harry Potter and the Prisoner of Azkaban* では、思いがけない展開にびっくりさせられたり、読者をまどわそうとする作者の意図にまんまとひっかかってしまったりすることでしょう。それと同時に、これまでの巻でお馴染みの登場人物たちとも再会できます。また、新しい人物も登場し、忘れがたい印象を残すことになるでしょう。初めて登場する人物の中には、これから先の巻にも登場する人物がいます。そしてこの巻は、彼らのことをよく知る機会を与えてくれるはずです。

　もしも今回初めて英語で「ハリー・ポッター」シリーズを読もうとしているのなら、あなたは大いなる冒険に乗りだすことになります。作者J.K.Rowlingは物語をおもしろくするために、物語の筋そのものだけでなく、登場人物や魔法の道具の名前のつけかた、ユニークな文章スタイルに至るまで、あらゆる点で工夫を凝らしています。

　一方、あなたが、もしもすでに英語でこれまでの2冊を読み終え、これから第3巻に挑戦しようとしているのなら、これがいったいどんな本なのか、ある程度は想像がつくはずですね。*Prisoner of*

*Azkaban*は第1巻や第2巻よりやや長く、筋が入り組んでいるという点で、これまでより読むのがたいへんかもしれません。
　各巻の総語数を見ると、*Harry Potter and the Philosopher's Stone*は約75,000語。これは10歳から15歳ぐらいの児童の読み物として平均的な長さです。*Harry Potter and the Chamber of Secrets*は約88,500語で、大人のミステリ小説ぐらいの長さ。そしてこの*Harry Potter and the Prisoner of Azkaban*は約111,500語。これは、かなり入り組んだ筋の、大人向きのサスペンス・スリラーほどの長さと言えるでしょう。
　しかし、気落ちすることはありません。長ければそれだけおもしろさも増すはずですし、筋運びの巧みさは、あなたをすっかり夢中にさせるでしょう。J.K.Rowlingがこの本を丹精こめて書きあげたことはまちがいなく、緻密に仕組まれた息をのむようなどんでん返しに、その成果が表れています。わたしはこの『「ハリー・ポッター」が英語で楽しく読める本』シリーズの執筆にあたって、たくさんの「ハリー・ポッター」ファンと話す機会を得ましたが、彼らの多くが、いちばん好きな巻として*Prisoner of Azkaban*をあげています。この巻では登場人物がこれまで以上に生き生きと描かれていますし、いくつものプロットが最後に見事に結びあわされるさまは、まさに

サスペンス・スリラーと呼んでもいいほどです。

　本の長さは長いものの、使われている語彙の種類が増えたわけではありません。つまり、これまでの2冊を読み終えた人は、語彙の点ではなんの問題もなくこの本を読みとおせるはずです。たとえば、この本の中で最も頻繁に使われている上位10語は次のとおりです。

　the（5,094回）、be（3,279回）、and（2,697回）、to（2,628回）、a（2,422回）、he（2,096回）、of（2,071回）、Harry（2,047回）、say（1,591回）、his（1,493回）

　これだけで計25,418語になりますから、この10語を知っているだけで、本全体の約23％が理解できることになるのです。これを聞いて、励まされたのでは？

　これまで『「ハリー・ポッター」が英語で楽しく読める本』シリーズをお読みくださった方々から寄せられた感想によると、その多くが、「ハリー・ポッター」シリーズを英語で読むことによって、英語力が飛躍的に伸びたと感じているようです。そして、英語に磨きをかけるためにこのシリーズを購入したという読者がほとんどです。

　このシリーズは、「ハリー・ポッター」のすばらしい世界を楽しむ手引きとなることを第一の目的としていますが、今回は初めて、英

語の日常会話に役立つ例文を巻末に集めてみました。「ハリー・ポッター」シリーズは、実際に使える英語の宝庫です。わたしと訳者と長沼先生、そして、コスモピアのスタッフは、「ハリー・ポッター」の世界の隠れた意味やニュアンスを紹介するために、労力と時間を注ぎこんできましたが、そのシリーズが読者の方々の英語学習の一助にもなっていると知ったことは、わたしにとって非常に大きな喜びです。

　皆さんが*Harry Potter and the Prisoner of Azkaban*を楽しく読まれることを、心から願っております。

　Enjoy, and good luck...!

クリストファー・ベルトン
Christopher Belton
2004年3月

CONTENTS

はじめに ——————————————————————— 2
原書を読む方へのアドバイスとJ.K.ローリングの文章作法 ——— 8
読む前に知っておきたい必須語彙 ————————————— 16
本書の構成と使い方 ————————————————————— 20
参考資料 —————————————————————————— 22

「ハリー・ポッター」Vol.3
Harry Potter and the Prisoner of Azkaban を
1章から22章まで読み通す

第1章について　**Chapter 1　Owl Post** ——————— 24
……生まれて初めてうれしいと思った誕生日

第2章について　**Chapter 2　Aunt Marge's Big Mistake** ——— 34
……空中に球体が舞い上がる……

第3章について　**Chapter 3　The Knight Bus** ——————— 42
……変な一夜

第4章について　**Chapter 4　The Leaky Cauldron** ——————— 50
……再会

第5章について　**Chapter 5　The Dementor** ——————— 60
……新しい「闇の魔術に対する防衛術」の先生登場！

第6章について　**Chapter 6　Talons and Tea Leaves** ——————— 69
……新学年の授業が始まって……

第7章について　**Chapter 7　The Boggart in the Wardrobe** — 78
……ネビルが世界で一番恐いもの

第8章について　**Chapter 8　Flight of the Fat Lady** ——————— 83
……最低のハロウィーンの日に

第9章について　**Chapter 9　Grim Defeat** ——————— 93
……初めての敗北

第10章について　**Chapter 10　The Marauder's Map** ——————— 99
……英雄と裏切り者の殺人鬼

第11章について　**Chapter 11　The Firebolt** ——————— 109
……ハグリッドの災難とハリーに贈られたクリスマス・プレゼント

第12章について　Chapter 12　The Patronus ──────── 116
……ルーピン先生とブラック、そして消えたスキャバーズ

第13章について　Chapter 13　Gryffindor versus Ravenclaw ── 121
……侵入者

第14章について　Chapter 14　Snape's Grudge ──────── 127
……スネイプ先生が抱く深い恨みの理由とは？

第15章について　Chapter 15　The Quidditch Final ─────── 132
……小さな金色のボールは誰の手に？

第16章について　Chapter 16　Professor Trelawney's Prediction ── 137
……戻ってきたスキャバーズ

第17章について　Chapter 17　Cat, Rat and Dog ──────── 142
……暴れ柳の木の下で

第18章について　Chapter 18　Moony, Wormtail, Padfoot and Prongs ── 145
……4人の親友

第19章について　Chapter 19　The Servant of Lord Voldemort ── 149
……現れた旧友

第20章について　Chapter 20　The Dementor's Kiss ─────── 153
……逃げ去ったネズミ

第21章について　Chapter 21　Hermione's Secret ──────── 157
……3回ひっくり返す？！

第22章について　Chapter 22　Owl Post Again ──────── 161
……名付け親からの手紙

コラム：What's More

1　紋章 <33>
2　ペンドルの魔女 <41>
3　ライミング・スラング <49>
4　魔法の道具(1) <59>
5　呪い(1)ツタンカーメンの呪い <68>
6　占い(1) <77>
7　魔法の道具(2) <82>
8　呪い(2)ローランド・ジェンクスの呪い <92>
9　占い(2) <98>
10　妖精 <108>
11　クリスマス・ディナー <115>
12　呪い(3)ピスキーの井戸の呪い <120>
13　死の婉曲表現 <126>
14　イギリス英語とアメリカ英語 <131>
15　英語のトリビア <136>
16　大イカ <141>
17　猫 <144>
18　ネズミ <148>
19　犬 <152>
20　マーメイド・インの幽霊 <156>
21　2階建てバス <160>
22　おわりに <164>

<巻末資料>
なまり＜スタン＆アーニーとハグリッド＞ ──────── 166
日常生活で使える例文集 ──────────────── 174
Harry Potter and the Prisoner of Azkaban の語彙分析資料　長沼君主 ── 182
INDEX ─────────────────────── 190

原書を読む方へのアドバイスと J.K.ローリングの文章作法

　この章では、*Harry Potter and the Prisoner of Azkaban* の読み方についてのアドバイスと、J.K.Rowling が用いている文章の書き方の決まりを記しました。以下は『「ハリー・ポッター」が英語で楽しく読める本』ですでに書いたことの概要ではありますが、ここでもう一度、英語の本（とくに「ハリー・ポッター」シリーズ）がどのような約束事に基づいて書かれているのかを確認しておく必要があると思いますので再録します。

1. 原書を読む方へのアドバイス

　語彙力を高めるのはとてもたいへんで、時間も努力も必要です。本を最初から最後まで読み通すだけの語彙を即座に身につける方法は、残念ながらありません。しかし、その過程をより楽しくするテクニックならあります。そのヒントを以下にあげてみました。

1. 知らない単語をいちいち辞書で調べないこと

　知らない単語が出てくるたびに辞書で調べていたら、最初の1章も読み終わらないうちに挫折してしまうにちがいありません。物語がたびたび中断されておもしろさが半減してしまうだけでなく、3ページ目を読むころには、1ページ目で調べた単語をもう忘れてしまっているのに気づくはずです。こんな読み方をしていると、すぐに退屈してしまいます。そして物語への興味を失ったとなれば、本を投げ出すのも時間の問題でしょう。

2. 前後の文から単語の意味をつかむこと

　知らない単語なのに、文脈から意味が自然にわかることがよくあ

ります。手元にノートを置いて知らない単語を書きとめ、その脇に、意味を推測して書いてみてはいかがでしょう。あとでまたその単語が出てきたときにメモを見直し、必要があればいつでも修正や追加をしてください。

3. 推測していた単語の意味に確信が持てたら、そのとき初めて辞書を引くこと

　知らない単語の多くは、本全体の中で1、2回しか出てきません。そんな単語を辞書で調べても、物語全体の理解にはそれほど役立ちません。けれども、中には繰り返し出てくる単語があります。何度も見かけるうちに、その意味を確信できるようになったら、そのときに初めて辞書を引き、意味を確かめてみることをすすめします。

4. 個々の単語にとらわれず、物語全体の流れをつかむこと

　本とは、読者の心の中に一連のイメージを再現してくれるもの。ひとつの単語の意味が、そうしたイメージを大きく左右してしまうことはありません。もしもあるイメージがたったひとつの単語に依存していると考えるなら、その単語の意味を調べてみるとよいでしょう。しかし一般に、ひとつの単語の意味を知ったところで、文全体あるいは物語全体の理解にはそれほど変わりがないと気づくはずです。

　「ハリー・ポッター」シリーズは子どものために書かれた読み物なので、物語を追っていくのはそれほど難しくないはずです。実際、本の中で使われている単語の80％は、中学・高校レベル。つまり、辞書なしでもほとんど理解できるということです。しかし現実には、学校で習った単語をすべて憶えているわけではないでしょうから、最初のうちはなかなか先に進まないかもしれません。けれども、読みはじめるとともに単語を思い出し、ページが進むにつれて理解度も増していくことに気づかれるでしょう。大切なのはあきらめない

こと。多少つらくても、読みつづけることです。そうすれば、決して後悔することはありません。

2. 文章の書き方の決まり

　*Harry Potter and the Prisoner of Azkaban*の文章に用いられている書き方の決まりは以下のとおり。

①*Harry Potter and the Prisoner of Azkaban*は三人称で書かれています。つまり、作者は物語の登場人物のひとりではありません。そのため、作者はより広い視野で、物語を客観的に描くことができます。もしも一人称で書かれていたら、視野は限定されてしまっていたでしょう。

②地の文は過去形で書かれています。

③文体はどちらかといえば快活で会話的。そのため、ただ物語が述べられているというより、読者は作者から直接、語りかけられているような感じを受けるでしょう。その例をいくつかあげてみます。

　[例] But how on earth was he going to persuade Uncle Vernon or Aunt Petunia to sign the form? [Chap.1]
　　　しかし、バーノンおじさんやペチュニアおばさんにいったいどう言ったら署名してもらえるっていうんだ？［邦訳*p*.21］

　　＊以下、邦訳は『ハリー・ポッターとアズカバンの囚人』（松岡佑子訳、静山社刊）から引用しています。説明の都合上、新たに訳をつけたものは＊で記します。

　これは、実際にはハリーが心の中で自問したことです。しかし、まるで読者が問いかけられているかのような書き方でもあります。物語はこうして読者をいっそう引きこんでいきます。登場人物のせりふ以外の疑問文を、さらにいくつかあげてみましょう。

　[例] What was going to happen to him? [Chap.3]
　　　いったいどうなるんだろう？［邦訳*p*.44］

[例] Was inflating Aunt Marge bad enough to land him in Azkaban? [Chap.3]

マージおばさんを膨らませたのは、アズカバンに引っ張られるほど悪いことだろうか？ [邦訳p.55]

④時には論理的でない表現もあります。そんなときは厳密な意味にこだわるのではなく、かもしだされるイメージを大切にしましょう。

[例] Harry had no room in his head to worry about anything [Chap.9]

＊ハリーの頭の中には、ほかの心配事を入れる余地がなかった

[例] They walked out onto the pitch to a tidal wave of noise [Chap.15]

＊彼らは歓声の怒涛の中を、フィールドに出ていった

[例] Even the weather seemed to be celebrating [Chpt.16]

天気さえも祝ってくれているようだった [邦訳p.408]

　上記のことをしっかりと心にとめ、個々の単語の教科書どおりの意味ではなく、文章からイメージをとらえるように心がけるならば、だんだん容易に読めるようになっていくはずです。記述全体を理解する鍵は、ひとつひとつの単語の中にあるのではなく、単語の組み合わせの中にあるのです。そして、こうした単語の組み合わせを文法的に分析するのではなく、それをもとに、あなたの想像力で生き生きとした絵を描きだすようにしましょう。

　J.K.Rowlingは、読者の心の中にイメージを呼び起こす文章の達人です。木（単語）を見て森（文章）を見ない読み方をしてしまっては、物語全体の美しさを味わえないし、Rowlingさんに申し訳ないですよね。

3. せりふの書き方と特徴

　英語のせりふを読むには、いくつか知っておかねばならないこと

があります。以下に、その基本的な約束事をあげてみました。

①すべてのせりふは一対の引用符（' '）で囲まれています。

[例] 'Vernon Dursley speaking.' [Chap.1]
「もしもし、バーノン・ダーズリーだが」［邦訳p.8］

②コンマ（,）でせりふが終わったあとに続く文は、せりふの話された状況を示しています。感嘆符（!）や疑問符（?）で終わり、次の語が小文字で始まる場合も同様です。

[例] 'Excellent,' said Aunt Marge [Chap.2]
「そうこなくちゃ」マージおばさんが言った［邦訳p.34］

[例] 'They didn't die in a car crash!' said Harry [Chap.2]
「自動車事故で死んだんじゃない！」ハリーは言った［邦訳p.40］

[例] 'What were you doin' down there?' said Stan [Chap.3]
「そんなとこですっころがって、いってぇなにしてた？」スタンは言った［せりふは邦訳p.46］

③せりふの直前にある文がコンマで終わっている場合、その文はせりふの話される状況を示しています。

[例] ...as though he and Harry had never met and said, 'Harry. How nice to see you.' [Chap.4]
（パーシーは、）まるでハリーとは初対面でもあるかのようにまじめくさって挨拶した。「ハリー、お目にかかれてまことにうれしい」［邦訳p.81］

④せりふの段落の終わりに閉じる引用符（'）がない場合、同じ話し手のせりふが次の段落に続いていることを示します。この場合、次の段落は引用符（'）から始まります。

[例] '...I am able to curl up in my office, a harmless wolf, and wait for the moon to wane again.
　　'Before the Wolfbane Potion was discovered, however...'
[Chap.18]
「自分の事務所で丸まっているだけの、無害な狼でいられる。そしてふたたび月が欠けはじめるのを待つ」

「トリカブト系の脱狼薬が開発されるまでは、……」[邦訳p.456]

⑤せりふ自体は、過去形で話されることもあれば、現在形や未来形で話されることもありますが、その話された状況を表す動詞は常に過去形です。

[例] 'Arthur, the truth <u>would</u> terrify him!' <u>said</u> Mrs Weasley shrilly [Chap.4]
「アーサー、ほんとのことを言ったら、あの子は怖がるだけです！」ウィーズリー夫人が激しく言い返した [邦訳p.86]

⑥せりふには話し手の話し方の特徴が反映されますから、必ずしも文法的に正しいとは限りません。文から最初の1、2語が抜け落ちていることもあります。以下はその例と、それを文法的に正しく書き直したものです。

[例] 'Wonder what he teaches?' [Chap.5]
　→ '<u>I</u> wonder what he teaches?'
「いったい何を教えるんだろう？」[邦訳p.99]

[例] 'Thinking of trying to catch Black single-handed, Potter?' [Chap.7]
　→ '<u>Are you</u> thinking of trying to catch Black single-handed, Potter?'
「ポッター、一人でブラックを捕まえようって思ってるのか？」[邦訳p.167]

⑦「……は言った」を意味する動詞とコンマ（あるいは動詞＋副詞＋コンマ）のあとに文が続くときは、話し手の行動について説明を加えています。

[例] 'We're not playing Slytherin!' he told them, <u>looking very angry</u> [Chap.9]
「対戦相手はスリザリンではない！」ウッドはカンカンになってチームにそう伝えた [邦訳p.219]

[例] 'What happened?' he said, <u>sitting up so suddenly they all gasped</u> [Chap.9]

「どうなったの？」ハリーがあまりに勢いよく起き上がったので、みんなが息を呑んだ [邦訳*p*.233]

⑧イタリック体（斜字体）で書かれた語は、話し手がその語を強調していることを示します。

[例] '...did you say it goes *anywhere*?' [Chap.3]
「どこにでも行くって、君、そう言った？」[邦訳*p*.48]

[例] '...and a *private* parlour, please, Tom' [Chap.3]
「それと、トム、**個室**を頼む」[邦訳*p*.58]

また、英語以外の語（「ハリー・ポッター」シリーズの場合、そのほとんどは呪文）と本や新聞のタイトルも、イタリック体で書かれていることを覚えておいてください。

[例] '*Lumos*,' Harry muttered... [Chap.3]
＊「ルーモス、光よ」ハリーは小声で唱えた

[例] He took out his copy of *The Monster Book of Monsters*, which he had bound shut with a length of rope [Chap.6]
マルフォイは『**怪物的な怪物の本**』を取り出したが、紐でぐるぐる巻きに縛ってあった [邦訳*p*.149]

[例] The *Daily Prophet*'s going to have a field day! [Chap.22]
「**日刊予言者新聞**」はお祭り騒ぎだろうよ！ [邦訳*p*.549]

⑨すべて大文字で書かれている語は、話し手が大声で叫んでいることを示します。

[例] 'LOOK!' he bellowed... [Chap.12]
＊「見ろ！」ロンが大声で言った

[例] 'KEEP QUIET, YOU STUPID GIRL!' Snape shouted... [Chap.19]
＊「黙れ、このバカ娘！」スネイプが叫んだ

⑩引用符（' '）に囲まれたせりふの中に、二重引用符（" "）に囲まれた語や文がある場合、誰か別の人が話したことや、どこか別のところに書かれたことを、話し手がそのまま引用していることを示します。

[例] 'Don't you say "yes" in that ungrateful tone,' Aunt Marge growled [Chap.2]

「なんだい、その『はい』は。そんな恩知らずなものの言い方をするんじゃない」マージおばさんが唸るように言った [邦訳p.33]

[例] 'The sixteenth of October! "That thing you're dreading, it will happen on the sixteenth of October!" Remember?...' [Chap.8]

「十月十六日よ！『あなたの恐れていることは、十月十六日に起こりますよ！』覚えてる？……」[邦訳p.194]

読む前に知っておきたい必須語彙

　「ハリー・ポッター」シリーズには頻繁に出てくる単語があり、その意味を理解しなければ、物語の楽しみが十分に味わえなくなってしまいます。ここでは、*Harry Potter and the Prisoner of Azkaban* を理解するうえで欠くことのできない、重要な単語をまとめてみました。ここに載せた単語はそれほど多くないので、最初にすべて覚えてしまってもいいでしょうし、本を読みながらその都度、参照してもいいでしょう。

bewitch　bewitched という受身形で、charm、curse、enchantment をかけられた状態を示す動詞。spell と同様、それが「よい」呪文か「悪い」呪文かにはかかわりなく使えます。

cauldron　火にかけて調理をしたり、魔法薬を煮詰めたりするのに使われる大きな鍋。素材は真鍮、錫、金、銀、銅など、さまざまです。現在ではめったに見られなくなりましたが、スーパーマーケットも自家用車も冷蔵庫もなかった数百年前、田舎の日常生活には欠かせない炊事道具でした。時間がたつと腐ってしまう肉や野菜も、cauldron に入れてぐつぐつ煮こみ、スープやシチューにしておけば、日持ちがするというわけです。しかし時代の流れとともに、cauldron は実用品というより、魔女を連想させる道具と考えられるようになりました。子どもたちはよく、cauldron をかき混ぜている魔女たちの絵を描きます。

charm　「よい」呪文（"good" spell）。charm をかけられる人にとっては、役に立つ場合もあれば、あまりありがたくないいたずらの場合もありますが、どちらにしろ、相手に危害を加える悪意のある呪文ではありません。

cloak　肩をおおってあごの下で結び合わせる「マント」のこと。魔女や魔法使いの多くは、cloak をはおっています。

curse　「悪い」呪文（"bad" spell）。相手を呪い、傷つけたり殺したりする目的で使われます。

Diagon Alley　ホグワーツの生徒が新学期に備えて教科書や学用品を買いに行く場所。入り口はロンドンのパブ「The Leaky Caudron（漏れ鍋）」にあり、そこの裏庭にあるゴミ箱の上の、左から三番目のレンガをコツコツ叩くとDiagon Alleyへの道が開かれます。普通の速さで"Diagon Alley"と言ってみてください。Diagonally（「対角線上に」という意味）と聞こえますね。Diagon Alleyの世界がマグルの世界と対角線上にあるという意味なのです。私たちの世界と平行線上にある世界はSF小説の中では頻繁に描かれています。このようにparallelに対してdiagonalがあるというのは論理にかなっていることになります。魔法界がマグルの世界とparallel（平行）に存在するとするなら、接点のないままに存在するだけですが、このふたつの世界は対角線上で私たちの世界と交わることができるのです。

enchantment　呪文の中でも最良のもの。人であれ、ものであれ、場所であれ、対象をよりよいものに変えます。enchantmentをかけられたものは、神々しいほどの魔法の美に輝きます。たとえば、ホグワーツの大広間の天井では、黒いビロードを背景に星がまたたいていますが、これはenchantmentによるものでしょう。

hex　spellの同義語。「よい」呪文、「悪い」呪文、両方に使われます。動詞としても使われます。

incantation　魔法をかけるときに実際に唱える呪文の言葉。単語だけのものもあれば、フレーズになるものもあります。たとえば、Dementor（吸魂鬼）から身を守るPatronus Charm（守護霊呪文）をかけるときのincantationは*expecto patronum*です。

Invisibility Cloak　亡き父、ジェームズがハリーに残してくれたマント。銀色の布製で、これで全身をすっぽりと覆うと他の人からはすっかり見えなくなってしまいます。

jinx　hex、spellと同義語。「よい」呪文、「悪い」呪文どちらにも使えますが、悪意のある場合やいたずらをする場合に使われることが多いようです。また、jinxは動詞としても使われ、受身形jinxedは「呪文をかけられた」という意味。

Muggle　魔法使いの血が混じっていない人間を指す魔法界の用語。つまり、あなたやわたしのような普通の人のことです。

parchment　紙がまだ発明されていなかった頃に使われていた、羊の皮をなめして作ったシート。薄く柔らかなシートにはさまざまな出来事が記されていました。紙が発明されても、parchmentという言葉には、すでに「書き記すためのもの」という意味が浸透していましたので、今でもバラバラのまま綴じられていない文書をparchmentといいます。現代の人々がparchmentという言葉から思い浮かべるのは、厚手のざらざらした手触りの紙に書かれた古い文書というイメージでしょう。古めかしいものは想像をかきたてますし、現代の書類よりも重要なことが書かれているような感じがしますね。

potion　さまざまな原料を混ぜあわせた液体で、「薬」や「魔法薬」として使われます。

prefect　public schoolでは、校長によって選ばれたprefect（監督生）と呼ばれる生徒たちが、学校の風紀を維持するため、学内をパトロールします。他の生徒たちに権威を示すため、prefectは、襟につける小さなバッジを与えられます。

quill　羽根ペン（昔のペン）。鳥の羽根の軸にインクをつけて文字を書きます。

robe　通常、儀式などで使われる長い外衣（ローブ）。ホグワーツ魔法魔術学校に到着した生徒たちは、Sorting Hat（組分け帽子）の儀式に出席するにあたって、robeの着用を義務づけられています。

spell 呪文の目的の善し悪しを問わず、charm、curse、enchantmentを含む呪文全体について用いられる語。そのため、呪文全般に関する本のタイトルに使われています。たとえば、呪文学の授業では*The Standard Book of Spells*（『基本呪文集』）という教科書を使っていますが、もしもこれが*The Standard Book of Charms*というタイトルだとしたら、この教科書には「よい」呪文しか載っていないことになり、「悪い」呪文については別の教科書が必要になってしまいます。

wand 魔女や魔法使いは、魔法の呪文をかけるときにwand（杖）を使います。ふつうは木製で、さまざまな木が用いられます。

warlock 黒魔術を行う男の魔法使い。

witch 魔法を使うことができ、魔法に関するさまざまなことを行う女性（魔女）。

witchcraft 魔女の使う魔法、魔術。

wizard 魔法を使うことができ、魔法に関するさまざまなことを行う男性（魔法使い）。

wizardry 魔法使い（男性）の使う魔法、魔術。

本書の構成と使い方

　本書は、さまざまな読み方に対応できるように構成しました。必須語彙の章と英文の記述規則の章、そして *Harry Potter and the Prisoner of Azkaban* の全章に対応する22章に分かれています。その各章は次の構成です。

◆この章の中で使われている語彙のデータ
- 語数……この章の総語数
- 会話の占める比率……この章の総語数に対する会話の語数と比率
- CP語彙レベル1, 2　カバー率……CP語彙レベルはコスモピアが作成した語彙リスト。中学生、高校1、2年生くらいまでに学習する基本的な語彙の数がこの章の総語数の中に占める比率
- 固有名詞の比率……この章の総語数に対する固有名詞の比率

原書の章題です。

日本語の見出しです。

◆章題
　タイトルに秘められたその章の内容について解説するパートです。

◆章の展開
　物語の筋立てからはずれないように、特に注意すべきことを取り上げます。全体的なストーリー展開にとって核心ではない描写や叙述部分は飛ばし読み、流し読みをしようとする人に役立つと思います。また一般の読者が、その章において重要な部分に注目する助けになるでしょう。

◆登場人物
　その章で初めて登場する人はすべて紹介しています。
　固有名詞のあとの［　］の中のカタカナは、英語での読み方の参考です。

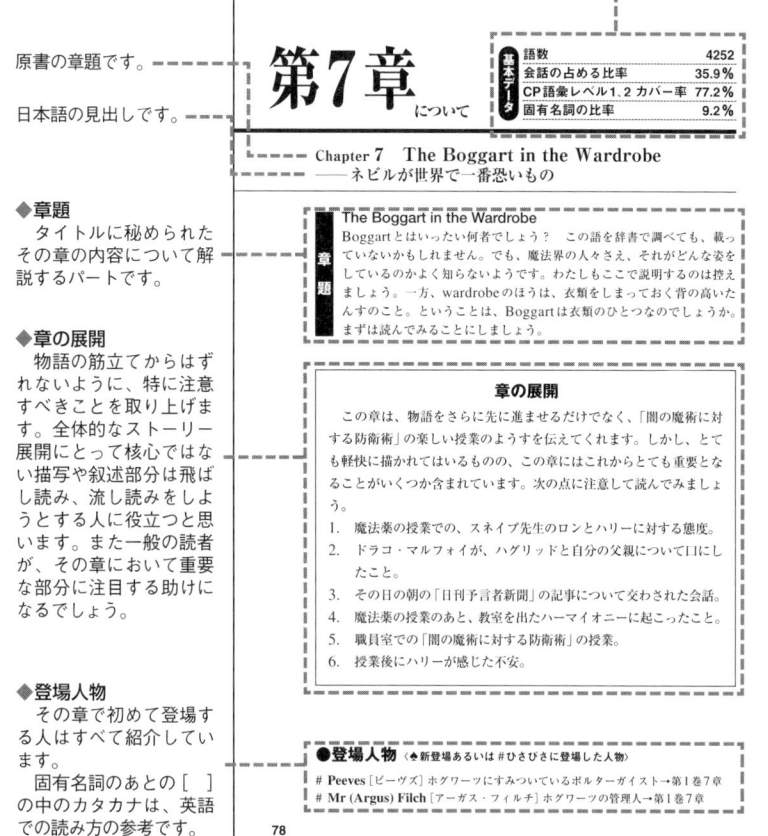

さらに詳しい説明が書かれ
ているページを指します。

◆語彙リスト
　「ハリー・ポッター」シリーズは子どもから大人まで、さまざまな人に愛読される物語ですから、原書を読もうとする方もさまざまなはず。できるだけ、多くの方の便宜を図れるように考えました。
　まず、その章で物語が展開する場面ごとに分けて、読者がひっかかりそうな単語・熟語などを取り上げて解説します。Harry Potter and the Prisoner of Azkaban を英語だけで読み通そうとする人のためには同義の英語を、完全に読み解いていきたい人のためには日本語訳を紹介しました。

語彙リスト

プリベット通り4番地のハリーの寝室で
<英>p.7 ℓ.1　<米>p.1 ℓ.1

highly unusual (very strange) 非常に変わった
dead of night (very late at night) 夜中
　‣p.30
leather-bound (leather-covered) 革表紙の
propped (leaning) 立てかけた
quill (羽根ペン) ‣p.18
frowning (scowling) 眉を寄せて
Witch-Burning 魔女の火あぶりの刑
　‣p.31
Century (one hundred years) 世紀
Pointless (no meaning) 無意味な
likely-looking (potential) 役に立ちそうな
Muggles 魔法を使わない人々、人間
　　　　　　　　　　　　　　　‣p.18
medieval times 中世の時代、中世の時代
rare (uncommon) まれな、珍しい
Flame-Freezing Charm (spell to take the heat out of flames) 炎凍結の呪文　＊炎の熱を取り去る魔法のこと。
shriek (scream) 叫ぶ
no fewer than... (as many as...) ～も
disguises (camouflage) 変装、偽装
reached (stretched his arm) 腕をのばした
parchment 羊皮紙 ‣p.18
unscrewed (opened) 開けた
dipped (placed) 浸した
downtrodden (oppressed) 虐げられた
squash (squeeze) 押しつぶす
fury (anger) 怒り、憤る
terror (fear) 恐れ
Hogwarts School of Witchcraft and Wizardry (school for witches and wizards) ホグワーツ魔法魔術学校　＊魔女と魔法使いのための学校。

wand 杖 ‣p.19, 57
cauldron 大鍋 ‣p.16, 57
broomstick (= flying broomstick) 空飛ぶほうき
forbid (prohibit) 禁じる
Shrinking Potions (magical liquids that make things smaller) 縮み薬　＊ものを小さくする魔法の液体。
detention (punishment that requires schoolchildren to stay in the classroom after lessons have finished) (放課後、生徒たちに課す) 居残り、罰則
seized (grasped) つかんだ
rest of the street (neighbours)
　‣p.30
picked the lock (unlock a door with something other than a key) 鍵をこじ開けた
grabbed (grasped) つかんだ
spots (marks) しみ

友人からの電話
<英>p.8 ℓ.35　<米>p.3 ℓ.20

keen (eager) 熱心に、いっしょに
fellow wizard (colleague wizard) 友人の魔法使い
yelling (shouting) 叫ぶ
foot 約30cm
mingled (mixed) 混ざった
alarm (surprise) 驚き
roared (shouted loudly) 怒鳴った
mouthpiece (part of a telephone receiver) 受話器の送話口
bellowed (shouted) 大声を
pitch (ground) グラウンド
swivelled (swung) ぐるりと
rooted to the spot (unable to move) その場に釘付けになった
poisonous (deadly) 毒の入った
row (argument) 口論
spraying (covering) まきちらす

26

追加のワンポイント
解説です。

◆語句の説明
　見出し語は、原書の中で使われている形のまま引用しています。訳も原書の流れに沿った訳になっています。

必要に応じて、ことばや名称の詳しい解説や背景情報、イギリスおよびハリー・ポッターの魔法世界の社会文化について解説しています。「ハリー・ポッター」シリーズが、よりおもしろくなる情報です。

「語彙リスト」では説明しきれなかった語句の説明を「地の文」「せりふ」「魔法の道具」「呪文」などの項目に分けて説明しています。

物語の場所を中見出しにしています。
<英>は Bloomsbury 社発行のペーパーバック版
(ISBN 0-7475-4629-0) のページ数と行数
<米>は Scholastic 社発行のペーパーバック版
(ISBN 0-439-13636-9) のページ数と行数

▶▶ 魔法の道具

Stink Pellets [スティンク・ペレッツ]

　Stink Pellet の発想のもとは、イギリス中のジョーク・ショップで売られている Stinkbomb でしょう。Stinkbomb は、腐った卵のような嫌なにおいの液体が入った「爆弾」。とてももろいので、投げると破裂し、あたりに悪臭を漂わせるという仕掛けです。イギリスの男の子たちに Stinkbomb が大人気なのは、言うまでもありません。

Belch Powder [ベルチ・パウダー]

　belch は burp と同じく「げっぷ」のこと。あまりお行儀のいいことではありません。おそらくこの粉を食べた人は、げっぷが止まらなくなってしまうのでしょう。ホグワーツの男子生徒たちが喜ぶのはまちがいありません (そしてたぶん世界中、どこの国の男子生徒たちも)。

Whizzing Worms [ウィジング・ワームズ]

　この使いみちについては、詳しく書かれていませんが、whiz は「音をたてて飛ぶ」という意味であることから、おそらく空中を飛びまわる虫だろうと思われます。ゾンコのいたずら専門店で売られている他の品と同じように、これを買うのはもっぱらホグワーツの男子生徒たちでしょう。男の子たちは虫が大好き、女の子たちは虫が大嫌い、というのがふつうですから。

▶▶ お菓子や食べ物

Butterbeer

　ホグズミードにある居酒屋 Three Broomsticks の常連がこぞって注文する飲み物。味は root beer に似ているのではないかと思われます。飲み物の名前に butter という語が入っていると、とてもおいしそうに聞こえるでしょう。たとえば、子どもたちの好きな buttermilk (牛乳に乳酸菌などを入れて発酵させた飲み物) などがそうですね。
　beer という語が使われていても、必ずしもアルコール飲料とは限

第8章

89

21

*本書は、J.K.Rowling氏、または、ワーナー・ブラザーズのライセンスを受けて出版されたものではなく、本書著作者および出版社は、J.K.Rowling氏、または、ワーナー・ブラザーズとは何ら関係ありません。
*「ハリー・ポッター」シリーズの文章・固有名詞などの著作権は、現著作者のJ.K.Rowling氏に、日本語訳は訳者の松岡佑子氏と翻訳出版元の静山社にあります。
*本書は既出の固有名詞などの訳は松岡佑子氏の訳によっています。

参考資料

Harry Potter and the Philosopher's Stone (by J.K.Rowling)
Bloomsbury Publishing Plc, UK. 1997　ISBN: 0-7475-3274-5

Harry Potter and the Chamber of Secrets (by J.K.Rowling)
Bloomsbury Publishing Plc, UK. 1998　ISBN: 0-7475-3848-4

Harry Potter and the Prisoner of Azkaban (by J.K.Rowling)
Bloomsbury Publishing Plc, UK. 1999　ISBN: 0-7475-5099-9

Fantastic Beasts & Where to Find Them (by Newt Scamander)
Bloomsbury in association with Obscurus Books, UK. 1998
ISBN: 0-7475-3848-4

Collins Gem Latin Dictionary
HarperCollins Publishers, UK. 1996　ISBN: 0-00-470763-X

『ハリー・ポッターと賢者の石』　　松岡佑子・訳　　静山社

『ハリー・ポッターと秘密の部屋』　　松岡佑子・訳　　静山社

『ハリー・ポッターとアズカバンの囚人』　　松岡佑子・訳　　静山社

「ハリー・ポッター」Vol.3
Harry Potter and the Prisoner of Azkaban を
1章から22章まで読み通す

第1章について

基本データ	
語数	3708
会話の占める比率	2.5%
CP語彙レベル1、2 カバー率	79.9%
固有名詞の比率	7.0%

Chapter 1　Owl Post
―― 生まれて初めてうれしいと思った誕生日

章題

Owl Post
すでに「ハリー・ポッター」の世界になじんでおられる方は、郵便がふくろうによって配達されることをご存じでしょう。このタイトルはOwl Post（ふくろう便）が届いたことを示していますが、誰に何が届いたのか、それは読んでのお楽しみです。

章の展開

　冒頭からいきなり魔法界のことが描かれるのは、「ハリー・ポッター」シリーズとしては珍しいことです。しかしこの章は、いきなり読者を魔法界に引き入れます。そして、魔法界と初めて出会う読者にたくさんの情報を与えてくれる一方で、すでにこのシリーズに親しんでいる読者に対しても、退屈な繰り返しという印象を与えることなく、これまでの話をそれとなく思い出させてくれます。この章では次の点に注目してみましょう。

1. ハリーが宿題をするのに使っている道具。
2. ダーズリー家でのハリーの暮らしぶり。
3. バーノンおじさんが受けた電話。
4. ハリーの額に傷痕ができた理由。
5. ハリーの寝室にやって来た訪問者たち。
6. 彼らが届けてくれたもの。
7. Hogsmeade（ホグズミード村）の件。

●**登場人物** 〈♠新登場あるいは #ひさびさに登場した人物〉

- # **Harry Potter**［ハリー・ポッター］主人公→第1巻1章
- # **Bathilda Bagshot**［バティルダ・バッグショット］*A History of Magic* の著者→第1巻5章
- ♠ **Wendeline the Weird**［ウェンデリン・ザ・ウィード］中世の魔女
- # **Vernon Dursley (Uncle Vernon)**［ヴァーノン・ダーズリー］ハリー・ポッターの叔父→第1巻1章
- # **Petunia Dursley (Aunt Petunia)**［ペチューニア・ダーズリー］Vernon Dursleyの妻→第1巻1章
- # **Dudley Dursley**［ダドリー・ダーズリー］Vernon Dursleyの息子→第1巻1章
- # **Professor Snape (Severus)**［セヴァラス・スネイプ］ホグワーツ魔法魔術学校の魔法薬学の教師→第1巻7章
- # **Ron Weasley**［ロン・ウィーズリー］ハリーの友人でホグワーツの生徒→第1巻6章
- # **Hermione Granger**［ハーマイオニー・グレンジャー］ハリーの友人でホグワーツの生徒→第1巻6章
- # **Hedwig**［ヘッドウィッグ］ハリーのペットのふくろう→第1巻6章
- # **Lily Potter**［リリー・ポッター］ハリーの母親（Petunia Dursleyの姉）→第1巻1章
- # **James Potter**［ジェームズ・ポッター］ハリーの父親→第1巻1章
- # **Lord Voldemort**［ヴォルデモート］闇の魔法使い→第1巻1章
- # **Errol**［エロル］Weasley家のふくろう→第2巻3章
- # **Arthur Weasley**［アーサー・ウィーズリー］Ron Weasleyの父親→第2巻3章
- # **Bill (Weasley)**［ビル・ウィーズリー］Ron Weasleyの兄→第1巻6章
- # **Mrs Weasley (Molly)**［モリー・ウィーズリー］Ron Weasleyの母親→第1巻6章
- # **Scabbers**［スカッバーズ］Ron Weasleyのペットのネズミ→第1巻6章
- # **Ginny (Weasley)**［ジニー・ウィーズリー］Ron Weasleyの妹→第1巻6章
- # **Percy (Weasley)**［パーシー・ウィーズリー］Ron Weasleyの兄→第1巻6章
- # **Professor Binns**［ビンズ］ホグワーツの魔法史の教師→第1巻8章
- # **Hagrid (Rebeus)**［ルビウス・ハグリッド］ホグワーツの鍵と領地の番人→第1巻1章
- # **Professor (Minerva) McGonagall**［ミナーヴァ・マクゴナガル］ホグワーツの変身術の教師、グリフィンドールの寮監→第1巻1章

語彙リスト

プリベット通り4番地のハリーの寝室で
<英> p.7 l.1　　<米> p.1 l.1

highly unusual (very strange) 非常に変わった
dead of night (very late at night) 真夜中に ▶▶p.30
leather-bound (leather-covered) 革表紙の
propped (leaning) 立てかけて
quill 羽根ペン ▶▶p.18
frowning (scowling) 眉を寄せて
Witch-Burning 魔女の火あぶりの刑 ▶▶p.31
Century (one hundred years) 世紀
Pointless (no meaning) 無意味な
likely-looking (potential) 役に立ちそうな
Muggles (non-magic people) マグル ＊魔法使いではない普通の人々。 ▶▶p.18
medieval times (middle ages) 中世
rare (uncommon) 珍しい、まれな
Flame-Freezing Charm (spell to take the heat out of flames) 炎凍結術 ＊炎の熱を取り去る魔法のこと。
shriek (scream) 叫ぶ
no fewer than... (as many as...) ……より少なくはない、……もの
disguises (camouflage) 変装、偽装
reached (stretched his arm) 腕をのばした
parchment 羊皮紙 ▶▶p.18
unscrewed (opened) 開けた
dipped (placed) 浸した
downtrodden (oppressed) 虐げられた
squash (squeeze) 押しつぶす
fury (anger) 怒り、腹立ち
terror (fear) 恐れ
Hogwarts School of Witchcraft and Wizardry (school for witches and wizards) ホグワーツ魔法魔術学校 ＊魔女と魔法使いのための学校。

wand 杖 ▶▶p.19, 59
cauldron 大鍋 ▶▶p.16, 59
broomstick (= flying broomstick) 空飛ぶ箒
forbid (prohibit) 禁じる
Shrinking Potions (magical liquids that make things smaller) 縮み薬 ＊ものを小さくする魔法の液体。
detention (punishment that requires schoolchildren to stay in the classroom after lessons have finished) (放課後、生徒たちに課す) 居残りの罰則
seized (grasped) つかんだ
rest of the street (neighbours) ▶▶p.30
picked the lock (unlock a door with something other than a key) 鍵をこじ開けた
grabbed (grasped) つかんだ
spots (marks) しみ

友人からの電話
<英> p.8 l.35　　<米> p.3 l.20

keen (eager) 非常に……したがる
fellow wizard (colleague wizard) 友人の魔法使い
yelling (shouting) 叫ぶ
foot 約30cm
mingled (mixed) 入り混じった
alarm (surprise) 驚き
roared (shouted loudly) 怒鳴った
mouthpiece (part of a telephone receiver) 受話器の送話口
bellowed (shouted) 大声を出した
pitch (ground) 競技場、グラウンド
swivelled (swung) ぐるりと回った
rooted to the spot (unable to move) その場に根が生えたように動けなくなった
poisonous (deadly) 毒のある
row (argument) 口論
spraying (covering) まき散らしながら

spit (spittle) つば
in touch (in contact) 連絡を取って
pity (shame) 残念なこと
swearing (vowing) 誓う
racket (noise) 大騒ぎ
grunting (noise made by a pig) (豚が) ブーブーいう
enormous (huge) 巨大な
itching (scratchy) かゆい
hid (concealed) 隠した
checked (confirmed) 確かめた
luminous (glowing) 光る、夜光塗料の塗られた

午前1時
<英>p.10 l.16　<米>p.5 l.24

funny jolt (strange movement) 奇妙な動き
looked forward to (eagerly anticipated) 楽しみにして待った
ignored (pretended not to notice) 無視した
sill (shelf under a window) 窓の下枠
absent (away) 不在の
flinch (recoil) 尻込みする、ひるむ
skinny (thin) やせっぽっちの
inches 約2.5cm
jet-black (dark black) 真っ黒な
stubbornly (obstinately) 頑固に
scar (mark from an old injury) 傷痕
souvenir (reminder) 置きみやげ
curse 呪い ▶▶p.17
rebounded (returned) はね返った
Barely alive (close to death) 命からがら
fled (escaped) 逃げた

3羽の訪問者たち
<英>p.11 l.9　<米>p.6 l.29

scanned (looked at) 見渡した
soaring (flying) 舞う、飛ぶ
dangling (hanging) ぶら下がって
praise (compliments) ほめ言葉
Gazing (staring) 見つめる

absently (dreamily) ほんやりと
Silhouetted (outlined) シルエットがくっきりと浮かびあがって
lop-sided (angled) 傾いた
flapping (beating its wings) 羽ばたく
split second (instant) 瞬間
window-latch (window lock) 窓の掛け金
slam (close violently) ピシャリと閉める
bizarre (strange) 怪しげな
unconscious (insensible) 気を失った
flump (noise of hitting something soft) 軽いものがぶつかる音
keeled right over (fell over) 落ちた
motionless (without moving) 動かない
dashed (hurried) 急いで駆けた
cords (rope) 紐
bleary (tired) (目が) 疲労でかすんだ
feeble (weak) 弱々しい
hoot (noise an owl makes) (ふくろうが) ホーホー鳴く声
gulp (drink) ゴクリと飲む
snowy one (= snowy owl) 雪のように白いふくろう
affectionate (loving) 愛情をこめた
nip (peck) 軽くつつくこと
burden (load) 重い荷物
handsome (stylish) きりっとした
tawny one (= tawny owl) 森ふくろう
bearing (displaying) ……のついた
crest (coat of arms) 紋章
ruffled (shook) 逆立てた

ふくろう便の到着
<英>p.12 l.2　<米>p.8 l.4

ripped (tore) 破いた
trembling (shaking) 震える
cutting (article cut from a newspaper or magazine) 新聞の切り抜き
Daily Prophet (newspaper of the wizarding world)「日刊予言者新聞」
＊魔法界の新聞。▶▶第1巻5章

SCOOPS (wins) 勝ち取る
Misuse of Muggle Artefacts Office マグル製品不正使用取締局
Ministry of Magic 魔法省　▶▶第1巻5章
annual (yearly) 例年の、毎年恒例の
Galleon (currency of the wizarding world—a gold coin) ガリオン　＊魔法界の通貨―金貨。
Draw (lottery) くじ
curse breaker (person whose job is to break curses) 呪い破り　＊呪いに対抗する役割の職業。
Gringotts Wizarding Bank (wizarding bank, run by goblins) グリンゴッツ魔法銀行　＊ゴブリンたちが経営する魔法界の銀行。▶▶第1巻5章
currently (presently) 現在、今のところ
grin (smile) 笑い
furiously (excitedly) 思いっきり
Plump (stout) ふっくらした、丸々とした
balding (losing his hair) はげかかった
flaming (bright) 燃えるような
gangling (arms and legs too long for his body) 手足がひょろ長い

ロンからの手紙
<英>p.12　l.33　　<米>p.9　l.10

hard time (trouble) つらい時期
reckons (thinks) 思う
brilliant (wonderful) すばらしい
tombs (graves) 墓
mutant (modified) ミュータント、突然変異の
skeletons (human bones in the shape of a fleshless person) 骸骨
snapped (broken) 折れた
term (semester) 学期
get you down (depress you) 意気消沈させる、落ちこませる
Head Boy (chief school prefect) 首席
glanced (looked) 見た
smug (self-satisfied) 得意満面の、うぬぼれた

pinned (clipped) ピンでとめた
fez (Egyptian hat) エジプトや北アフリカの男性がかぶる、バケツを伏せたような形の房つき帽子
perched (placed) (高いところに) のせられた
jauntily (gaily) さっそうと
horn-rimmed glasses (tortoise-shell patterned spectacles) 角 (あるいはべっ甲) 縁の眼鏡
flashing (glinting) 輝く
spinning top 独楽
Pocket Sneakoscope 携帯用のかくれん防止器　▶▶p.31
untrustworthy (unreliable) 信用できない
rubbish (trash) がらくた

ハーマイオニーからの手紙
<英>p.14　l.6　　<米>p.11　l.3

Customs 関税局
turned up (arrived) 現れた、やって来た
owl-order ふくろう通信販売　▶▶p.32
I bet... (I'm sure...) きっと……だと思う
loads (lots) たくさん
jealous (envious) うらやましい
fascinating (extremely interesting) 非常にすばらしい
make it (be there) (目的の場所に) 来る
Hogwarts Express ホグワーツ特急　＊ロンドンからホグワーツ魔法魔術学校へ行く汽車。▶▶第1巻6章
bound (leap) 跳躍
sleek (elegant) スマートな、エレガントな
Broomstick Servicing Kit 箒磨きセット　▶▶p.31
unzipping (undoing the zip) ジッパーを開けながら
Fleetwood's High-Finish Handle Polish フリートウッズ社製高級仕上げ箒柄磨き　▶▶p.31
gleaming (well-polished) ぴかぴか輝

Tail-Twig Clippers 箒の尾ばさみ ▸▸*p.31*
Handbook of Do-It-Yourself Broomcare『自分でできる箒の手入れガイドブック』▸▸*p.31*
Quidditch (a sport of the wizarding world) クィディッチ（魔法界のスポーツ）▸▸*p.90*
picked (selected) 選ばれた
house 寮、学寮 ▸▸*p.58*
Nimbus Two Thousand (make of high-class flying broomstick) ニンバス2000 ＊高性能の空飛ぶ箒の型。▸▸第1巻5章

ハグリッドからの贈物
<英>*p.15 l.13* <米>*p.12 l.22*

scrawl (scribble) ぞんざいに書かれた文字
glimpsed (saw) 見た
leathery (leather-like) 革のような
quiver (tremble) 震え
snapped (shut its mouth loudly) 音をたてて口を閉じた
befriend (make friends with) 友だちになる
vicious (dangerous) 危険な、狂暴な
sneak (smuggle) こっそり持ちこむ
poked (jabbed with a finger) 突っついた
nervously (anxiously) 恐る恐る
strike (hit) 殴る
register (recognize) 認める、気づく
emblazoned (decorated) 飾られた
The Monster Book of Monsters 『怪物的な怪物の本』▸▸*p.32*
flipped (jumped sideways) 脇に跳んだ
scuttled (ran swiftly with short steps) せわしなく走った
weird (strange) 奇妙な
toppled (fell) ひっくり返った
clunk (noise) ガツンという音

shuffled (moved with short steps) 小さな歩幅で移動した
rapidly (swiftly) 猛スピードで
stealthily (furtively) こっそりと
flapped (moved its covers like wings) （羽などを）ぱたぱた動かした ＊この場合は、本が表紙を羽ばたかせて、ハリーのそばを飛んでいったのです。
scrambled (hurried) あわただしく動いた
flatten (push flat) 押さえつけた
clamped (gripped) 締めつけた
chest of drawers (cabinet with several layers of drawers) ひきだしのついたたんす
buckled (tightened the buckle) バックルを締めた
shuddered (trembled) 震えた
snap (bite) 噛む
Won't say no more here (= I won't say anything further here) こではこれ以上は言わない
struck (occurred to) （考えなどが）浮かんだ、（……という）気がした
ominous (strange) 不吉な、ろくでもなさそうな
broadly (widely) 大っぴらに
slit (cut) 切り開いた
King's Cross (name of a railway station in London) キングズ・クロス ＊ロンドンにある駅の名前。
permitted (allowed) 許可されて
Hogsmeade ホグズミード村 ▸▸*p.30*
enclosed (included with this letter) 同封した
permission form (letter allowing children to visit Hogsmeade) 許可証 ＊ここの場合は、子どもがホグズミード村に行くことへの同意書。
guardian (person entrusted to raise children in the absence of parents) 名付け親
entirely (completely) 完全に
set foot (been) 足を踏み入れた
persuade (convince) 説得する

第1章 について

▶▶ 地の文

dead of night

> deadなどという禍々しい語が使われてはいますが、dead of nightとは単に「真夜中」、あるいは「深夜」のこと。deadという語は、completely（完全に）、totally（すっかり）、abruptly（急に）、absolutely（まったく）を意味する副詞としてよく使われます。また、dead heat（大接戦）、dead against...（……に断固反対）、dead center（ど真ん中）などのフレーズの中でも使われます。J.K.Rowlingは「ハリー・ポッター」シリーズの中で、時折stopped dead（ぴたりと立ち止まった）という表現を用いています。

rest of the street

> streetのことを話題にしているように思えるかもしれませんが、このフレーズは、同じ通りに住む他の人々、つまりneighbours（近所の人々）を指しています。英語ではこのように、その人たちのいる環境全体に言及することによって、その人たち自身を指すことがあります。たとえば、教師は生徒のことをwhole classまたはrest of the class、会社員は同僚のことをentire companyまたはrest of the companyと呼ぶことができるのです。

▶▶ 舞台

Hogsmeade ［ホグズミード］

> ホグワーツ魔法魔術学校の最寄りの村。1612年のゴブリンの反乱では、この村の旅籠Three Broomsticks（三本の箒）がその本部となりました（*Sites of Historical Sorcery*『魔法の史跡』の中に、その記述があるということです）。また、イギリスで唯一、マグルがひとりもいない村でもあります。

▶▶ **魔法の道具**

Pocket Sneakoscope

うさん臭い人物が近くにいると、持ち主に警告を発する小さな道具。pocketは「携帯」、sneakは「こそこそする人」「密告者」、-scopeはtelescope（望遠鏡）やmicroscope（顕微鏡）など、観察や監視に用いる器具を示す接尾辞。

Broomstick Servicing Kit

このserviceはmaintenance（メンテナンス、手入れ）のこと。ハリーがハーマイオニーから誕生日のプレゼントにもらったこのセットには、箒を万全な状態に保つための道具一式が収められているのです。セットの内容は次のとおり。

● Fleetwood's High-Finish Handle Polish
箒の柄のつやを保つ磨き粉。Fleetwoodは製造会社の名前、High-Finishはつやつやに磨きあげられた表面を意味します。

● Tail-Twig Clippers
箒のtailは、柄の「尾」にあたる小枝を束ねた部分。毎日使っているうちに小枝が不揃いになってしまうので、このclippers（はさみ）で切りそろえ、空を飛ぶのに最適な状態を保ちます。

● Compass
箒の飛ぶ方角を示すコンパス。

● *Handbook of Do-It-Yourself Broomcare*
箒を最良のコンディションに保つための手入れ法を記したガイドブック。

▶▶ **情報**

Witch-Burning

魔女・魔法使いの嫌疑をかけられた人々が火あぶりにされることは、中世には珍しくありませんでした。しかし実は、火刑台で焼かれる前に命を落とした者も多かったのです。「この人は魔法を使った」と告発を受けると、罪の自白をどれほど頑強に拒んだとしても、多くの人は魔女であるか否かの判定にかけられました。それは、どち

らの結果であれ死を免れることのできない、苛酷なものでした。
　その一例は、細長い板の端にくくりつけた木製の椅子を使った判定法です。魔女の嫌疑を受けた人はこの椅子に縛りつけられ、しばらく川に沈められました。その結果もしも生き延びたら、その人は魔女であるとみなされ、火あぶりの刑に処せられました。一方、もしも溺れて死んでしまったなら、その人は無罪とされ、埋葬のために家族に遺体が返されるのでした。

owl-order

　マグルの世界にはもちろんowl-orderは存在しませんが、この語は、わたしたちもよく知っている、あるショッピングの方法をヒントにしたものです——そう、mail order（通信販売）ですね。カタログからほしいものを選んで注文すると、商品が配達されてくるシステムです。魔法界では、配達はふくろうが行っているので、owl-orderというわけです。

The Monster Book of Monsters

　これは、J.K.Rowlingならではの言葉遊びです。monsterという語はhuge（巨大な、膨大な）を意味し、たくさんの情報を網羅した実用書などのタイトルによく使われています。たとえば、クロスワード・パズルを満載した本なら*The Monster Book of Crossword Puzzles*、子ども向きのジョークがぎっしり詰まった本なら*The Monster Book of Children's Jokes*、庭の植物について網羅した本なら*The Monster Book of Garden Plants*、といった本がありそうです。この本の場合は怪物（monsters）について書かれた本なので、タイトルの中にmonsterという語が2回、それぞれ異なった意味で使われているのです。

What's More 1

紋章

　ブルームズベリー版「ハリー・ポッター」シリーズの各巻の扉には、ホグワーツのcoat of arms（紋章）が描かれています。大きなHの字を中心とする盾が4つの部分に分けられ、それぞれの部分に獅子、蛇、穴熊、鷲の絵。そしてその下には、ホグワーツの標語がラテン語で*Draco dormiens nunquam titillandus*（眠っているドラゴンを起こすな）と書かれています。

　長い歴史を持つ学校や機関は、独自の紋章を持っていることがよくあります。盾の形の中に紋章特有の図柄を組み合わせ、その機関を他と見分ける印となっています。しかし、紋章を持っているのは大きな機関だけではありません。歴史的なルーツを持つ家にも、それぞれの紋章（家紋 family crest）があるのです。

　この慣習は15世紀以来、イギリスで広まりました。そのころから、由緒ある家系の男子は、一定の金額を支払うことによって、家紋の使用を許可されるようになったのです。現在、家紋を使用することができるのは、最初に家紋を使用した者の直系の子孫である男子に限られています。

　1687年より前に家紋の使用を認められた家は、一覧表の形でまとめられてはいません。しかし、それ以前から家紋を持っていた家があることは、現存する多くの証拠から明らかです。たとえば、ベルトン家の家紋（下図）もそのひとつ。ベルトンという姓は5世紀の記録にも残されていますし、わたしも自分の家系を数世紀にわたってさかのぼることができますが、この家紋の最初の持ち主との関係は、もはやわからなくなってしまっています。そのため、わたしがこの紋章を自分の家紋とする権利があるのかどうかは、推測にまかせるしかありません。

　しかしホグワーツの紋章が、この由緒ある学校に古くから受け継がれているものであることはまちがいありません。

第2章 について

基本データ		
語数		3873
会話の占める比率		30.1%
CP語彙レベル1, 2 カバー率		78.6%
固有名詞の比率		7.6%

Chapter 2　Aunt Marge's Big Mistake
―― 空中に球体が舞い上がる……

章題 Aunt Marge's Big Mistake

*Harry Potter and the Philosopher's Stone*をすでに読まれた方は、第2章にバーノンおじさんの妹Margeの名前が登場したのを覚えておられるかもしれません。ダドリーにプレゼントを贈ったおばさんです。しかし今回は、初めて本人と顔を合わせることになります。好感のもてる人物なのか、それとも他のダーズリー家の人たちと同じように、やはり嫌な人物なのか、それを判断するのはあなた自身です。また、この章のタイトルは、彼女が大きな誤りを犯したことを示しています。どんな誤りなのか、早く知りたいですね。

章の展開

　この章は、*Harry Potter and the Chamber of Secrets*の第2章にそっくりです。ダーズリー家の人たちはお客を迎えることになり、ハリーはどのようにふるまうべきかを、厳しく指図されます。でも、そっくりなのはここまでです。この章は、読者を物語のおもな部分に突入させる役割を果たしています。ですから、注意をそらさずに読みましょう。おもなポイントは次のとおり。

1. テレビで報じられたニュースの内容。
2. 訪ねてくることになった人物の名前と、その続柄や暮らしぶり。
3. バーノンおじさんがハリーに与えた指図。
4. ハリーがバーノンおじさんに頼んだことと、その見返りとしてハリーが約束したこと。
5. お客の登場と、ハリーに対する彼女の態度。
6. その人物がハリーの両親について述べた意見。
7. それに対するハリーの反応。ハリーが用いた小さな魔法。
8. ハリーが心に決めたこと。

●登場人物 〈♠新登場あるいは#ひさびさに登場した人物〉

♠ **Black** (Sirius) [シリアス・ブラック] 魔法使い
\# **Marge** [マージ] バーノンおじさんの妹→第1巻2章
♠ **Ripper** [リッパー] Aunt Margeのブルドッグ
♠ **Colonel Fubster** [カーネル・ファブスター] Aunt Margeの知り合い

語彙リスト

プリベット通り4番地での朝食
〈英〉p.18 l.1　　〈米〉p.16 l.1

brand-new (completely new) 新品の
fridge (= refrigerator) 冷蔵庫
piggy (pig-like) 豚のような
fixed (concentrated) 据えられた、集中させた
wobbling (shaking) ぶよぶよ動く
beefy (fat) でっぷりした
convict (prisoner) 囚人
armed (in possession of a weapon) 武器を持った
hotline (emergency telephone contact) 緊急用電話回線
snorted (the noise a pig makes) 鼻を鳴らした
filthy (dirty) 汚らしい
layabout (lazy person) 怠け者
shot (directed) 投げかけた
gaunt (thin) やせこけた
matted (tangled) もつれた
tangle (untidy mass) もつれあった毛
well groomed (neat and tidy) 身だしなみのいい
Ministry of Agriculture and Fisheries イギリスの農林水産省
Hang on (wait a moment) ちょっと待て
maniac (dangerous person) 危険人物
Lunatic (crazy person) 狂人
bony (thin) 骨ばった、やせた
whipped around (turned around quickly) 急いでふり向いた
peered (stared) 見つめた

intently (with concentration) じっと、しっかりと
nosiest (interfering) ▶p.39
boring (uninteresting) 退屈な
law-abiding (conforming to the law) 規則に従う
pounding (beating) 叩きながら
hanging (death penalty) 絞首刑 ▶p.40
squinting into next door's runner-beans ▶p.39
drained (emptied, finished drinking) 飲み干した
brought back to earth (returned to reality) 現実に引き戻された
bump (bang) 何かのぶつかる音
blurted out (said quickly) うっかり口に出した
precious (beloved) 大切な
vividly (clearly) ありありと、はっきりと
whacked (hit) 叩いた
shins (front part of the lower leg) むこう脛
musical statues ▶p.40
computerised (computer controlled) コンピュータ仕掛けの
trodden (stepped) 踏んだ
paw (animal's foot) 動物の足
incident (occurrence) できごと
Marge'll = Marge will
snarled (growled) 大声でうなった
threateningly (menacingly) 脅かすように
get a few things straight (clarify

a few rules) いくつかのことをはっきりさせておく
smirked (grinned slyly) にやにや笑った
withdrew (removed) 引き離した
gaze (stare) 視線
civil tongue in your head (be polite) 礼儀正しい言葉
abnormality (defect) 異常さ
funny stuff へんなこと ＊ここでは「魔法」のこと。
behave yourself (be good) 行儀よくする
got me? (understand?) わかったか？
gritted (clenched together) 歯を食いしばった
mean (cruel) 意地の悪い、卑しい
St Brutus's Secure Centre for Incurably Criminal Boys セント・ブルータス更正不能非行少年院
yelled (shouted) 叫んだ
sticking to that story (pretending that the story is true) その作り話に話を合わせる、その話が本当であるふりをする
furious (very angry) ひどく腹を立てた
be off to (go to) 行く
Dudders Dudleyの愛称
smart (neat and tidy) かっこよくする
auntie (= aunt) おばさん
clapped (slapped) 叩いた
porky (fat / pig-like) 豚のように太った
in a bit (soon) すぐに
horrified trance (awful dream) 恐怖で茫然とした状態
Abandoning (leaving) ……を離れて

玄関で
<英>p.20 l.35　　<米>p.20 l.5

Like... (as if...) ▶▶*p.39*
eyed him (looked at him) 彼を見た
suspiciously (with mistrust) 疑わしげに
Hog— (= Hogwarts) ホグワーツ ＊途中まで言いかけてやめています。
St Whatsits (= St Brutus's Secure Centre for Incurably Criminal Boys) セントなんとかっていう ＊whatsits = what's its name
convincing (truthful) 人を納得させるような、本当らしい
accidentally let something slip (say something wrong by mistake) うっかり口をすべらせる
the stuffing knocked out of you (a beating) (体の中身が出るぐらい) 叩きのめす
stood his ground 怖気づかなかった、一歩も引かなかった
puce (brownish purple colour) 土気色
Mug— (= Muggle) マグル ＊途中まで言いかけてやめています。
bared (showing) むき出しになって
vein (blood vessel) 血管
throbbing (beating quickly) 脈打つ
temple (area at the side of the head) こめかみ
Right (okay) わかった、よろしい
monitor (watch) 監視する
toed the line (behaved yourself) ▶▶*p.40*
ruddy (stupid) ばかげた
wheeled around (turned around swiftly) くるりと背を向けた
panes (sheets of glass) 枠にはめこまれたガラス板

ハリーの寝室で
<英>p.21 l.33　　<米>p.21 l.13

gathered up (collected together) 集めた
gloomily (unhappily) 悲しげに
clear off (go away) 出て行く、去る
Ron'll = Ron will
amber (yellow) 琥珀色
reproachful (critically) とがめるような
bound (tied) くくりつけられて

felt groomed / きれいに整えられた。
自分は 身だしなみが良い / 身づくろいする

miserable (unhappy) 惨めな
wardrobe (large cupboard for clothes) 洋服だんす
brood (reflect on matters) 考えこむ
next to no time (almost immediately) すぐに

マージおばさんの来訪
<英> p.22 l.12　　<米> p.22 l.3

criticising (finding fault) あら探しをする
crunch (noise of something being crushed) 何かがきしむ音
gravel (small stones) 砂利
Get the door (open the door) ドアをあけなさい
hissed (said angrily) がみがみ叱りつけるような声で言った
gloom (misery) 憂うつな気分
threshold (entrance to the house) 戸口
bushy (hairy) 毛深い
tucked (clutched) 抱えられた
evil-tempered (bad-tempered) 根性の曲がった
neffy poo Dudleyへの親しみをこめた呼びかけ　*nephew (甥) から。
waddling (walking like a penguin) よたよたと歩く
plastered (stuck) 張りついた
thrust (pushed) 押しつけた
wind (breath) 息
hug (squeeze) 抱きしめること
twenty-pound note 20ポンド札
clutched (held tightly) 握られて
jovially (happily) 上機嫌で
saucer (plate on which a teacup stands) 受け皿
trooped (walked) ぞろぞろと歩いた
heave (pull) 持ち上げる

キッチンで
<英> p.23 l.11　　<米> p.23 l.13

lapping (licking) なめる
wince 顔をしかめる
specks (small drops) しずく
drool (spittle) よだれ
flecked (made small marks) しみをつけた
looking after (taking care of) 世話をする
boomed (said in a loud voice) 大声で言った
pines (goes into decline) やせ衰える
ungrateful (unthankful) ありがたく思わない
tone (style of voice) 口調
damn good (very nice) たいへん立派な
orphanage 孤児院
dumped (left) 捨てられた
promptly (quickly) すばやく
institution (organization) 施設
hopeless (useless) よくなる見込みのない
use the cane (punish with a stick) (体罰として) 杖を使う
curtly (shortly) 簡潔に
namby-pamby (weak) 軟弱な
wishy-washy (lack of discipline) ぐうたらな
thrashing (beating) 叩くこと
extreme (excessive) 徹底的な
abruptly (suddenly) 突然

その後の日々
<英> p.24 l.19　　<米> p.25 l.3

number four (= Number Four, Privet Drive) プリベット通り4番地
encouraged (persuaded) 勧めた
under her eye (within monitoring range) 監視下に
glaring (staring angrily) にらむ
daring (challenging) けしかける
rotten (bad) 腐った
bitch (female dog) 雌犬
pup— (baby dog) 子犬　*puppyと言いかけたときに事件が起こり、さえぎられてしまったのです。

Shards (pieces) 破片
spluttered (choked) せき込むようにしゃべった
blinked (opened and closed her eyes) まばたきした
ruddy (red) 赤い
dripping (soaked with wine) 滴らせて
squealed (cried) 金切り声をあげた
mopping (wiping) 拭く
fuss (worry) 騒ぐ、やきもきする
skip (miss) 抜かす、省略する
afford (take the risk) (危険をおかす) 余裕がある
at stake (in the balance) 問題となっている
underage (below the required age) 一人前と認められる年齢に達していない
got wind (heard about) 耳にした
expulsion (permanent suspension) 除名、追放

マージおばさんの滞在最終日
＜英＞p.25　l.24　＜米＞p.26　l.20

started on him (began bullying him) 難癖をつけはじめた
glazed (faraway) うつろな
voicing (speaking about) 話す
mentally subnormal (below average brain power) 知能が標準より劣る
fancy (elaborate) 手の込んだ
uncorked (pulled the cork out of) コルク栓を開けた
tempt (interest) 誘う、関心をひく
chuckled (laughed) 笑った
sipping (slowly drinking) すする
sit it out (stay and endure) じっと待つ
smacking her lips (making a noise of satisfaction with her lips) 舌鼓を打ちながら
nosh (meal) 食べ物、ごちそう
fry-up (meal consisting of easy-to-make fried food) 簡単な炒め物
burped (belched) げっぷをした
jerked (nodded at with a swift movement) ぐいと動かして指した

clench (tighten) 硬直する
runty (undernourished) 発育不良の
Ratty (rat-like) ねずみのような
Underbred (bad blood lines) 悪い血統の
Bad blood will out (bad blood lines will be prominent) 悪い血統が目立ってしまう
bad egg (wicked person) でき損ない、人間のクズ
wastrel (person of no significance) ろくでなし
boring into (penetrating) 穴をあける、突き抜く
tense (nervous) 緊張した
gape (stare with one's mouth widely) 口をあけてぽかんと見る
Unemployed (no job) 仕事がない、失業した
swig (mouthful) 一飲み
no-account (useless) 役立たずの
scrounger (parasite) たかり屋
hiccoughed しゃっくりをした
bloodshot (red) 血走った
swelling (expanding) ふくれあがって
insolent (bold) 横柄な、無礼な
inexpressible (unexplainable) 言葉にならないほどの
bulged (protruded) 突き出た
pinged (bounced) 当たった
inflating (filling up with air) ふくれあがる
monstrous (gigantic) 巨大な
vast (huge) 巨大な
life buoy (round buoyant float to which people can cling to in water) 救命ブイ
drifted (floated) 漂った
apoplectic (furious) ひどく興奮した
skidding (sliding) すべるようにして
tore (rushed) 駆け出した
trunk (suitcase) トランク
wrenched (pulled) 引っぱった
wriggled (squirmed) もがいた
burst out of (exited quickly) 飛び出した

tatters (ruins) ずたずたに裂かれた布
reckless (impulsive) 向こうみずな
rage (anger) 怒り
fumbled (felt for) 手探りした

▸▸ 地の文
nosiest

> nosyとは、自分とは係わりのない周囲のできごとを、根掘り葉掘り知りたがること。他人のことにあれこれ首を突っこむ人に対して用いる、軽蔑をこめた語です。ここでペチュニアおばさんは、ただnosyなだけでなくnosiest woman in the worldと呼ばれています。そういえば、そんな人たちがイギリスのあちこちにいたような(そして日本にも……。でも、わたしがこんなことを言ったなんて、誰にも言わないでくださいね)。

squinting into next door's runner-beans

> この文もnosiestと関係があり、ペチュニアおばさんの人柄を端的に表しています。squintとは、ものがよく見えるように「目を凝らす」こと。ペチュニアおばさんは、ニュースで報じていた脱獄犯が隠れてはいないかと心配し、目を凝らして隣の家の菜園に植えられたrunner-beans(インゲン豆のつる)を見ているのです。

▸▸ せりふ
Like

> この文(Like I wanted to come)で使われているlikeは、as ifを言い換えたもので、「(本当はそうではないのに)まるで……のように」という意味です。この場合、ハリーはバーノンおじさんと出かけたがっているかのように見えますが、実際はまったく逆で、絶対に出かけたくないと思っているのです。likeをこのように使うのは、相手をばかにするとき。状況をまったく理解していない相手の鈍さを皮肉っているのです。もともとはアメリカの用法でしたが、現在ではイギリスでも若い人を中心に使われるようになりました。しかし、40歳以上の人がこの表現を口にすることは、めったにありません。

toed the line

　このフレーズのtoeは、「つま先で触れる」という意味の動詞として使われています。toe the lineとは、越えてはいけないの線をイメージの中で引き、その線の手前につま先をそろえて立つこと。cross the lineは、法的あるいは道徳的に禁じられていることを実行することですから、toe the lineはそのlineを踏み越えず、「規則に従う」ことを意味します。ここの場合、バーノンおじさんの想像上のlineは、ハリーが行儀よくふるまうことと、無礼な行いをすることとのあいだに引かれているのです。

▶▶ **情報**

hanging

　hangingとは「絞首刑」のこと。イギリスでは1965年に死刑が廃止されましたが、復活させるべきだと考えている人たちもいます。バーノンおじさんも、まちがいなくそのひとりのようですね。

musical statues

　musical statuesは、日本の「だるまさんが転んだ」のイギリス版。ただし、musical chairs（椅子取りゲーム）と同じように、音楽を鳴らしながら遊ぶ点が異なります。

　子どもたちのひとりが「鬼」（英語では"It"と呼ばれます）になり、音楽が鳴りはじめると、顔を伏せます。"It"の背後にいる子どもたちは、"It"の背中に触れるまで少しずつ前進します。音楽が止むたびに"It"はすばやく振り返り、動いているところを目撃された子はゲームから外れなければなりません。

　こうして、全員がアウトになるか、誰かが"It"の背中に触れるまで、ゲームが続きます。"It"は誰かに背中を触れられた場合、あらかじめ決めておいた「安全地帯」に相手が逃げこむ前に、相手を捕まえなければなりません。もしもうまく捕まえることができれば、捕まった相手が次の"It"になります。

　けれども、もし捕まえることができなければ、次回もひき続き"It"の役をしなければなりません。一方、誰かが"It"の背中に触れる前

に全員がアウトになってしまった場合は、最初にアウトになった子が次の"It"になります。

What's More 2

ペンドルの魔女

　キリスト教伝来以前の異教時代から、ブリテン島では魔法が大きな位置を占めてきました。各地で語られていた魔女の物語の中には、暗く寒い冬の夜、ビールを片手に繰り返し語られるうちに、いつしか伝説となったものもあります。
　中でも最も有名なのは、Pendleの魔女の物語でしょう。17世紀初め、LancasterにあるPendleの森やその周辺に住む17人の人々が次々と死に、これは魔女たちの仕業ではないかという噂が立ちました。この疑惑の中心となったのはDevice家。この一家を率いていたのは、地元の人々から強力な魔女と噂されていた老女Demdikeです。Demdikeはもうひとりの地元の魔女Chattoxと親しい間柄でしたが、ふたりはやがて仲たがいをし、家族間で抗争を始めます。
　地元の当局がこの抗争に初めて気づいたのは、1612年3月のこと。Demdikeの孫娘Alizon Deviceが行商人からブローチを買おうとして拒まれ、その行商人に呪いをかけたのです。その後まもなく行商人は体が麻痺して動けなくなり、Alizonは魔法を使った疑いで逮捕されました。尋問を受けたAlizonが、DemdikeとChattoxをも巻き添えにしようとしたため、ふたりの魔女たちも呼び出されました。ふたりの家族は互いにいがみあっていたので、どちらも相手の家族が魔法を使っていると主張しました。1612年4月、Demdikeはついに、自分の罪を自白しました。彼女は悪魔に血を吸われ、悪魔に魂を売り渡すのと引き換えに、思いのままに人を殺したり不具にしたりできる能力を授かったというのです。
　Demdikeは、粘土人形を用いて人を殺したと自白しました。殺したい相手の姿を粘土で作り、時間をかけてその人形をゆっくりと焼くか、自然と崩れるにまかせておくと、やがて相手は病気になって死んでしまうのです。
　次々と証言がなされた結果、1612年8月17日、計13名が魔法を使った嫌疑で裁判にかけられることになりました。そして1名を除く全員が殺人の罪で絞首刑を宣告され、10名はLancaster、1名は隣のYorkshire州で処刑されました。1名は魔法を使ったという点では有罪ですが、人を殺してはいなかったため、1年の禁固刑になりました。Demdike自身は、裁判を待つあいだに獄死しました。

第3章について

基本データ		
語数		4364
会話の占める比率		32.4%
CP語彙レベル1、2 カバー率		76.6%
固有名詞の比率		8.0%

Chapter 3　The Knight Bus
―― 変な一夜

章題 タイトルが示すように、この章で、ハリーはあるバスと出合います。そのバスの名Knight Busには語呂合わせが用いられていますが、詳しくはp.48をご覧ください。とにかく、マグルの世界のバスとはまったくかけ離れたバスにちがいありません。

章の展開

　ハリーが魔法界に突入するのは、この章からです。ペースが速く、これまでの巻でもお馴染みの、あのワクワクした気分にさせられます。これからの展開に向けて念入りに伏線が敷かれ、物語が本格的に始まろうとしているのがわかるからです。この章では、次の点に注目しましょう。

1. ハリーの持ち物について（お金が預けてある場所のこと、父親が遺してくれたマントのことも含めて）。
2. 誰かに見つめられているような気がしたこと。また、魔法の杖の先に灯した明かりでハリーが見たもの。
3. Knight Bus（夜の騎士バス）の登場。
4. 「日刊予言者新聞」でハリーが読んだ記事と、それについてStanが話してくれたこと。
5. 目的地に着いたハリーを迎えた人物。
6. ハリーがマージおばさんを風船のようにふくらませた事件は、どのように処理されたか。
7. ハリーがホグズミード訪問許可証のサインを頼んだこと。
8. ハリーが寝泊りすることになった場所。

●登場人物 〈♠新登場あるいは #ひさびさに登場した人物〉

♠ **Stan Shunpike**［スタン・シャンパイク］Knight Busの車掌→p.48
♠ **Ernie Prang**［アーニー・プラング］Knight Busの運転手→p.48
♠ **Madam Marsh**［マダム・マーシュ］Knight Busの乗客
Cornelius Fudge［コーニーリアス・ファッジ］魔法省の大臣→第1巻5章
♠ **Tom**［トム］パブLeaky Cauldron（漏れ鍋）の店主

語彙リスト

マグノリア・クレセントで
〈英〉p.24 *l.*1　〈米〉p.31 *l.*1

collapsed (sat down heavily) どさっと腰を下ろした
panting (breathing heavily) 荒い息をしながら
dragging (pulling) 引っぱる
surging (rising) こみあげる
frantic (swift) 狂ったように速い
thumping (beating) 鼓動
fix (situation) 状況
stranded (abandoned) 困った立場に置かれて、途方に暮れて
expelled (permanently suspended) 追放される
Decree for the Restriction of Underage Wizardry 未成年魔法使いの制限事項令
swooping down (rushing to capture) 捕まえるために駆けつける
arrested (caught by the police) 逮捕される
outlawed (banned) (社会から) 追放される
criminal (person who has committed a crime) 罪人
abroad (overseas) 海外に
fortune (large amount of money) 財産
vault (safe) 金庫
Invisibility Cloak (cloak that makes the wearer invisible) 透明マント　＊着ると姿が見えなくなるマント

▶▶第1巻12章
inherited from (received at the death of) 相続した
bewitched 魔法をかけた　▶▶p.16
outcast (exile) 社会から見捨てられた者、追放された者
prospect (thought) 考え、予想、見通し
prickling (tingling sensation) チクチクする感覚
deserted (empty of people) 人がいない
squinted (narrowed his eyes) 目を凝らした
alleyway (narrow street) 路地
Lumos (a spell that lights up the tip of a magic wand like a torch) ルーモス　＊杖の先に明かりを灯す呪文。▶▶第2巻15章
dazzling (blinding) 目をくらませる
pebble-dashed (external wall covering of small stones embedded in concrete) (壁に) 小石をはめこんだ
sparkled (glittered) 輝いた
gleamed (shone) 光った
distinctly (clearly) くっきりと
hulking (large) 巨大な
tripped (fell over) ころんだ
flung (threw) 投げ出した、のばした
gutter (border between the road and pavement for rainwater to run along) 排水溝

夜の騎士バスの登場
<英>p.30 l.27　<米>p.33 l.13

BANG (loud noise) バンという大きな音
shield (guard) 覆う
yell (shout) 叫び声
screeched (high-pitched noise) キキーッという音をたてた
triple-decker (three storey) 3階建ての
violently (extremely bright) 派手に
thin air (nowhere) どこでもない場所
lettering (characters) 文字
The Knight Bus 夜の騎士バス ▶▶*p.48*
silly (stupid) ばか
conductor (official who collects fares on a bus) 車掌
eve— = evening
snatched up (grabbed) つかんだ
protruding (sticking out) 突き出た
What were you doin' down there? ▶▶*p.49* (Stan Shunpike & Ernie Prangのなまり)
dropping (giving up) 捨てて
'Choo = What (did) you ▶▶*p.47*
sniggered (laughed) 鼻先で笑った
'Choo = What (were) you ▶▶*p.47*
massive (huge) 巨大な
unease (anxiety) 不安
Woss = What's
persisted (insisted) しつこく言った
Neville Longbottom ▶▶*p.51* ▶▶第4章
Yep = yes
nuffink = nothing
flag us down (signal us to stop) 止まれと合図する
dincha = didn't you
Sickles (currency of the wizarding world—a silver coin) シックル ＊魔法界の通貨—銀貨。
firteen = thirteen
toofbrush = toothbrush
rummaged (searched) 捜した

extracted (removed) 取り出した
shoved (pushed) 押しつけた

夜の騎士バスに乗って
<英>p.32 l.4　<米>p.35 l.12

bedsteads (bed frames) ベッドの枠組み、寝台
brackets (fixtures) 据えつけられた棚
illuminating (lighting) 照らす
steering wheel (driving handle) ハンドル
Ern Ernieを短くしたもの
flattened (smoothed down) なでつけた
fringe (hair over the forehead) 前髪
Take 'er away (Let's get going) 出発だ、バスを出せ
tremendous (incredible) 途方もない
bowling along (moving swiftly down) すいすいと進む
stunned (shocked) 驚いた
Wales ウェールズ ＊Great Britainの一部。イングランドの西に位置します。
contemptuously (with scorn) 軽蔑したように
Best go (It would be a good idea to) ……したほうがいい
Abergavenny アバーガヴニー（ウェールズの町の名）
mounting (climbing onto) 乗り上げる
bins (trash cans) ごみ箱
cloak マント ▶▶*p.16*
stamped (hit with his foot) 踏んだ
tottered (walked unsteadily) 危なげな足取りで歩いた
rammed (slammed) ばたんと閉めた
thundering (speeding) 猛スピードで進む
leaping (jumping) 跳ぶ
churned (moved restlessly) 激しく動いた
unfurled (unwrapped) 広げた
blank (expressionless) あっけにとられた
AT LARGE (free / not captured)

まだ捕まっていない
infamous (notorious/bad reputation) 悪名高き
Azkaban fortress (prison for criminal wizards and witches) アズカバンの要塞監獄　＊魔法界の犯罪者を収容する監獄。
eluding (escaping) 逃れる
International Federation of Warlocks 国際魔法戦士連盟
irritable (bad-tempered) いらいらした、不機嫌な
crosses (betrays) 逆らう
assurance (promise) 確約
let's face it (let's accept the truth) ▶▶*p.47*
massacre (mass murder) 大虐殺
vampire (a dead person believed to come from the grave at night and suck the blood of humans) 吸血鬼
Defence Against the Dark Arts (subject taught at Hogwarts school) 闇の魔術に対する防衛術（ホグワーツで教わる教科のひとつ）▶▶第1巻5章
waxy (wax-like) ろうのような
fing = thing
inee = isn't he
witnesses (observers) 目撃者
Broad daylight (middle of the day) 真っ昼間
dinnit = didn't it
You-Know-'Oo (= You-Know-Who) 例のあの人　＊ヴォルデモート卿の呼名。
You outta your tree? (= Are you out of your tree?) (Are you crazy?) 気は確かか？
yelped (cried) 叫んだ
hastily (quickly) あわてて
Blimey (Oh, my God) おやまあ
apologetically (with regret) 謝るように
'Arry = Harry
put paid to (defeated) 打ち負かした
tracked down (caught) 追跡して捕らえられた

cornered (placed in a position from which there is no escape) 追い詰めた
blasted (blew up) 吹き飛ばした
Serves him right, mind (he deserves it / though) だが彼には当然の報いだ
coverin' it up (concealing the truth) 事実をもみ消す　＊coverin' = covering
breakout (escape) 脱走、逃亡
Beats me (I don't know) 知らない
fancy 'is chances (expect him to be victorious) 彼にチャンスがあったらと思う　＊'is = his
summat (something) 何か
collywobbles (bad feeling) 腹痛、ひどくいやな気分
scattering (flinging aside) 蹴散らしながら
bollards (plastic beacons) 車止め、自動車の進入を防ぐためのプラスチック製標識
Anglesea アングルシー　＊ウェールズ北西部沖にある島の名前。
Aberdeen アバディーン　＊スコットランドにある都市の名前。
descended (came down) 下りた
Diagon Alley (street in which witches and wizards purchase their requirements) ダイアゴン横丁　＊魔女や魔法使いたちが買い物をする通り。▶▶*p.17*　▶▶第1巻5章
Righto (All right) 了解、いいとも
Charing Cross Road チャリング・クロス通り　＊ロンドンに実在する通りの名前。
lie low (hide) 隠れる
set off (start) 出発する
shabby-looking (broken-down) みすぼらしい
Leaky Cauldron (pub that is also the gateway between the Muggle world and Diagon Alley) 漏れ鍋　＊マグルの世界とダイアゴン横丁との出入り口となっているパブ兼宿屋。▶▶第1巻5章

第3章について

「漏れ鍋」の外で
<英>p.36　l.24　　<米>p.41　l.26

goggling (staring in surprise) 驚いて眺める
cascade (pour) 流れこむ
portly (plump) でっぷりした
gleefully (joyfully) うれしそうに
testily (irritably) いらいらしながら

「漏れ鍋」の中で
<英>p.37　l.5　　<米>p.42　l.17

steered (guided) 導かれて
stooping (bent over) かがむ
bearing (carrying) 持つ
wizened (old and wrinkled) 年老いてしわだらけの
landlord (proprietor/owner) (パブや宿屋の) 主人
scraping (noise of something being dragged) 何かをひきずる音
puffing (noise of people breathing heavily) 苦しそうに息をしている音
beaming (smiling happily) にっこり笑う
owlish (owl-like) ふくろうのような
parlour (room) 部屋
beckoned (gestured) 手ぶりで示した
grate (metal frame for holding coal in a fireplace) 暖炉の火格子
goosebumps (prickly flesh) 鳥肌
tossed (threw) 投げた
hitched up (pulled up) 引っぱり上げた
innkeeper (proprietor/owner of the inn/pub) 宿屋の主人
crumpets (small salted bread cakes the size of a beer coaster) クランペット　＊コースターぐらいの大きさをした塩味のパン菓子。▶第1巻12章
right flap (complete confusion) たいへんな騒ぎ

Marjorie バーノン・ダーズリーの妹 Marge の本名
Accidental Magic Reversal Department 魔法事故巻戻し局
dispatched (sent) 派遣された
punctured (burst) パンクして、破裂して
modified (altered) 修正された
recollection (memory) 記憶
rim (edge) 縁
surveying (looking at) 眺める
deny (refute) 否定する
fond of (like) 好きな
tally (match up) (話などが) 一致する、つじつまが合う
house-elf (small creatures who act as slaves for wizarding households) 屋敷しもべ妖精　＊魔法使いの家庭に仕える小さな生き物。
smashed (destroyed) 粉々にした
deceiving (misleading) だます
awkward (uncomfortable) まごついた
Circumstances (situations) 状況
take into account (consider) 考慮に入れる
present climate (current situation) 現状
airily (light-heartedly) 軽やかに、陽気に
strode (walked with large steps) 大股で歩いた
odd (strange) 奇妙な
keeping an eye (watching) 監視する
crackling (making a snapping noise) ぱちぱちと音をたてる
absent-mindedly (dreamily) ぼんやりと
steely (steel-coloured) 鋼のような色の
shot (blended) 混ざった
Dursley-free (without the Dursleys) ダーズリー家の人のいない
slumped (fell) 倒れこんだ

▶▶ **せりふ**

'Choo

　J.K.Rowlingはコックニーの登場人物Stan Shunpikeのせりふを書くのを、とても楽しんでいるようです。コックニーなまりをその発音どおりに文字で綴ろうと、工夫を凝らしているのがわかります。J.K.RowlingがKnight Busで働くふたりの人物に愛着を持っているのは、彼女自身の祖父たちの名前をつけていることからも明らかでしょう（p.48参照）。

　コックニーなまりでは、ふたつかそれ以上の語をくっつけて、実在しないひとつの語にすることがよくあります。そのため、耳で聞いても文字で読んでも、とてもわかりにくいのです。ここの場合、whatとyouがくっついて、'chooという語になっています。whの音は省略されてしまっていますね。コックニーなまりについての詳細は、p.166をご覧ください。

let's face it

　このフレーズはlet us face the truth（現実を見つめよう）を短くしたもので、「状況を論理的に考えよう」という意味です。一般に、誰にとっても明らかなことを述べるときに使われますが、話題にしている人物を多少ばかにしたようなニュアンスが含まれています。その例をあげてみましょう。

* My son is taking his driving test today. But let's face it—he has no chance of passing.
　（うちの息子は今日、運転免許の試験を受けるんだ。でもよく考えてみれば、受かるはずがないよ）
* My friend has a job interview today. But let's face it—she'll never get the job.
　（友人が今日、面接を受けるの。でもよく考えてみれば、彼女が職につけるわけないわ）

▶▶ **名前**

Stan Shunpike ［スタン・シャンパイク］

　　Stan ShunpikeはKnight Busの車掌で、運転手のErnieと同様、その名StanはJ.K.Rowlingの祖父からとられています。しかし姓は、おそらくturnpike（有料道路）をもじったものでしょう。Stanの場合、有料道路を使うどころか、それを避けているようですがね。

Ernie Prang ［アーニー・プラング］

　　Ernie PrangはKnight Busを運転する年配の魔法使い。その名Ernieは、J.K.Rowlingの祖父からとられています。しかし姓は、彼があまり運転手に向いていないことを示しているようです。なぜならprangは、俗語でcrash（衝突）のことですから。

▶▶ **魔法の道具**

Knight Bus

　　Knight Busは紫色の3階建てのバスで、魔法使いや魔女たちに緊急の交通手段を提供します。このバスの運転手Ernie Prangと車掌のStan Shunpikeは、ふたりともcockney。つまり、ロンドンのEast End地区に生まれ、cockneyなまりで話す人たちです（p.166を参照）。

　　Knight Busという名は、語呂合わせでつけられたもの。夜遅く運行されているNight Bus（深夜バス）に、Knight（騎士）という語を重ねあわせ、魔法界での大切な役割を示しています。

What's More 3

ライミング・スラング

　*Harry Potter and the Prisoner of Azkaban*には、cockneyなまりで話すふたりの人物が登場します。そう、Knight Bus（夜の騎士バス）の車掌Stan Shunpikeと運転手のErnie Prangですね。

　cockneyとは、ロンドンのある地域、とくに東部に多いcockneyなまりで話す人々のこと。生粋のcockneyとは、St Mary-le-Bow教会の鐘の音が聞こえる地域内に生まれた人を指すと言われています。しかし、"lazy" English（「怠け者の」英語）とも呼ばれるこの英語は、ロンドンのEast End一帯で話されているだけではなく、ロンドンの北部や南部の一部でも使われています。

　産業革命期のイギリスでは、輸出入が盛んになるとともに、ロンドン東部の港が重要な役割を担うようになりました。そこで働く労働者の多くは、もちろん地元から雇われた男たちです。停泊している船の外国人乗組員の中には、簡単な英語ならわかる者もいましたので、彼らに意味を知られないようにと、港で働くロンドンの人々が考え出したのがcockneyであると言われています。

　cockney特有のスタイルのひとつに、rhyming slang（押韻俗語）があります。本来言おうとしている語とはまったく関係のないふたつ（あるいはそれ以上）の語を並べ、その末尾が、言おうとしている語と韻を踏むようにしたものです。そんな言葉を話されては、立ち聞きしている人は混乱してしまいますね。さらに混乱させるために、最初の1語だけを口に出し、韻の部分は言わないこともあるのですから、知らない人にはちんぷんかんぷん。意味を理解することなど不可能です。たとえば、noseはふつうrhyming slangではgarden hoseですが（noseとhoseが韻を踏んでいる）、それをただgardenとだけ言って、noseの意味で使うのです。

　rhyming slangは日々更新され、新しいフレーズが続々と生まれています。最近のものとしては、たとえばBritney Spears。その意味はbeersです。

　以下に、rhyming slangの例をいくつか載せておきましょう。

　　Boat race（ボート・レース）= face（顔）
　　Barnet fair（バーネットの市）= hair（髪）
　　Mince pies（ひき肉のパイ）= eyes（目）
　　Garden hose（庭のホース）= nose（鼻）
　　North and south（北と南）= mouth（口）
　　Bacon and eggs（ベーコンエッグ）= legs（脚）
　　Tit-for-tat（売り言葉に買い言葉）= hat（帽子）
　　Daisy roots（ひな菊の根）= boots（ブーツ）
　　Whistle and flute（ホイッスルとフルート）= suit（スーツ）
　　Weasel and stoat（イタチとオコジョ）= coat（コート）
　　Frog and toad（カエルとヒキガエル）= road（道路）
　　Donkey's ears（ろばの耳）= years（年）
　　Currant bun（干しぶどう入りパン）= sun（太陽）
　　Bread and honey（はちみつを塗ったパン）= money（お金）

第4章について

基本データ		
語数		5122
会話の占める比率		32.4%
CP語彙レベル1、2 カバー率		78.1%
固有名詞の比率		8.2%

Chapter 4　The Leaky Cauldron
──再会

The Leaky Cauldron

他の巻を読んだことのある方は、Leaky Cauldron（漏れ鍋）といえばすぐに思いあたるでしょう。*Harry Potter and the Philosopher's Stone* の第5章に初めて登場したこのLeaky Cauldronは、今後もすべての巻に登場するのではないかと思われます。「ハリー・ポッター」シリーズを読むのは今回が初めてという方のために申し上げると、Leaky Cauldronはロンドンにあるパブ（宿屋を兼ねる）の名前です。でも、もちろんふつうのパブではありません……。

章の展開

　この章は、わたしたちを徐々に魔法界に引きこむ役割を担っています。また、物語の主要な人物たちがここで登場します。物語の背景を準備しているだけのように見えるかもしれませんが、この章に描かれたいくつかのことは、後半で重要な意味を持つようになります。ですから、ぜひ丁寧に読んでください。おもなポイントは次のとおりです。

1. ダイアゴン横丁に並ぶ店の描写。
2. Quality Quidditch Supplies（高級クィディッチ用具店）のショーウィンドウに飾られていた商品。
3. ハリーがFlourish and Blotts書店で見かけた本。その本を見てかきたてられた不安。
4. ハリーが再会した友人たち。
5. Florean Fortescue's Ice-Cream Parlourでハリーが出会った人々。
6. ロンがペットにしているネズミの健康状態。
7. ハーマイオニーが購入したペット。Scabbersに対するそのペットの態度。
8. ウィーズリー家の到着。
9. パーシーの新しい地位。
10. バーに行く途中でハリーが漏れ聞いた会話。

●登場人物 〈♠新登場あるいは#ひさびさに登場した人物〉

- ♠ **Florean Fortescue**［フローリアン・フォーテスキュー］ダイアゴン横丁にあるアイスクリーム・パーラーの店主
- ♠ **Cassandra Vablatsky**［カサンドラ・バブラツキ］*Unfogging the Future*の著者→*p.57*
- # **Seamus Finnigan**［シェイマス・フィニガン］ホグワーツの3年生→第1巻7章
- # **Dean Thomas**［ディーン・トーマス］ホグワーツの3年生→第1巻9章
- # **Neville Longbottom**［ネヴィル・ロングボトム］ホグワーツの3年生→第1巻6章
- ♠ **Crookshanks**［クルックシャンクス］ハーマイオニーのペットの猫
- # **Fred (Weasley)**［フレッド・ウィーズリー］ロンの兄。Georgeと双子→第1巻6章
- # **George (Weasley)**［ジョージ・ウィーズリー］ロンの兄。Fredと双子→第1巻6章
- # **Albus Dumbledore**［アルバス・ダンブルドア］ホグワーツの校長→第1巻1章

語彙リスト

「漏れ鍋」で
〈英〉*p.42* *l.1*　〈米〉*p.49* *l.1*

cobbled street (street paved with stones) 石畳の道
packed (full) 詰まった、ぎっしりと並んだ
break his word (break his promise) 約束を破る
stray (wander) さまよう
venerable (impressive / honourable) 立派な
Transfiguration Today (a wizarding world magazine) 「変身現代」(魔法界の雑誌)
raucous (noisy) 騒がしい
dwarfs (small human-like creatures) 小人 ▶▶第2巻13章
hag (evil old woman) 鬼婆 ▶▶第2巻5章
balaclava バラクラバ帽 ＊顔と耳を温かく保つため、頭をすっぽり覆う毛糸の被りもの。

ダイアゴン横丁で
〈英〉*p.42* *l.18*　〈米〉*p.50* *l.4*

exploring (checking out) 知らないものを眺めながら
lunascope (a telescope that clearly shows the surface of the moon) 望月鏡 ＊月の表面がくっきりと見える望遠鏡。
Florean Fortescue's Ice-Cream Parlour フローリアン・フォーテスキュー・アイスクリーム・パーラー
sundaes (parfaits) アイスクリーム・サンデー、パフェ
Knuts (currency of the wizarding world-a bronze coin) ナット(ツ) ＊魔法界の通貨で銅貨。
Gobstones ▶▶*p.57*
sorely tempted (deeply attracted) 非常に心ひかれた
galaxy (the part of the universe in which the earth's solar system belongs) 銀河系
Astronomy 天文学 ＊ホグワーツで教わる学科のひとつ。▶▶第2巻11章
resolution (resolve/determination) 決心
Quality Quidditch Supplies 高級クィディッチ用具店 ＊Quidditchの詳細は*p.90*を参照。▶▶第2巻4章

高級クィディッチ用具店のショーウィンドウ
<英>p.43　l.14　<米>p.51　l.1

erected (constructed) 作られた
podium (stage) 陳列台
magnificent (wonderful) すばらしい
prototype (new model) 試作品
Irish International Side クィディッチのアイルランドの代表チーム
proprietor (owner) 店主
FIREBOLT 「炎の雷」ファイアボルト ＊空飛ぶほうきの型。
state-of-the-art (leading-edge) 最先端技術
sports (has/possesses) 持つ、保有する
streamlined (designed for minimal wind resistance) 流線形の ＊空気抵抗が最も少ない形。
birch 樺の木
twig (small branches) 小枝
honed (specially designed) 特別に設計された
aerodynamic perfection 空気力学的な完璧さ
pinpoint (perfect) 針の先ほども狂わない、完璧な
0-150 miles an hour 時速約240km
apothecary (pharmacists) 薬局、薬屋
replenish (replace) 補充する
Potions 魔法薬学 ＊さまざまな材料を混ぜ合わせて魔法薬を作る。ホグワーツで教わる教科のひとつ。▶▶第1巻7章
ingredients (components) 材料
Madam Malkin's Robes for All Occasions マダム・マルキンの洋装店 ＊ダイアゴン横丁にある洋服店。魔女・魔法使いのためのローブやマントを扱う。▶▶第1巻5章
Care of Magical Creatures 魔法生物飼育学 ＊ホグワーツの選択科目のひとつ。▶▶第2巻8章
Divination 占い学 ＊ホグワーツで教わる教科のひとつ。▶▶第2巻14章

フローリッシュ・アンド・ブロッツ書店で
<英>p.44　l.14　<米>p.52　l.13

gold-embossed (decorated in gold) 金箔押しの
paving slabs (sheets of concrete used in pavements) 舗道の敷石
grappled (fought) 取っ組みあった
snapping (biting) かみつく
aggressively (violently) 攻撃的に
terrifying (very frightening) 恐ろしい
Flourish and Blotts フローリッシュ・アンド・ブロッツ書店 ＊ダイアゴン横丁にある書店。▶▶第1巻5章
knobbly (bumpy) ごつごつした
proceeded (continued) 進んだ
Thank heavens (thank God) ありがたい
rent (disturbed) かき乱した
bedlam (hell) 混乱状態 ＊ロンドンにあったBethlehem精神病院（通称Bedlam）に由来。
Unfogging (revealing) 霧を晴らす、解明する
Cassandra Vablatsky ▶▶p.57
stripping (taking off) はぎ取りながら
devoted to... (specially for...) 特に……のための
fortune-telling (reading the future) 占い
stacked (piled) 山積みにされた
volumes (books) 本
Predicting (foretelling) 予知する
Insulate (protect) 護る
Foul (bad) 悪い、不運な
black-bound (black covered) 黒い表紙の
palmistry (telling the future by reading hands) 手相占い
crystal balls 水晶玉
bird entrails (bird innards) 鳥の内臓
Omens (premonitions / warning) 前兆
tearing his eyes away (looking away with difficulty) 無理に目をそら

しながら
dazedly (confusedly) ぼうっとして
consulting (checking) 調べる
Transfiguration 変身術 ＊生物や無生物の姿を変える術。ホグワーツで教わる教科のひとつ。▶▶第1巻5章
emerged (exited / came out) 出た

「漏れ鍋」で
＜英＞p.45　l.36　　＜米＞p.54　l.19

tramped (marched) 思い足取りで歩いた
tidy (clean up) 掃除をする
defiantly (stubbornly) 挑むように、頑として
wheezy (husky) しわがれた

ダイアゴン横丁で
＜英＞p.46　l.9　　＜米＞p.55　l.3

Gryffindors グリフィンドール寮生 ▶▶p.58
ogling (staring at longingly) 物欲しそうにじっと見つめる
chat (converse / talk) しゃべる
mislaid (lost) 置き忘れた、失くした
told off (scolded) 叱られた
formidable (impressive) 迫力のある、恐ろしげな
on the run (escaping) 逃亡中

アイスクリーム・パーラーで
＜英＞p.46　l.26　　＜米＞p.55　l.19

freckly (covered in freckles) そばかすだらけの
frantically (eagerly) 激しく
Honestly (really) 本当に
amazed (surprised) 驚いて
'cause = because
and all that (etc., etc.) などなど
dropped me off (gave me a lift to) 車で送ってくれた
willow 柳
unicorn ユニコーン ＊額に角が1本

生えた、馬に似た神話上の生き物。▶▶第1巻5章
Arithmancy 数占い ＊数を用いて未来を占う。ホグワーツの選択科目のひとつ。▶▶第2巻14章
Ancient Runes 古代ルーン文字 ＊ヨーロッパ北部の部族が最初に用いたアルファベットで、3世紀ごろから使用された。ホグワーツの選択科目のひとつ。▶▶第2巻14章
Muggle Studies マグル学 ＊マグルの日常生活について学ぶ。ホグワーツの選択科目のひとつ。▶▶第2巻14章
sniggered (laughed) くすくす笑った
composedly (calmly) 落ち着きはらって
agreed with him (suited him) ▶▶p.56
droop (lack of energy) だらりと垂れていること
whiskers (hairs that grow on the face) ヒゲ
Magical Menagerie 魔法動物ペットショップ ▶▶p.57

魔法動物ペットショップで
＜英＞p.48　l.14　　＜米＞p.58　l.3

occupants (animals inside) 中にいる動物
jabbering (making nonsensical noises) 意味のわからない音をたてる
hissing (the noise a snake makes) (ヘビが) シューシュー音をたてる
double-ended newts (newts with a head at both ends) 頭がふたまたに分かれているイモリ
feasting on (eating) 食べる
jewel-encrusted (jewels imbedded into) 宝石の散りばめられた
oozing (releasing a sticky liquid) (ぬるぬるした液体を) 分泌する
ravens (crows) カラス
furballs (creatures that resemble a ball of fur) 毛玉のように見える動物
humming (singing through the

nose) 鼻歌をうたう
vast (large) 巨大な
bald (hairless) 毛のない
off-colour (feeling poorly) 元気がない、健康がすぐれない
Bang (place) 置く
scuffled (rushed) あわただしくやって来た
second-hand (used) 中古の
battered (untidy) よれよれの
glossy (shiny) つやつやした
woebegone (sorry for himself) しょぼくれた
Dunno = don't know
faintest trace (slightest hint) ほんのわずかなしるし
tattered (shredded) ぼろぼろの、裂けた
tutted 舌打ちをした
been through the mill (has had many bad experiences) ▶▶*p.56*
common or garden (regular) ありふれた
hard-wearing (durable) 長持ちする
Show-offs (people (or animals) boastfully displaying their abilities) 目立ちたがり屋
Tonic (medicine) 強壮剤、栄養ドリンク
buckled (crouched over) 身をかがめた
propelled itself (flew) 突進した
splay-legged (legs spread out) 脚を広げて
scarpered (ran) 急いで逃げた
haring (rushing) 急いで走りながら
taken refuge (hiding) 隠れた
wastepaper bin (litter bin) ごみ箱

ダイアゴン横丁で
<英>*p.49 l.35*　<米>*p.60 l.10*

reached (arrived) 着いた
gorgeous (beautiful) すばらしい、美しい
fluffy (soft fur) ふわふわした
bow-legged (legs bent outwards) がに股の
grumpy (bad-tempered) 気難しそうな
headlong (straight) 頭から、正面から
purring (the noise cats make when relaxed) (猫が) ゴロゴロ喉を鳴らす
contentedly (happily) 満足して
scalped (removed the hair from the head) 頭の皮をはぐ
dormitory 共同寝室　▶▶*p.58*
sarcastically (with irony) 皮肉っぽく

「漏れ鍋」で
<英>*p.50 l.22*　<米>*p.61 l.8*

grave (serious) 深刻な
strained (fatigued) 緊張のあまり疲れて
mark my words (believe what I say) わたしの言うことを覚えておきなさい、肝に銘じておきなさい
laden (weighed down by) (荷物を) 抱えて
very taken with... (liked very much) ……に夢中の
heartily (completely) すっかり
embarrassed (shy) まごついて
solemnly (seriously) まじめくさって
pompously (self-importantly) もったいぶって
elbowing (pushing out of the way with an elbow) 肘で押しのけながら
splendid (wonderful) すばらしい
Marvellous (wonderful) 驚くべき、すばらしい
spiffing (wonderful) すてきな
scowled (frowned) 顔をしかめた
spotted (seen) 見つけた、気づいた
corking (wonderful) すばらしい
depositing (placing) 置きながら
muttered under his breath (said softly) 小声で言った
revolted (disgusted) 反感を持って
loftily (pompously) もったいぶって、尊大に

「漏れ鍋」での夕食
<英> p.52 l.1   <米> p.63 l.9

tucked into (ate) 食べた
sumptuous (delicious) 豪勢な、贅沢な
Perce Percyの名前を短くしたもの
bonnets (hoods) (車の) ボンネット
Humungous (enormous) ものすごく大きな
dignified (majestic) 威厳に満ちた
briskly (quickly) 威勢よく
Underground (subway) 地下鉄

夕食後
<英> p.52 l.30   <米> p.64 l.10

ajar (open) 開いて
shrilly (high-pitched voice) 甲高い声で
retorted (replied) 答えた
ended up... (found their way to...) 結局……に行った
Forbidden Forest 禁じられた森 ＊ ホグワーツの敷地内にあり、さまざまな変わった生き物がすんでいる。▶▶第1巻7章
hide nor hair (no sign)（どんな）痕跡（もない）
thud (bang) 何かを叩く音

deranged (mentally unstable) 気のふれた
desperate (eager) しきりに……したがって
stationing (positioning) 配備する
wearily (tiredly) 疲れたように
crouching (sitting on their haunches) しゃがむ、うずくまる
dismantling (taking apart) あたりをひっくり返す
after him (intent on catching him) 彼を追っている、彼を捕まえようとしている
lenient (indulgent) 情け深い、大目に見る
muffled (soft) (音が壁などでさえぎられて) 小さくなった
panic-stricken (infused with panic) パニックに襲われる
whole-heartedly (completely) 心から
right-hand man (most important aide) 右腕、最も重要な部下
remote (unlikely) ありそうにない
Unbidden (unsolicited) 命じられてもいないのに、望まれてもいないのに
beast (creature) 獣
crossed his mind (occurred to him) ふと心に浮かんだ

▶▶ 地の文

agreed with him

　これは便利なフレーズで、don'tまたはdoesn'tを伴い、さまざまな場面で使うことができます。毛嫌いしているもの、拒否反応を起こさせるもの、あるいは単に苦手なものについて使われる表現です。ここの場合、スキャバーズの元気がないのは、エジプトを旅行したせいだとロンは言っているのです。このフレーズを用いた例文をあげてみましょう。

* I don't like English food→English food doesn't agree with me

　　（イギリスの食べ物が苦手だ／イギリスの食べ物とは性が合わない）

* Crab meat makes me feel ill→Crab meat doesn't agree with me

　　（カニを食べると思うとぞっとする／カニの肉とは性が合わない）

* I get drunk very quickly when I drink alcohol→
Alcohol doesn't agree with me

　　（アルコールを飲むとすぐ酔ってしまう／アルコールとは性が合わない）

▶▶ せりふ

been through the mill

　「長いことひどい目にあってきた」あるいは「長いこと手荒く扱われてきた」という意味のフレーズで、生物にも無生物にも使うことができます。ここの場合、Magical Menagerie（魔法動物ペットショップ）の魔女はスキャバーズのことを、長いこと苦労してきた老いぼれネズミだと言っているのです。millとは「製粉所」のこと。このフレーズは、製粉所で小麦などの穀物が挽いて粉にされ、最後には元の形とは似ても似つかない形にされてしまう過程に由来しています。たとえば、非常に独善的な上司は、put his workers through the mill（部下をさんざんな目にあわせている）と言うことができるでしょう。

▶▶ **名前**

Cassandra Vablatsky［カッサンドラ・ヴァブラツキ］

Unfogging the Future（『未来の霧を晴らす』）の著者には、占いの大家にふさわしい名前がつけられています。名のCassandraは、ギリシャ神話に登場する王女の名前に由来します。アポロンに求愛されたカッサンドラは、彼の愛を受け入れるという約束とひきかえに、未来を予言する能力を授かります。ところが、カッサンドラはいったん予言能力を身につけると心変わりをし、怒ったアポロンは、誰も彼女の予言を信じなくなるという呪いをかけました。

Vablatskyという姓は、おそらく神智学協会の創設者Helena Petrovna Blavatskyからとられたものと思われます。19世紀半ばに創設されたこの神智学協会は、「不可思議な自然の法則と、人間の内に秘められた力」についての研究を目的としていました。つまり、「魔法」の研究をしていたとも言えるでしょう。

▶▶ **舞台**

Magical Menagerie［マジカル・メナジュリー］

この店ではあらゆる動物が売られており、どれも魔法使いや魔女たちのfamiliar（使い）に最適です。menagerieは「（趣味や見世物にするために）集められた動物たち」を意味するフランス語で、英語でもそのまま同じ形で使われています。

▶▶ **魔法の道具**

Gobstones［ゴブストーンズ］

Gobstonesはビー玉に似た魔法のゲームで、失点するたびに、負けたプレーヤーの顔めがけて、石が臭い液体を噴きかけます。イギリスにはgobstonesのゲームが実在し、とくに女の子に人気があります。ゲームには5つの石が使われます。まず、そのうちのひとつを投げ上げ、それが地面に落ちてくるまでのあいだに別の石をひとつ拾います。こうして5つの石を全部拾い上げたら、次は一度にふたつの石を拾い、そして3つ、4つと増やしていきます。地方によっ

て遊び方は多少異なりますが、顔に臭い液体を噴きつけられるゲームは、魔法界だけのものにちがいありません。

▶▶ **情報**

Gryffindors

　イギリスの学校がみなそうであるように、ホグワーツ魔法魔術学校も4つの **house**（学寮、寮）に分かれています。生徒たちはそれぞれ、入学にあたってどの寮に入るかを割り当てられます。生徒たちは卒業するまで、学校全体に対してだけでなく、それぞれの寮に対しても忠誠を尽くすことが望まれます。

　各校では、寮対抗の **point system**（点数制）が採用されています。学業やスポーツなどの成績によって各寮に点数が与えられ、校則を破ったりすれば減点されるのです。そして最高点を獲得した寮は、学年末に **House Championship trophy**（寮対抗杯）を授与されます。

　ホグワーツの4つの寮には、学校の創立者の名前がつけられています。

Gryffindor	Godric Gryffindorにちなんだ名。寮の紋章はlion（獅子）。ハリー、ロン、ハーマイオニーはここの寮生です。
Hufflepuff	Helga Hufflepuffにちなんだ寮名。寮の紋章はbadger（アナグマ）。
Ravenclaw	Rowena Ravenclawにちなんだ寮名。寮の紋章はeagle（鷲）。
Slytherin	Salazar Slytherinにちなんだ寮名。寮の紋章はsnake（蛇）。

　boarding school（寄宿学校）の場合は、寮が生徒たちの住まいとなります。その場合、**dormitory** という語は寮全体ではなく、生徒たちが寝起きする「共同寝室」のみを意味します。このほか寮の中には、椅子や机が置かれ、生徒たちが勉強したりくつろいだりする **common room**（邦訳は「談話室」）もあります。詳しくは、第1巻7章をご覧ください。

What's More 4

魔法の道具（1）

　これまで「ハリー・ポッター」シリーズを読んでおわかりのとおり、魔女・魔法使いには、なくてはならない道具があります。「ハリー・ポッター」の観点からすると、魔法の道具は（1）物語に登場するもの、（2）物語に登場しないもの、のふたつに分類することができます。このコラムでは、物語の中にたびたび登場するものを取り上げます。物語の中には出てこないけれど、魔法に欠かせない道具については、のちほどご紹介しましょう。

■箒
　箒（broomstick, besom）は、魔女たちが自分の住む場所から邪悪なエネルギーを掃き出すのに使われます。ふだん暮らしている場所だけでなく、儀式を行う場所も、箒で掃き清めて保護するのです。箒の柄は、一本のまっすぐな木の枝で作られ、その端にはたくさんの小枝が束ねられています。どんな木も箒の柄にすることはできますが、中でもイチイの木は魔力を持つとされ、箒の柄に最適です。現代では箒に乗った魔女の姿がよく描かれていますが、魔女たちが空を飛ぶのに箒を用いたことはありません。もともとは、動物に乗って空を飛んだと考えられています。しかし魔女たちが必ず箒を持っていたことから、こうした誤解が生まれたのです。

■大鍋
　大鍋（cauldron）は（1）調理、（2）薬草などを煮て薬をつくる、（3）占い、という3つの目的で使われます。大鍋の内側は、占いをするときに未来の図がはっきりと見えるように、必ず黒と決まっています。鍋の底に銀の塊を置いて鍋に水を入れ、水晶玉と同じ目的で使います。

■杖
　魔法をかけるとき、呪文のエネルギーを特定の場所に集中させるために、杖（wand）が用いられます。杖の素材は、ガラス、銅、銀などさまざまですが、柳をはじめとする木製の杖が最も伝統的です。杖の長さは人によって異なり、肘から指先までの長さとされています。ふつうは地面に落ちている枝を杖にしますが、ちょっとした感謝の印として供え物をすれば、生きた木から枝を切って杖にすることもできます。

■ローブ
　ローブ（robe）はあまり重要でないと考えている魔女たちもいますが、伝統的な魔女たちはいくつかの理由から、黒いローブをまとい、黒い頭巾をかぶっています。第一の理由は、着心地がよく動きやすいこと。第二に、黒という色はエネルギーをつかさどり、魔女たちが周囲のエネルギーを吸収するのを助ける色であること。第三に、魔法の儀式はたいてい夜に行われるので、全身黒ずくめにしておけば、もしも誰かに見つかったとしても逃げやすい、というわけです。

第5章について

基本データ		
語数		6581
会話の占める比率		28.9%
CP語彙レベル1、2 カバー率		77.3%
固有名詞の比率		9.0%

Chapter 5　The Dementor
――新しい「闇の魔術に対する防衛術」の先生登場！

章題

The Dementor

このタイトルには、辞書に載っていない語が使われています。Dementorとは魔法界に住む生き物で、この章を読めば、どうかずっとそこにとどまっていてほしいと感じるにちがいありません。ハリーのいる世界には、わたしたちマグルにとってうらやましく思えるものがいくつもありますが、Dementorがそのひとつでないことは確かです。

章の展開

ついにハリーは友人たちと「漏れ鍋」を離れ、ホグワーツに向かいます。場面がロンドンからホグワーツへと移るときにわたしたちが感じる喜びは、この巻全体を通して常に登場することになるある生き物の出現によって、薄らいでしまいます。ここでは、次のことに注目してみましょう。

1. キングズ・クロス駅で、ハリーがウィーズリー氏と話し合ったこと。
2. ハリー、ロン、ハーマイオニーが席を見つけたコンパートメントにすわっていた人物。
3. ホグズミードについて3人が話したこと。
4. ハリーたちのコンパートメントにやって来た、3人のホグワーツ生。
5. 汽車が徐々に速度を落としていく場面。
6. ハリーたちのコンパートメントにやって来た招かれざる訪問者。その訪問者に対するハリーの反応。
7. ホグズミード駅で汽車から降りた生徒たちを出迎えた人物。
8. ホグワーツでハリーと友人たちを出迎えた教師。
9. 大広間の光景と、ダンブルドア先生のスピーチ。

●登場人物 〈♠新登場あるいは#ひさびさに登場した人物〉

Penelope Clearwater［ペネロピー・クリーアウォーター］ホグワーツの生徒→第2巻14章
Hermes［ハーミーズ］パーシー・ウィーズリーのふくろう→第2巻3章
♠ Professor Remus (R.J.) Lupin［リーマス・ルーピン］闇の魔術に対する防衛術の教師
Draco Malfoy［ドラコ・マルフォイ］ホグワーツの3年生→第1巻6章
Vincent Crabbe［ヴィンセント・クラッブ］ホグワーツの3年生→第1巻6章
Gregory Goyle［グレゴリー・ゴイル］ホグワーツの3年生→第1巻6章
Madam Pomfrey［マダム・ポンフレー］ホグワーツの医務室の校医→第1巻1章
Professor Flitwick［フリットウィック］呪文学の教師→第1巻8章
♠ Professor Kettleburn［ケットルバーン］魔法生物飼育学の元教師

語彙リスト

漏れ鍋で
〈英〉p.56 l.1　〈米〉p.69 l.1

disgruntled (unhappy) 不機嫌な
dripping (spilling) こぼす
grimaced (pulled a distasteful face) 顔をしかめた
blotchy (spotty) できもののできた
interrupted (disturbed) さえぎられた
infuriating (angering) 怒らせる
furrowed brow (lined forehead) 寄せた眉、しわの寄った額
stormed (rushed) 荒々しく突進した
chaos (disorder) 混乱
wickerwork basket (basket made of slendar twigs) 柳などの枝で編んだ籠
heap (pile) (ものを積み上げた) 山
cooed (spoke lovingly) 甘い声を出した、猫なで声を出した
furtive (secretive) こそこそした

キングズ・クロス駅で
〈英〉p.57 l.16　〈米〉p.71 l.3

touched their hats ▶▶ p.67
head (front) 先頭
pairs (couples) ふたり組

strolled (walked casually) ぶらぶら歩いた
InterCity 125 インターシティ125 ＊イギリスの主要都市間を結ぶ列車。
meaningful (significant) 意味ありげな
imitated (copied) 真似をした

9 3/4 番線で
〈英〉p.57 l.30　〈米〉p.71 l.17

scarlet (bright red) 鮮やかな赤の
compartments (small rooms on a train) コンパートメント
stowed (placed) 積みこんだ
hug (squeeze) 抱きしめること
made of stronger stuff ▶▶ p.65
shepherding (guiding) 導く、案内する
swear to me (promise me) 約束してくれ
billowing (emitting in clouds) 煙を吐き出す

ホグワーツ特急に乗って
〈英〉p.59 l.22　〈米〉p.74 l.4

huffily (angrily) むっとして、腹を立

stalked off (walked away) 歩き去った
occupant (person) 中にいる人
checked (halted) 立ち止まった
shabby (untidy) みすぼらしい
darned (repaired) 継ぎのあたった
knotted (tied-up) 結び合わされた
peeling (coming loose) はがれかけた
pallid (pale) 青白い
profile (side view of the face) 横顔
vacancy (spare job) 欠員
jinxed 呪われている ▶▶*p.18*
up to (capable of doing it) (任務を)こなすことができる
hex 呪い ▶▶*p.17*
finish him off (kill him) 彼をおしまいにする、殺す
thunderstruck (astounded) ひどく驚いて
nettled (annoyed) いらいらして
thick (stupid) ばか
nutter (lunatic) 狂人
tinny (thin metallic sound) 金属が触れあうような
spinning (rotating) 回転する
haywire (defective) 故障した
shrewdly (knowingly) 目ざとく
piercingly (penetratingly) 刺すように、耳をつんざくように
deadened (muffled) 押し殺した
Dervish and Banges ダービッシュ・アンド・バングズ ▶▶*p.65*
keenly (with interest) 興味深そうに
settlement (community) 村、コミュニティ
offhand (voice that lacks interest) 関心がなさそうな
Honeydukes ハニーデュークスの店 *ホグズミードにある菓子屋。
Pepper Imps 激辛ペッパー ▶▶*p.66*
Chocoballs チョコボール ▶▶*p.66*
sugar quills 砂糖羽根ペン ▶▶*p.67*
Sorcery (witchcraft) 魔法
rebellion (revolt) 反乱
Shrieking Shack 叫びの屋敷 ▶▶*p.65*
haunted (occupied by ghosts) 幽霊に取り憑かれた
levitate (float) 空中浮揚させる
plainly (clearly) 明らかに
'Spect = I expect
sneaking (creeping) こっそり抜け出す
on the loose (at liberty) 逃亡中で
stirred (moved) 動いた
apprehensively (with anticipation) 心配そうに
wilder (more primitive) 人の手の加えられていない、荒涼とした
cautiously (carefully) 注意深く
Cauldron Cakes 魔女鍋スポンジケーキ ▶▶*p.67*
flanked (accompanied on either side) 両脇に従えて
cronies (friends) 友人
Slytherin スリザリン ▶▶*p.58*
Seeker シーカー ▶▶*p.91* ▶▶第8章
do Malfoy's bidding (carry out Malfoy's orders) マルフォイの命令に従う
muscly (muscular) 筋肉質の
pudding-basin haircut (haircut shaped like a mushroom) 鍋底カットのヘアスタイル *マッシュルーム・カットに似た髪形。
bristly (stiff) ごわごわした、硬い
drawl (slow voice) ゆっくりした大きな口調
Potty and the Weasel PotterとWeasleyをばかにした呼び方 *pottyは「いかれた」、weaselは「イタチ」の意味。
trollishly (like trolls) トロールのように
C'mon = come on
resentfully (bitterly) 苦々しげに
crack (joke) 冗談、冷やかし
shimmering (flickering) かすかに光る
starving (extremely hungry) 腹ぺこの

feast (banquet) 宴会（のごちそう）
plunged (thrown) 投げこまれた

ホグワーツ特急の予期せぬ停車
＜英＞p.64　l.36　　＜米＞p.82　l.23

yelp (cry) 叫び声
hoarse (husky) しわがれた
alert (watchful) 油断のない
wary (cautious) 用心深い
darted (moved quickly) さっと動いた
contract (tighten) 縮む
glistening (shining wetly) ぬれたように光る
slimy (slippery) ぬるぬるした
scabbed (covered with fresh wounds) かさぶたに覆われた
decayed (gone rotten) 腐敗した
split second (instant) 一瞬
rattling (noisy) ガラガラ音をたてる
pleading (begging) 哀願するような
swirling (moving in circular motion) 渦巻く

ホグワーツ特急ふたたび動き出す
＜英＞p.66　l.25　　＜米＞p.84　l.8

vanished (disappeared) 消えた
snap (noise of something breaking) 何かが折れる音
Dementor 吸魂鬼　▶▶ *p.66*
crumpled (screwed) くしゃくしゃにした
get it (understand) わかる、理解する
fit (seizure) ひきつけ、発作
rigid (stiff) 硬直した
twitching (moving jerkily) けいれんする
glided (floated) すべるように動いた
shifting (shrugging) 動かす、(肩を)すくめる
huddled (curled up) 丸くなった、うずくまった
sob (cry) すすり泣き
bout (period) 期間

flu (= influenza) インフルエンザ、流感
gone to pieces (lost his composure) (精神的・肉体的に) 参った、ぼろぼろになった
miaowed (noise cats make) (猫が) ニャーと鳴いた
croaked (noise frogs and toads make) (カエルが) ゲロゲロ鳴いた

ホグズミード駅からホグワーツへ
＜英＞p.68　l.19　　＜米＞p.86　l.26

Firs'-years this way　▶▶ *p.170, 171*
Hagridのなまり
shunting (pushing) 押しのける
track (path) 道
stagecoaches (carriages pulled by horses) 馬車
set off (started) 出発した
procession (single file) 列
mould (fungus) カビ
trundled (moved slowly) ゆっくりと進んだ
wrought-iron (iron bars twisted into shapes) 加工された鉄
boars (wild pigs) イノシシ
engulf (cover) 呑み込む、覆う
turrets (towers) 尖塔
draw nearer (come nearer) 近づいた

ホグワーツ到着
＜英＞p.69　l.6　　＜米＞p.87　l.23

fainted (lost consciousness) 気絶した
maliciously (evilly) 意地悪く
Shove off (go away) 立ち去れ
dilapidated (scruffy) ぼろぼろの
sarcasm (irony) 皮肉
prodded (poked) 突いた
swarming (crowding) 集まる
cavernous (huge like a cave) 洞窟のように広い
Great Hall 大広間　＊ホグワーツの生徒たちが食事をする大きな部屋。▶▶ 第1巻7章
enchanted 魔法をかけられた　▶▶ *p.17*

stern (severe) 厳しい
tight bun (hair gathered together at the back of the head) 頭の後ろに髪の毛をきっちりと結って作ったおだんご
fought (battled) 苦心した
foreboding (dread) 不吉な予感
ushered (guided) 先導した

マクゴナガル先生の研究室で
<英>*p.70 l.4* 　<米>*p.89 l.4*

bustling (moving swiftly) あわただしく動く
passed out (become unconscious) 気を失った
Poppy Madam Pomfreyの愛称
clucked (made an exasperated noise with her tongue) 舌打ちをした
disapprovingly (critically) 非難するように
clammy (cold and damp) 冷たく湿っぽい
crossly (angrily) 不機嫌に、腹立たしげに
taking his pulse (counting his heart beats) 脈をとる
torture (agony) 苦痛
remedies (cures) 治療法
timetable (class schedule) 時間割

大広間で
<英>*p.71 l.11* 　<米>*p.90 l.22*

shock (mass) もじゃもじゃの毛髪
Ravenclaw, Hufflepuff レイブンクロー、ハッフルパフ ▶▶*p.58*
collapsing (falling unconscious) 気絶する
half-moon (crescent shaped) 半月形の
crooked (bent) 曲がった
befuddled (confused) 混乱させられて、ぼうっとして
plain (clear) はっきりした

consented (agreed) 同意した
unenthusiastic (reluctant) 気のない、熱意のない
applause (clapping) 拍手
common knowledge (known by everyone) 周知の事実、誰でも知っていること
startled (surprised) 驚いた
sallow (pale) 青ざめた
loathing (hatred) 憎しみ
lukewarm (cool) 生ぬるい、熱意のない
limbs (arms and legs) 手足
gamekeeping duties (looking after the school grounds) 学校の敷地を守る番人の職務
tumultuous (loud and welcoming) 大歓迎の
clapping (applauding) 拍手する
goblets (cups) 杯、カップ
ravenous (very hungry) 腹ぺこの
clatter (noise) カチャカチャいう音
qualified (certificated) 資格のある
committed (carried out)（罪などを）犯した
cleared (restored)（疑惑や汚名などを）晴らした、（信頼や名誉を）回復した
morsels (tiny pieces) 小さな塊
platters (plates) 大皿
Overcome (defeated by) 圧倒されて
shooed (chased) 追い払った、立ち去らせた

グリフィンドール寮で
<英>*p.74 l.5* 　<米>*p.94 l.22*

portrait (painting) 肖像画
common room 談話室 ▶▶*p.58*
divided (split up) 分かれた
spiral (circular) らせん状の
four-poster beds (beds with posts on each corner from which curtains hang) 四隅に柱のある天蓋つきベッド

▶▶ **せりふ**

made of stronger stuff

> made of stronger stuffは「(人々が考えているより) ずっと強い」という意味で、made of sterner stuffと言い換えることができます。この慣用句は、人間を、耐久性のある部品でできた製品にたとえた表現です。また、This year's model is made of stronger stuff than last year's.(今年の型は去年の型より頑丈にできている)のように、無生物に用いることもできます。

▶▶ **舞台**

Dervish and Banges［ダービッシュ・アンド・バングズ］

> 魔法の機械などを売っている店。Dervishという語は、激しい踊りで有名なトルコの修行者(ダルウィーシュ)からとられています。彼らはたいへんな速さで旋回するので、英語では非常に忙しい人の比喩として使われます。たとえば、shop like a dervish (あわただしく買い物する)、work like a dervish (せわしなく働く)、eat like a dervish (せわしなく食べる) など。
>
> Bangesという英語は存在しませんが、おそらくbangという語の連想で作られた語にちがいありません。bangはものがぶつかったり爆発したりするときにたてる音。この店の商品は注意して扱わないと危険、ということでしょう。

Shrieking Shack［シュリーキング・シャック］

> イギリス中で最も恐ろしい、呪われた幽霊屋敷。shackは、粗末な造りの小さな家や物置小屋のこと。shrieking (金切り声を上げる)という語が使われていることから、イギリス人の幽霊観がうかがえます。幽霊の中には、鋭い叫び声で人々を怯えさせるものがいると考えられているのです。叫び声をあげる幽霊は、ふつうbanshee (「ハリー・ポッター」シリーズでは「泣き妖怪」)と呼ばれています。

▶▶ 魔法界の生き物

Dementor

> Azkabanの看守Dementorは、周囲から心の平安、希望、幸福を吸い取ってしまう、いまわしい生き物です。mentorは「指導者」「援助者」を意味する肯定的なニュアンスの語であるにもかかわらず、J.K.Rowlingはこれに否定的なニュアンスのあるde-をつけ加え、depression（鬱）のイメージを色濃く持たせています。実は彼女自身、以前に鬱をわずらったことがあるのです。
>
> この章をさらに読みすすむと、Dementorに苦しめられた者にとっていちばん効き目のある薬は、チョコレートであることがわかります。これは、医者が鬱をわずらう人々に、元気づけの薬としてチョコレートをすすめることと、明らかに関係がありそうです。Dementorたちが人々に及ぼす影響は、鬱の症状とそっくりなのです。苦しみを和らげるのにチョコレートが用いられているのは、このためでしょう。

▶▶ お菓子や食べ物

Pepper Imps

> ホグズミードのHoneydukesで売っている、食べると口から煙が出るお菓子。pepperは英語で（たぶん他の言語でも）、非常に辛く、口から煙が出るようなイメージを連想させます。impと呼ばれているのは、おそらくこのお菓子の形が「小鬼」そっくりだからでしょう。

Chocoballs

> チョコボールは、日本を含め、どこの国にもあるお菓子です。ふつうは中にトフィーやピーナッツが入っていますが、「ハリー・ポッター」の世界では、いちごムースと生クリームが詰まっています。このいちごムースと生クリームは、イギリスではよく夏のデザートとして、皿にのせて出されます。

sugar quills

　実在の菓子ではありませんが、sugar（砂糖）とquill（羽根（ペン））というふたつの語の組み合わせは、英語ではとても刺激的です。お菓子の名にsugarが用いられると、紅茶やコーヒーに入れる砂糖とはまったく別の、何かとても繊細で美しい飴細工のようなイメージが浮かびます。それがquillという語と組み合わされて、ますます繊細なイメージがふくらみます。

Cauldron Cakes

　Cauldron Cakesはおそらく文字通り、cauldron（大鍋）で焼いたケーキなのでしょう。cauldronという語を用いることで、魔女や魔法使いたちのための特製ケーキであるかのような、魔法めいた雰囲気が添えられています。現在ではもうあまり使われていないため、cauldronと言えばShakespeareの*Macbeth*に登場する魔女たちがすぐさま思い浮かぶようになりました。魔女たちは大きな黒いcauldronで魔法の薬を煮ているのです。

▶▶ **情報**

touched their hats

　帽子に触れるしぐさは相手への敬意のしるしで、この習慣は、男性がみな帽子をかぶっていた時代にさかのぼります。当時の帽子着用のルールは非常に厳格で、男性は家に入るとき、必ず帽子を脱がなければなりませんでした（女性はかぶったままでOK）。また、女性に挨拶するときは帽子を取って少し持ち上げ（doff）、相手が男性の場合は敬意のしるしとして帽子に触れ（touch）なければなりませんでした。しかし時代とともに、相手が男性であれ女性であれ、帽子に触れるだけですますようになりました。

　「ハリー・ポッター」シリーズは、古い時代の雰囲気をかもしだそうとしています。それを考えれば、魔法省の運転手が上司であるウィーズリー氏の前で帽子に触れたのは、当然のことかもしれません。

What's More 5

呪い（1）ツタンカーメンの呪い

　呪い（curse）、すなわち他人に怪我をさせたり苦しみを与えたりする魔法の起源は古く、人類が呪いを信じなかった時代など存在しません。ここでは最も有名な20世紀の呪いのひとつ、ツタンカーメンの呪いをご紹介しましょう。ツタンカーメンは、エジプトの王家の谷に葬られている、おそらく最も名の知られているファラオです。

　ツタンカーメンは9歳のころエジプトの王となり、わずか18歳で世を去りました。あまりに昔のことなので、詳しいことはわかりませんが、それが突然の死であったことは確かです。そのため多くの人々は、彼が殺されたのではないかと考えました。とにかくまったく予期せぬ死であったため、大急ぎで墓が準備され、彼より先に死ぬと考えられていた人のための墓が使われたと推定されています。それは、墓の中にあったいくつもの副葬品などから明らかであり、中でも第2の棺には、彼とは似ても似つかぬ人物の顔が描かれていました。

　何度か墓泥棒が侵入したものの、最も貴重な品々は発見されずにすんだため、ツタンカーメンの埋葬されている部屋は、何世紀にもわたって誰にも荒らされることなく、埋葬されたときのままの形で残されました。そこへやって来たのが、イギリス人Howard Carterです。彼は1922年11月3日にこの墓を発見し、発掘調査の出資者であったCarnarvon卿にすぐさま報告しました。ツタンカーメンの墓が初めて開かれたとき、その場にはCarterとCarnarvon卿がいました。

　5カ月後の1923年4月5日、Carnarvon卿が死亡しました。左頬を蚊にさされ、それがもとで伝染病にかかったのです。ところが、ツタンカーメンの死体の調査結果によると、彼の左頬の同じ場所にも、奇妙な痕が残っていたというのです。Carnarvon卿の死の直前、あるアメリカ人女性が、古代の本の中に、ある呪いの言葉を発見したと主張しました（また、本の偽造はありえないということも）。そこには「ファラオの眠りを乱す者には、死が翼に乗ってやって来る」と書かれていたというのです。ここから呪いの噂が広がっていきました。

　それから数カ月のあいだに、墓を訪れた人々が次々と死んでいきました。その中にはエジプトの王子アリ・ファーミー・ベイや、彼の兄弟（自殺）も含まれています。この家族の先祖は、ツタンカーメンが殺された時代までさかのぼることができると言われています。ツタンカーメンはついに復讐を果たしたということなのでしょうか。

　結局1929年までに、ツタンカーメンの呪いで19名が死亡したと言われています。その死にはすべて医学的な理由があるものの、これほど多くの人々がこれほど短い期間に事故や病気で死んでしまったのです。彼らに共通することは、誰もがツタンカーメンの墓を訪れたことがあるという点だけなのですから、あまりに信じがたい偶然の一致に思われます。

　これが呪いか否かについての判断は、あなたにおまかせしましょう。しかし最後に一言、古代エジプトには、「ハリー・ポッター」の世界と同じように魔法や魔術を教える学校があったということを、つけ加えておくのも一興でしょう。

第6章 について

基本データ		
語数		6704
会話の占める比率		36.5%
CP語彙レベル1、2 カバー率		77.6%
固有名詞の比率		7.3%

Chapter 6　Talons and Tea Leaves
──新学年の授業が始まって……

章題　Talons and Tea Leaves

このタイトルは、章の中で起こるふたつのできごとを表しています。talonとは猛禽類などの「鉤爪」、そしてtea leavesは……そう、ただの「お茶っ葉」です。もちろんイギリスでは、ただのお茶の葉にさえ、いくつかの用途があります。お茶の葉がよく占いに使われるといっても、べつに物語の筋をばらすことにはなりませんね？　詳しいことは本の中で。

章の展開

この章では新学期が始まり、ホグワーツでの通常の生活が再開されます。さまざまな授業の場面が展開されますが、その中には、今後、重要な役割を果たすようになることも含まれています。以下の点に注意して読んでみましょう。

1. ハーマイオニーの時間割表。
2. 北塔に向かう途中に飾られている絵の中の人物。
3. 占い学の授業中、Professor Trelawney（トレローニー先生）が何人かの生徒たちについて予言したこと。とくにハリーについての予言。
4. このような予言に対するマクゴナガル先生の反応。
5. 魔法生物飼育学の授業にハグリッドが連れてきた生き物。
6. ドラコ・マルフォイとこの生き物とのあいだに起こったこと。
7. ハリーと友人たちがハグリッドの小屋を訪ねたときのこと。
8. ハグリッドがハリーに言ったこと。

●登場人物 〈♠新登場あるいは #ひさびさに登場した人物〉

\# **Pansy Parkinson**［パンジー・パーキンソン］ホグワーツの生徒→第1巻7章
♠ **Sir Cadogan**［サー・カドガン］ホグワーツの壁に飾られている絵の中の騎士
♠ **Sybill Trelawney**［シビル・トレローニー］ホグワーツの占い学の教師→p.74
\# **Parvati Patil**［パーヴァティ・パティル］ホグワーツの生徒→第1巻7章
\# **Lavender Brown**［ラヴェンダー・ブラウン］ホグワーツの生徒→第1巻7章
♠ **Uncle Bilius**［アンクル・ビリアス］ロンの親戚のおじさん
\# **Fang**［ファング］ハグリッドの犬→第1巻8章
♠ **Buckbeak**［バックビーク］ハグリッドのペット

語彙リスト

大広間で
〈英〉p.75 *l*.1　〈米〉p.96 *l*.1

swooning (fainting) 気絶する
pug パグ犬
git (unpleasant person) ろくでなし
cocky (confident) 自信ありげな
wet himself (urinated involuntarily) お漏らしする
bracingly (encouragingly) 励ますように
go mad (become crazy) 気が狂う
hastily (quickly) 急いで

北塔に向かう途中
〈英〉p.77 *l*.9　〈米〉p.99 *l*.10

short-cut (quicker route) 近道
dapple-grey 灰色葦毛の馬
pony 小型の馬
ambled (walked slowly) ゆっくりと歩いた
grazing (eating grass) 草を食む
nonchalantly (without concern) 無頓着に
subjects (occupants) 内容、中身
squat (short and plump) ずんぐりした
suit of armour (metal suit used in olden times during battle) 鎧兜、甲冑一式

clanked (walked while making a noise of metal banging together) ガチャガチャ音をたてながら歩いた
villains (criminals) 悪党、ならず者
scorn (laugh) あざける
perchance (perhaps) たぶん ＊古い英語。
Draw (get ready to fight) (剣を)抜け
knaves (unworthy people) ろくでなし、ごろつき
astonishment (disbelief) 驚き
tugged (pulled) 引いた
scabbard (sheath for a knife or sword) (ナイフや剣の)鞘
brandishing (waving) ふりまわす
rage (anger) 怒り
overbalance (lose his balance) バランスを失う
scurvy braggart (filthy good-for-nothing) 卑しいろくでなし ＊古い英語。
rogue (villain) 悪党
might (strength) 力
flop (fall) 落ちる
visor (part of a helmet that protects the eyes) 兜のひさし (目を保護する)
exhaustion (fatigue) 疲労
quest (expedition) 探求
perish (die) 死ぬ
in the charge (in the attempt) 突撃を試みて

fruitless (useless) 実りのない、無駄な
stout heart (good spirits) 勇気
crinolines (type of dress material) 硬い布のペティコートでふくらませたスカート　クリノリーン
dizzier (more and more dizzy) ますますめまいがする
murmur (low sound) ささやき
Farewell (goodbye) さらば
sinister (evil) 意地の悪そうな、陰険な
comrades-in-arms (fighting friends) 戦友
steely (strong) 鋼鉄のように強い
sinew (muscle) 筋肉
mental (crazy) 頭のおかしい
assembled (gathered) 集まった
nudged (tapped with an elbow) 肘で突いた
plaque (signboard) 表札　プラック

占い学の授業
＜英＞p.79　l.3　　＜米＞p.101　l.27

attic (loft) 屋根裏部屋
crammed (stuffed) 詰めこまれた
chintz (plain-woven printed fabric) 木綿更紗、派手な模様の木綿布地
pouffes (padded footstools) ふかふかした丸椅子
crimson (red) 深紅の
draped (covered) 覆われた
stiflingly (uncomfortably) 息が詰まるように
mantelpiece (shelf over a fireplace) 炉棚
giving off (showing) 発散する
sickly (too sweet) 気分が悪くなるような、甘ったるい
stubs (small pieces of) （ろうそくの）燃えさし
playing cards (trump cards) トランプ
array (line-up) 列
misty (far-away) 霧のかなたから聞こえるような
magnified (enlarged) 拡大した
gauzy (gauze-like) ガーゼのような、透き通って薄い
spangled (covered with sequins) スパンコールで飾られた
Innumerable (countless) 数えきれないほどの
hung around... (suspended around...) ……のまわりにぶら下がった
spindly (thin) やせた
bangles (bracelets) 腕輪
winged armchair 両脇にヘッドレストのついた肘掛け椅子
hustle and bustle (commotion) 騒ぎ
pronouncement (announcement) 宣告
outset (beginning) 最初
penetrate (comprehend) 見通す、見抜く
veiled (hidden) 隠された
tremulously (in a trembling voice) 震える声で
gulped (swallowed) （つばを）飲みこんだ
placidly (calmly) 落ち着いて
beware (look out for) 気をつけなさい
startled (surprised) 驚いた
disrupted (disturbed) 混乱させられて
tense (nervous) 張りつめた
unaware (not to notice) 気づかない
shrank back (retreated) 身を縮めた
dreading (frightened of) 恐れる
dregs (tealeaves) （飲み物の）滓　＊この場合、紅茶の葉。
Swill (rotate) まわす
interpret (analyze) 意味を読み取る
tinkle カチャンという音
china (porcelain) 磁器、瀬戸物
scalding (very hot) やけどしそうなほど熱い
swapped (exchanged) 交換した
soggy (wet) ふやけた
mundane (ordinary things) 日常的な（もの）　＊ここの場合「俗世」のこと。
pull himself together (collect his senses) 気持ちを集中させる
wonky (uneven) ゆがんだ

第6章について

consulting (referring to) 参照しながら
trials (problems) 試練
stifle (muffle) 押し殺す
blob (mark) しみ、しるし
acorn どんぐり
windfall (unexpected fortune) 思いがけない幸運
hippo (= hippopotamus) カバ
reprovingly (reproachfully) とがめるように
sweeping over (moving swiftly towards him) (彼のほうに) すっとやって来て
anti-clockwise (to the left) 時計と反対まわりに
falcon ハヤブサ
club (lump of wood used as a weapon) 棍棒
sheepishly (self-consciously) ばつが悪そうに
skull (skeletal head) 頭蓋骨
transfixed (催眠術にかかったように) 立ちすくんで
dramatically (theatrically) ドラマチックに、大げさに
Grim グリム (死神犬) ▶▶*p.75*
puzzled (confused) 困惑して
spectral (ghostly) 幽霊の
lurched (moved uncomfortably) (いやな感じに) 揺れた
mounting (increasing) こみあげてくる
perceive (see) 読み取る
receptivity (ability to accept) 感受性
resonances (vibrations) 響き
tilting (bending) 傾ける

変身術の授業
＜英＞*p.*83　*l.*36　　＜米＞*p.*108　*l.*22

Animagi Animagus (動物もどき) の複数形 ▶▶*p.75*
transformed (changed) 変身させた
＊transform oneselfで「変身する」。
tabby cat (ginger and brown striped cat) (オレンジ色と茶色の縞の) トラ猫
turning back (returning) 戻りながら
beady (penetrating) きらりと光る
speak ill (say bad things about) 悪口を言う
nostrils (nose holes) 鼻の穴
imprecise (inaccurate) 不正確な
branches (fields) 分野
conceal (hide) 隠す
patience (endurance) 忍耐強さ
Seers (people able to see into the future) 予言者
matter-of-fact (as if it were quite normal) ごくあたりまえの
hand it in (submit it) 提出する

大広間で
＜英＞*p.*84　*l.*39　　＜米＞*p.*110　*l.*7

Coincidence (fluke) 偶然の一致、まぐれ当たり
airily (lightly) 軽く、さらりと
living daylights ▶▶*p.74*
pop my clogs (die) 死ぬ
mouthed (moved his mouth) 口をぱくぱくさせた
woolly (unclear) あいまいな

魔法生物飼育学の授業
＜英＞*p.*86　*l.*5　　＜米＞*p.*111　*l.*23

animatedly (excitedly) 生き生きと、元気よく
chortling (laughing) げらげら笑う
boarhound ボアハウンド ＊犬の種類で、大型の猟犬。
paddock (field) 放牧場
bullclips (large clips for securing documents together) 大きなクリップ
crestfallen (disappointed) がっかりして
stroke (caress) なでる
Spellotape (magical sticking tape) スペロテープ ＊ものを修繕するときに使う魔法のテープ。▶▶第2巻6章
forefinger (index finger) 人さし指

spine (back edge) 背表紙
witty (humorous) 機知に富んだ、ユーモアのある
downcast (miserable) 落ちこんだ
lost his thread (forgotten what he was saying) 何を言うつもりだったか忘れた
going to the dogs (getting worse) ▶▶*p.74*
oaf (idiot) うすのろ
Trotting (running) 早足で駆ける
talons (claws) 鉤爪
half a foot 約15cm
jogging (running) 駆けて
Gee up 馬を走らせるときの掛け声
tethered (tied up) つないだ、結わえつけた
Hippogriffs ヒッポグリフ ▶▶*p.76*
roan (reddish-brown colour) 赤茶色
chestnut (dark brown colour) 栗色
offended (upset) 機嫌を損ねる
undertone (soft voices) ひそひそ声
plotting (planning) たくらむ
sharpish (quickly) すばやく
misgivings (doubts) うまくいかないのではないかという予感
fierce (fearsome) 荒々しい、猛々しい
flexing (stretching) (筋肉を) 縮めたりのばしたりする ＊ここの場合、翼をばたつかせること。
Buckbeak バックビーク ▶▶*p.75*
exposing (showing) さらす、見せる
haughtily (proudly) 尊大に、気位高く
scaly (covered with scales) うろこで覆われた
unmistakeable (obvious) まちがえようのない、明らかな
ecstatic (delighted) 大喜びの
bargained for (expected) 予期した
hoisted (pulled) 引き上げた
hindquarters (back part) 後半身
twelve-foot 約3.7m
ill-assorted (strange mixture) ばらばらな組み合わせの
Emboldened (feeling brave) 元気づけられて
brute (beast) 獣
high-pitched (squeaky) 甲高い
gash (wound) 傷
splattered (dotted) 飛び散った

グリフィンドール塔に向かう途中
<英>*p.91 l.1*　　<米>*p.118 l.17*

sack (fire) クビにする
dungeon (basement) 地下
mess things up (spoil things) ものごとをひっかきまわす、台無しにする

大広間で
<英>*p.91 l.20*　　<米>*p.119 l.8*

cooking up (plotting) でっちあげる
injured (hurt) 怪我をして

ハグリッドの小屋で
<英>*p.92 l.6*　　<米>*p.120 l.6*

twilight (dusk) たそがれ、薄暗がり
C'min = come in
pewter tankard (large cup made of pewter) 錫製のジョッキ
dully (miserably) 元気なく
faking (pretending) ふりをする
milk it (get the most out of it) 最大限に利用する
Flobberworms レタス食い虫 ▶▶*p.76*
crinkled (wrinkled) しわの寄った
staggered (walked clumsily) よろよろと歩いた
sopping (soaking) 濡れる
drenching (soaking) 濡らす
stopped dead (went completely still) ぴたりと立ち止まった

▶▶ **せりふ**

living daylights

> daylightsは俗語で「正気、分別」「意識」、そしてlivingはただdaylightsを強調するのに使われています。つまり、scare the living daylights out of...とは、誰かをあまりにひどく怯えさせ、その人の正気を失わせてしまうこと。ごく一般的に言えば「ひどく怯えさせる」を誇張した表現です。この表現には、knockという動詞もよく使われます。ボクサーや殴り合いのけんかをしている人は、in danger of having the living daylights knocked out of them（殴られて意識を失う危険の中）にいるのです。

going to the dogs

> だんだん悪い状態になっていくものについて、よく使われるフレーズです。ここの場合、ドラコ・マルフォイは、ホグワーツの質がどんどん落ちていると言っているのです。人間についても、無生物や何かの状況についても使えます。いくつか例をあげてみましょう。
> * He is going to the dogs since he lost his job.
>   （彼は失業して以来、だんだん落ちぶれている）
> * His car is so old that it is going to the dogs.
>   （彼の車はあまりに古く、ますます使い物にならなくなっていく）
> * The economic situation of the country is going to the dogs.
>   （国の経済状態は悪化の一途をたどっている）

▶▶ **名前**

Sybill Trelawney ［シビル・トレローニー］

> Sybill Trelawneyはホグワーツの占い学の教師。その名Sybillは、人からたずねられもしないのに予言を語る、古代のsibyl（巫女）に由来しています。本を読んでいくうちに、Trelawney先生の性格もこれにそっくりであることに気づくでしょう。

Buckbeak［バックビーク］

　ハグリッドの飼っているヒッポグリフの名前Buckbeakは、「オス」を意味するbuckと、「くちばし」を意味するbeakから。ヒッポグリフの頭は鳥にそっくりなのです。

▶▶魔法界の生き物

Grim

　イギリスの伝説にはGrimという名の生き物こそ登場しませんが、墓地に出没する犬の亡霊は各地の伝説に登場し、さまざまな名前で呼ばれています。「ハリー・ポッター」に描かれているGrimは死を予告する「死神犬」。このモデルとなったのは、イングランド北部ヨークシャー地方の伝説に登場する犬の妖怪Barghestです。巨大な牙と爪を持つBarghestは夜になると出没し、その姿を見た人は必ず近いうちに死ぬと考えられていました。このほかに、ウェールズの伝説には赤い目をした「闇の犬」Gwyllgi、マン島の伝説にはMauthe Doogと呼ばれる犬の幽霊が登場します。grimは「気味の悪い」を意味する形容詞ですが、大鎌を手に、人々の命を集めてまわる死神Grim Reaperのgrimでもあります。

Animagi（Animagusの複数形）［アニマジ］

　J.K.Rowlingは、animalの最初の3文字と、「魔術師」を意味するラテン語 *magus* を合体させて、この語をつくりました。Animagusは自在に動物に変身できる魔法使いのこと。動物の姿になっても、魔法を使う能力は変わりません。邦訳では「動物もどき」。

Hippogriffs [ヒッポグリフ]

　Hippogriffという語は、16世紀イタリアの詩人、ルドヴィーコ・アリオストの想像から湧き出たもので、『狂えるオルランド』という叙事詩の中に登場したのが最初です。しかし、最初にこの生き物を思い浮かべたのは、紀元前1世紀のローマの詩人ウェルギリウスでした。ウェルギリウスは不可能なことのたとえとして「グリフィン (griffin) が馬 (hippo) とつがうとき」と表現したのです。それ以後、このフレーズは何世紀にもわたって、ほとんど起こり得ないことを表現するのに用いられてきました。英語で現在使われているフレーズwhen pigs have wings（豚が空を飛ぶとき）と、ちょうど同じような表現です。

　Hippogriffの頭部は鳥、前脚はグリフィン、胴体は馬。その名は、ギリシャ語*hippos*（馬）に由来するhippoと、griffinの短縮形griffをつなぎ合わせたものです。

Flobberworms [フロバーワーム]

　Flobberwormは、魔法界で最もつまらない生き物と考えられています。しかも、体の両端からいやなにおいの粘液を出す、気持ちの悪い虫でもあります。実は名前の中のflobは、この粘液に由来するもの。flobは俗語で「痰」のことですから。

What's More 6

占い (1)

　人々は太古の昔から占い (divination, fortune telling) に親しんできました。そして時代とともに、占いに用いられる道具も多様化してきました。占いは現代のイギリスでも非常に人気があり、なかでも次のような占いをよく見かけます。

■お茶の葉

　お茶の葉 (tea leaves) を使った占いは、ヴィクトリア朝以来、広く行われるようになり、トレローニー先生のお気に入りでもあります。運勢を知りたい人は、カップのお茶を、最後に滓 (お茶の葉) が残るようにして飲みます。それからカップを3回まわして受け皿の上に伏せ、残った水気を切ります。カップに張りついたお茶の葉の模様が、近い将来の運勢を知らせてくれます。

■水晶玉

　占いといえば水晶玉 (crystal ball) が思い浮かぶほど、水晶玉はどの国でも占いの定番となっています。水晶玉をのぞきこむのは、霊の世界に通じた占い師。水晶玉には運勢を占ってもらいにきた人の姿がゆがんで映りますが、占い師はそのゆがみの中に何かを読み取るのです。

■ウィージャ・ボード

　ウィージャ・ボード (Ouija board) とは、死者とコンタクトを取るのに使われる占い盤。アマチュアがうかつに関わるのは、非常に危険であると考えられています。なぜなら、この世と霊界との境にある扉を開くことになり、悪霊に取り憑かれてしまうこともあるからです。アルファベットの文字と Yes、No という語の書かれた大きな板を置き、その場にいる人々は、その板の上にのせた小さな指示器 (pointer) に軽く指を触れます。何か質問をすると、霊界からの導きによって指示器が動きだし、文字を指して答えを告げます。

■サイコロ

　現在、サイコロ (dice) はギャンブルやゲームに使われています。しかしサイコロは、もともとそのために考案されたわけではありません。さまざまな順序でさまざまな数字が出ることから、サイコロは運やツキと深く関わる道具のように思われます。しかし、この世には運やツキなどというものはなく、すべては運命によって定められていると考える文化も少なくありませんでした。サイコロを振って出た数は、その数の持つ意味の一覧表と照らし合わされ、その人の運命を示すと考えられていたのです。

第6章
について

第7章について

基本データ	
語数	4252
会話の占める比率	35.9%
CP語彙レベル1、2 カバー率	77.2%
固有名詞の比率	9.2%

Chapter 7　The Boggart in the Wardrobe
——ネビルが世界で一番恐いもの

章題　The Boggart in the Wardrobe

Boggartとはいったい何者でしょう？　この語を辞書で調べても、載っていないかもしれません。でも、魔法界の人々さえ、それがどんな姿をしているのかよく知らないようです。わたしもここで説明するのは控えましょう。一方、wardrobeのほうは、衣類をしまっておく背の高いたんすのこと。ということは、Boggartは衣類のひとつなのでしょうか。まずは読んでみることにしましょう。

章の展開

　この章は、物語をさらに先に進ませるだけでなく、「闇の魔術に対する防衛術」の楽しい授業のようすを伝えてくれます。しかし、とても軽快に描かれてはいるものの、この章にはこれからとても重要となることがいくつか含まれています。次の点に注意して読んでみましょう。

1. 魔法薬の授業での、スネイプ先生のロンとハリーに対する態度。
2. ドラコ・マルフォイが、ハグリッドと自分の父親について口にしたこと。
3. その日の朝の「日刊予言者新聞」の記事について交わされた会話。
4. 魔法薬の授業のあと、教室を出たハーマイオニーに起こったこと。
5. 職員室での「闇の魔術に対する防衛術」の授業。
6. 授業後にハリーが感じた不安。

●登場人物 〈#ひさびさに登場した人物〉

Peeves［ピーヴズ］ホグワーツにすみついているポルターガイスト→第1巻7章
Mr (Argus) Filch［アーガス・フィルチ］ホグワーツの管理人→第1巻7章

語彙リスト

魔法薬の授業
<英> *p.94 l.1   <米> *p.123 l.1

double Potions (two periods of Potions) 2時限続きの魔法薬の授業
swaggered (walked with confidence) ふんぞり返って歩いた ▶▶*p.80*
sling (bandage to prevent the arm from moving) (包帯を巻いた腕を肩から吊る) 三角巾
heroic (courageous) 英雄のような
simpered (said lovingly) いかにも愛想よく言った
ingredients (contents) 材料
mutilating (destroying) 切る、切断する
shredding (cutting) 刻む
Shrivelfig 萎び無花果 ＊アビシニア産で「縮み薬」の材料のひとつ。▶▶第2巻15章
skinned (skin removed) 皮をむかれた
pal (friend) 友だち
mock (false) 偽の
influence (power) 影響力
beheading (cutting the head off) 頭を切り落とす
ladling (scooping with a ladle) (柄杓で) すくう
spleen 脾臓
dash (very small amount) ほんの少量
leech ヒル
on the verge of... (close to...) ……の寸前で、今にも……しそうで
scales (instrument used for measuring) 秤
'phoned = telephoned
significantly (meaningfully) 意味ありげに
simmers (boils on a low heat) ぐつぐつ煮える
gargoyle (statue of an ugly creature) 怪獣の像
savagely (mercilessly) 荒々しく、情け容赦なく
cowering (pulling back in fear) 縮こまる
gather round (assemble) 集まれ
hushed (gentle) 静まり返った
sour (bad-tempered) 機嫌の悪い

大広間に向かう途中
<英> *p.98 l.4   <米> *p.128 l.25

seething (very angry) いきりたつ
tucking (pushing) 押しこむ
seam (join) 縫い目

闇の魔術に対する防衛術の授業
<英> *p.99 l.3   <米> *p.130 l.9

tatty (untidy) ぼろぼろの
square meals (nutritious meals) 栄養のある食事
pixies ピクシー ＊コーンウォール地方の伝説に登場する、いたずら好きの小さな妖精。▶▶第2巻6章
Puzzled (confused) 困惑して

職員室に向かう途中
<英> *p.99 l.25   <米> *p.131 l.4

Loony (crazy) 狂人
loopy (stupid) ばかな
waged (fought) (けんかなどを) 行った
raspberry (rude noise made by forcibly blowing air through the lips) 唇のあいだで舌を震わせ、人をあざけるために発する音
Waddiwasi ▶▶*p.81*
wad (lump) 塊
zoomed (sped) すばやく動いた
cursing (blaspheming) 悪態をつきながら

職員室で
<英> *p.100 l.16   <米> *p.132 l.6

mismatched (non-matching) ちぐは

ぐな
glared (stared angrily) にらみつけた
admirably (perfectly) 立派に、見事に
Boggart ボガート (まね妖怪) ▶▶*p.81*
lodged itself (taken up residence) 棲みついた
assumed (taken on) (姿を) とった、身につけた
bobbing (bouncing) 飛びはねる
off-putting (distracting) 気がひける
Precisely (exactly) そのとおり
corpse (dead body) 死体
repels (resists) 撃退する
riddikulus ▶▶*p.81*
gallows (framework on which condemned men are executed by hanging) 絞首台
comical (humorous) おかしな、ユーモラスな
slithering (moving grotesquely) スルスルと (不気味に) 動く
rounded on... (turned his attention to...) ……のほうを向いた
mummy (corpse wrapped in bandages) ミイラ
unravelled (came undone) ほどけた
entangled (tied up) からまった
banshee (screaming ghost) バンシー (泣き叫ぶ妖怪)
unearthly (not of this world) この世のものとは思えない
wailing (mournful cry) 悲しげに泣き叫ぶ
writhed (undulated) 身をよじった、のたうった
orb (sphere) 玉
determined (confident) 決然とした
wisps (煙などの) 筋
summarise (put into a summary) 要約する
deliberately (purposely) 意図的に

▶▶ **地の文**

swaggered

　J.K.Rowlingは、名詞や動詞、形容詞、副詞を実に巧みに選び、登場人物の性格を表しています。せりふだけでなくその人物の描き方からも、好ましい人物かそうでないかが判断できるようになっているのです。たとえば、ドラコ・マルフォイに用いられている動詞のほとんどは非常にネガティブで、卑劣でうぬぼれの強い彼の性格を印象づけます。この章でドラコ・マルフォイにどのような描写が用いられているか、その例を見てみましょう。

- **swaggered**　ふんぞり返って歩いた
- **smirked**　にやりと笑った
- **drawled**　わざとらしく言った
- **voice full of malicious laughter**　底意地の悪い笑いをたっぷり含んだ声
- **tone of mock sorrow**　悲しむふりをしているのが見え見えの口調

- huge, fake sigh　これみよがしの大きなため息
- shining malevolently　（目が）意地悪く光る
- curving into a mean smile　（唇が）ゆがんで意地の悪い笑いになる
- pale eyes narrowed　薄青い目を細めて
- sneering laugh　あざけるような笑い

▶▶呪文

Waddiwasi [ワディワシ]

　この呪文についてはあまり詳しく書かれていませんが、おそらく穴のようなところに詰まったチューインガムを取り出すときにだけ効き目があるのでしょう。というのは、この呪文の最初の3文字wadが、よくガムの塊（wad of gum）、とくに噛み終わったガムを指すのに使われるからです。

riddikulus [リディクラス]

　お察しのとおり、これはものを滑稽に見せる呪文です。Boggart（ボガート、まね妖怪）を滑稽な姿に変えて混乱させ、退治するときに使います。由来はラテン語の*ridiculus*。その意味はもちろん、英語ridiculous（ばかげた、滑稽な）と同じです。

▶▶魔法界の生き物

Boggart

　Boggartは、夜になると現れていたずらをする生き物。アメリカではbogeysまたはbogeyman、スコットランドではboggle、ドイツではBoggelmannと呼ばれています。Boggartは人間の家に住みつき、ありとあらゆるいたずらをします。人畜無害ないたずらとはいえ、いたずらをされる側はたまったものではありません。人間がイライラすればするほど、Boggartは喜ぶのですから。魔法界では、それぞれの人が最も恐れているものの姿に変身することができます。このため、邦訳ではBoggartを「まね妖怪」と呼んでいます。

What's More 7

魔法の道具（2）

　第4章のコラムに続いて、魔法に欠かすことのできない道具を紹介します。ただし、こちらは「ハリー・ポッター」シリーズには登場しません。

■アサメイ
　アサメイ（athame）は儀式のみに用いられるナイフで、ものを切るのに使われることはありません。伝統的なアサメイは、黒い柄のついた鉄製の両刃のナイフ。とはいえ、鋭い刃でなくてもかまわないのですから、実際にはどんな素材でもいいわけです。魔法の道具の中で最も神聖なものなので、他人に触れさせてはなりません。このナイフにエネルギーを集中させて魔法の円や星形を描くほか、さまざまな儀式に用います。杖（wand）の代わりとして用いることもあります。

■ボリーン
　ボリーン（boleenまたはbolline）は儀式用ではないナイフで、薬草を切ったり、杖やろうそくなどに魔法のシンボルを彫ったりするのに使われます。柄は白がふつう。儀式に用いるわけではありませんから、どこかで買ってきた台所用ナイフでも事が足ります。

■ベルとトライアングル
　魔女たちの伝統的な儀式には、踊りや音楽がよく用いられます。ベル（bell）やトライアングル（triangle）のよく響く音は、儀式の始めに自然界の諸力を呼び集め、儀式の終わりにそれを去らせる合図となります。

■チャリス
　チャリス（chalice）は生命の水を象徴する杯。ふつうは、人と人とを結び合わせるGreat Riteと呼ばれる儀式（キリスト教徒の結婚式に相当）で用いられます。銀製か錫製が一般的ですが、ほかの素材でもかまいません。生命の水の象徴として中に入れる液体は、ぶどう酒、水、時には果汁など。絆を深める儀式として、人々が順々にチャリスをまわして一口ずつ飲むこともあり、そんなときには、チャリスをまわしながら"May you never thirst."（渇くことがないように）と唱えます。

■ペンタグラム
　ペンタグラム（pentagram）とは、魔法と縁の深い五角形の星形。小枝と麻糸などで作ることもあれば、天然繊維の紙やガラスの上に描くこともあります。魔女たちの多くは、ペンタグラムを身に着けています。魔法のシンボルであるこのペンタグラムは、それを着けている者の身を守り、自然界の諸力との結びつきを強めると考えられているからです。

第8章について

基本データ		
語数		5055
会話の占める比率		31.0%
CP語彙レベル1, 2 カバー率		77.4%
固有名詞の比率		9.2%

Chapter 8　Flight of the Fat Lady
──最低のハロウィーンの日に

章題

Flight of the Fat Lady

グリフィンドール寮への入り口を守っているFat Lady（太った婦人）のことは、もうご存じですね。このタイトルを見て、この婦人が空飛ぶ能力を身につけたのではないかと思う方もおられるのではないでしょうか。皆さんをがっかりさせたくはないのですが、英語のflightという語には「逃走、逃亡」という意味もあり、ここはこちらの意味です。ところで、「ハリー・ポッター」とは関係ありませんが、fat ladyという語が使われている英語の慣用句があるのをご存じですか。詳しくはp.90をご覧ください。

章の展開

　新学期に入ってからの日々が過ぎ、10月末のハロウィーンが近づいてきました。ホグワーツの生徒たちはその週末に、ホグズミード行きを許可されているのです。しかし、ロンをはじめとするほかの生徒たちがそれを楽しみにしているのとは裏腹に、この章はこれまでの章よりやや暗い印象です。わたしたちは、ホグワーツがもはや安全な場所ではないのだということを、初めて思い知らされることになります。この章では、次の点に注意してみましょう。

1. ルーピン先生の評判についての変化。
2. クィディッチ・シーズンの到来と、更衣室で行われたミーティング。
3. クルックシャンクスとスキャバーズの関係。
4. ラベンダー・ブラウンの悲しみの理由。
5. ハリーがマクゴナガル先生に頼んだこと。それに対するマクゴナガル先生の反応。
6. ハリーとルーピン先生の会話。
7. スネイプ先生がルーピン先生に渡したもの。
8. グリフィンドール寮の入り口で起こったできごと。

●登場人物 〈♠新登場あるいは #ひさびさに登場した人物〉

- **# Oliver Wood**［オリヴァー・ウッド］ホグワーツの生徒、グリフィンドールのクィディッチ・チームのキャプテン→第1巻9章
- **# Alicia Spinnet**［アリーシア・スピネット］ホグワーツの生徒、グリフィンドールのクィディッチ・チームの選手→第1巻11章
- **# Angelina Johnson**［アンジェリーナ・ジョンソン］ホグワーツの生徒、グリフィンドールのクィディッチ・チームの選手→第1巻11章
- **# Katie Bell**［ケィティー・ベル］ホグワーツの生徒、グリフィンドールのクィディッチ・チームの選手→第1巻11章
- **♠ Binky**［ビンキー］ラベンダー・ブラウンのペットのうさぎ
- **# Colin Creevey**［コリン・クリーヴィー］ホグワーツの生徒→第2巻6章
- **# Nearly Headless Nick**［ニアリー・ヘッドレス・ニック］ほとんど首なしニック（Sir Nicholas de Mimsy-Porpington［ニコラス・ド・ミムジー・ポーピントン］のニックネーム）、グリフィンドール寮に住みついているゴースト→第1巻7章

語彙リスト

ホグワーツの状況
＜英＞p.107 l.1　＜米＞p.141 l.1

- **frayed** (threadbare) すり切れた
- **Red Caps** レッド・キャップ（赤帽鬼） ▶▶p.88
- **potholes** (holes in the ground) 地面にできた穴
- **bludgeon** (hit with clubs) 棍棒でなぐる
- **Kappas** 河童 ▶▶p.88
- **creepy** (spooky) 気味の悪い
- **water-dwellers** (water creatures) 水中に棲む生き物
- **vindictive** (spiteful) 復讐心のある、悪意のある
- **like wildfire** (very quickly) 野火のように、あっというまに
- **bullying** (teasing) いじめる
- **deciphering** (analyzing) 解読する
- **bordering on...** (that was close to...) ……によく似た
- **reverence** (adoration) 敬意
- **taken to...** (started) ……が習慣になった
- **hushed** (whispered) 静かな、ひそめた
- **dull** (boring) 退屈な

グリフィンドール・クィディッチ・チームのミーティング
＜英＞p.108 l.13　＜米＞p.142 l.27

- **Quidditch** クィディッチ ▶▶p.90
- **tactics** (strategies) 戦術、作戦
- **Chasers** チェイサー ▶▶p.90,91
- **Quaffle** クァッフル ▶▶p.91
- **Beaters** ビーター ▶▶p.90
- **Bludgers** ブラッジャー ▶▶p.91
- **Keeper** キーパー ▶▶p.90,91
- **Golden Snitch** ゴールデン・スニッチ ▶▶p.91
- **burly** (muscular) たくましい
- **desperation** (recklessness) 自暴自棄、やけくそ
- **chilly** (cold) 冷え冷えとした
- **shot** (chance) チャンス
- **manic** (crazy) 狂った
- **blush** (go red with embarrassment) 照れてほおを赤らめる
- **rumbled** (spoke in a low voice) 重々しく響く声で言った
- **Cracking** (amazing) 驚くべき、すばらしい
- **resuming** (restarting) ふたたび始めながら

in the bag (belonged to us) 自分たちのものだ
dejectedly (unhappily) 落胆して
sympathetic (full of pity) 同情のこもった
determination (conviction) 決意
sessions (periods) 期間 ＊training sessionsは「練習」。
tarnish (spoil) 曇らせる、損なう

グリフィンドール寮の談話室で
＜英＞p.109　l.28　　＜米＞p.144　l.27

buzzing (alive with the sound of conversation) ざわめく
Zonko's ゾンコのいたずら専門店 ▸▸p.87
Stink Pellets 臭い玉 ▸▸p.89
ebbing (flowing) (潮が)引く、(気力が)衰える
turning back (returning his attention) ふたたび取りかかる
flourish (exaggerated performance) 大げさな身ぶり
pursed (tightened) かたく閉じた
pounced (attacked) 飛びかかった
ferociously (savagely) 猛烈に
slashing (clawing) (爪をたてて)裂く
remnants (remains) 残骸
made a lunge (tried to grab) 捕まえようとした
streaked (moved very quickly) 疾走した
swipes (grabbing motions) 捕まえようとする動き
skin and bone (very thin) 骨と皮、非常にやせた
got it in for... (trying to kill...) ……に悪意を抱く、……を殺そうとする

薬草学の授業
＜英＞p.111　l.24　　＜米＞p.147　l.16

Herbology 薬草学 ＊ホグワーツで教わる教科のひとつで魔法薬に使う植物や薬草の育てかたを学びます。 ▸▸第1巻8章

timidly (shyly) おずおずと
pail (bucket) バケツ

変身術の教室の外で
＜英＞p.111　l.34　　＜米＞p.147　l.27

resolved (decided) 決めた
argue his case (explain his situation) 事情を説明する
distracted (interrupted) 気を取られた、さえぎられた
streaming (tear-stained) 涙を流す、涙でぬれた
logically (reasonably) 論理的に
wailed (cried) 泣いた

変身術の授業
＜英＞p.112　l.32　　＜米＞p.149　l.7

looking daggers (staring angrily) ▸▸p.87
shuffling (rearranging) 並べなおす
egged him on (encouraged him) 励ました

その後の状況
＜英＞p.113　l.36　　＜米＞p.150　l.22

endure (suffer) 耐える
forge (illegally sign) 偽造する
half-heartedly (half jokingly) 半分冗談で
stamped on that one (refused the suggestion completely) その提案に大反対した
cracked up to be... (as good as people say...) ……という評判で

大広間で
＜英＞p.114　l.22　　＜米＞p.151　l.20

squabble (fight) 口げんか
solitary (lone) ひとりぼっちの

グリフィンドール寮の談話室で
＜英＞p.115　l.2　　＜米＞p.152　l.12

listlessly (without energy) 力なく、気乗りしないようすで
novelty had worn off (no longer interesting) 目新しさが薄れた、もはや興味を感じない
in awe (greatly admired) 崇拝して
avidly (eagerly) しげしげと

廊下で
＜英＞p.115　l.21　　＜米＞p.153　l.3

dispiritedly (in low spirits) 元気なく
jowls (sagging flesh on the side of the jaws) 頬のたるみ
likely story (bad excuse) ありそうな話、下手な弁解
Belch Powder ゲップ粉　▶▶p.89
Whizzing Worms ヒューヒュー飛行虫　▶▶p.89
Owlery (room in which the owls are kept) ふくろう小屋
doubled back (returned the way he had come) 来た道を戻った
considered (observed) じっと観察した
Grindylow グリンデロー（水魔）▶▶p.88

ルーピン先生の部屋で
＜英＞p.116　l.8　　＜米＞p.154　l.1

brittle (easily broken) もろい
spout (the tube from which water is poured on a kettle) やかんの注ぎ口
I daresay... (I'm sure...) きっと……だと思う
chipped (cracked) 欠けた
coward (not brave) 臆病者
cope with (handle) 扱う
taken aback (surprised) 驚いた
materialise (appear) 現れる
Not at all (you are welcome) どういたしまして、礼には及ばない

concocted (created) 調合した
complex (complicated) 複雑な
sip (small drink) ひと飲み
up to... (able to...) ……することができる
plunged recklessly on (continued without caution) 思い切ってそのまま続けた
disgusting (horrible) むかつくような、ひどい

グリフィンドール寮の談話室で
＜英＞p.118　l.34　　＜米＞p.157　l.23

dusk (twilight) たそがれ
time of their lives (an extremely enjoyable time) 最高に楽しい時間
Three Broomsticks 三本の箒　▶▶p.87
Butterbeer バタービール　▶▶p.89
ogre (giant) 人食い鬼
all sorts (different types of customers) あらゆる客

大広間で
＜英＞p.119　l.28　　＜米＞p.158　l.28

streamers (banners) 吹流し
re-enactment (re-creation / performance) 再現
botched (badly performed) しくじった

グリフィンドール寮で
＜英＞p.120　l.9　　＜米＞p.159　l.22

jammed (blocked) 混みあってさえぎられた
hold-up (delay) 停滞
tip-toe つま先　＊on tip-toeで「つま先立ちをする」。
slashed (cut) 切り裂かれた
viciously (savagely) むごたらしく
littered (covered) 散らばった
chunks (lumps) 塊
sombre (serious) 深刻な
cackling (hysterical laugh) 甲高い声

で笑う
wreckage (damage) 惨事
taunt (tease) からかう
adopted (assumed) 採用した、身につけた
oily ねっとりとした、おもねるような
Your Headship 校長閣下　＊ダンブルドア先生に対する追従的な呼びかけ。

dodging (weaving) （障害物を避けて）縫うようにして進む
Professorhead 校長閣下　＊ダンブルドア先生に対する追従的な呼びかけ。
with the air of... (in the same way as if...) ……であるかのようなようすで
cradling (holding) 抱える
bombshell (bomb) 爆弾

▶▶ 地の文

looking daggers

　相手に対する激しい怒りが、ありありと目に浮かんでくるようなフレーズです。daggerとは「短剣」のこと。そしてlook daggersは、短剣を次々と投げつけて相手に傷を負わせるかのように、恐ろしい目つきで相手をにらみつけることです。イギリスの漫画では、ある人の目から誰かに向かって、短剣が次々と飛んでいく場面をよく見かけます。これはこのフレーズをそのまま絵にしたものといえるでしょう。

▶▶ 舞台

Zonko's

　ホグワーツの生徒たちのお気に入りの店。とくにウィーズリー家の双子は、この店の大ファンです。zonkoとは、頭がちょっといかれていて、おもしろいことのためなら何でもする人のこと。酒や麻薬で「酔いつぶれる」という意味の動詞zonkに由来しています。店の主人は、こんな商売をしているだけあって、大のいたずら好き。それでZonkoというニックネームで呼ばれるようになったのでしょう。

Three Broomsticks

　Three Broomsticks（三本の箒）は、inn（宿屋）兼pub（居酒屋）として描かれています。これは、イギリスの伝統的なinnが、旅人

たちに食べ物や飲み物、宿泊所を提供する場所だったためで、どんな町や村にも最低1軒はありました。旅人だけでなく地元の人々も、ここで飲んだり食べたりすることができ、Three Broomsticksも例外ではありません。そして宿泊したい人のために、客室が2、3部屋用意されています。時代の流れとともに、innという語はhotelとほぼ同じ意味で使われるようになりましたが、イギリスの田舎にあるinnは、今でもpubを兼ねています。

▶▶ 魔法界の生き物

Red Caps

イングランドやスコットランドの伝説に古くから登場する生き物。戦場に棲みつき、戦に倒れた者の血を、red cap（赤い帽子）ですくって集めます。Bloody Cap、またはRed Combとも呼ばれています。

Kappas

この生き物については、説明する必要はありませんね。ご存じのとおり、Kappaとは日本の伝説に登場する「河童」です。不思議なことに、スネイプ先生は次の章で、Kappaはおもにモンゴルで見られると言っています。それが本当かどうかは、皆さんの想像にお任せしましょう。

Grindylow［グリンディロー］

気味の悪い緑色の水魔で、鋭い小さな角、尖った牙があり、ひょろ長い指をしています。もともとはヨークシャー地方の伝説に登場する生き物で、池や湖に棲み、水辺に近づいてきた子どもを水中にひきずりこみます。イングランドの他の地方の伝説では、Jenny Greenteeth（緑の歯のジェニー）、Nellie Long-Arms（長い腕のネリー）などと呼ばれています。井戸に棲みついて同じような悪さをする水魔としては、Peg o' the Well（井戸のペグ）もいます。

▸▸ 魔法の道具

Stink Pellets ［スティンク・ペレッツ］

> Stink Pelletの発想のもとは、イギリス中のジョーク・ショップで売られているStinkbombでしょう。Stinkbombは、腐った卵のような嫌なにおいの液体が入った「爆弾」。とてももろいので、投げると破裂し、あたりに悪臭を漂わせるという仕掛けです。イギリスの男の子たちにStinkbombが大人気なのは、言うまでもありません。

Belch Powder ［ベルチ・パウダー］

> belchはburpと同じく「げっぷ」のこと。あまりお行儀のいいことではありませんよね。おそらくこの粉を食べた人は、げっぷが止まらなくなってしまうのでしょう。ホグワーツの男子生徒が喜ぶのはまちがいありません（そしてたぶん世界中、どこの国の男子生徒も）。

Whizzing Worms ［ウィジンク・ワームズ］

> この使いみちについては、詳しく書かれていませんが、whizは「音をたてて飛ぶ」という意味であることから、おそらく空中を飛びまわる虫だろうと思われます。ゾンコのいたずら専門店で売られている他の品と同じように、これを買うのはもっぱらホグワーツの男子生徒たちでしょう。男の子は虫が大好き、女の子は虫が大嫌い、というのがふつうですから。

▸▸ お菓子や食べ物

Butterbeer

> ホグズミードにある居酒屋Three Broomsticksの常連がこぞって注文する飲み物。味はroot beerに似ているのではないかと思われます。飲み物の名前にbutterという語が入っていると、とてもおいしそうに聞こえます。たとえば、子どもたちの好きなbuttermilk（牛乳に乳酸菌などを入れて発酵させた飲み物）などがそうですね。
> beerという語が使われていても、必ずしもアルコール飲料とは限

りません。子どもたちの好きな飲み物に、ginger beer やroot beer などがありますが、どちらもレモネードなどと同じような炭酸飲料にすぎません。とはいえ、わたしたちの住むマグルの世界とはまったく異なる魔法界のことですから、ひょっとしたらその名のとおり、バター味のするアルコールのビールかもしれません。

▶▶情報
Fat Lady

グリフィンドール塔の入り口を守っているFat Ladyは、ひょっとしたら、英語の慣用句 It isn't over until the fat lady sings. のfat ladyと関連があるのかもしれません。オペラは必ずといっていいほど、豊満なソプラノ歌手がアリアを歌って幕となることから生まれた慣用句で、その意味は「太った女性が歌うまでは、まだ終わったわけではない」、つまり「最後の最後まで結果はわからない」。

たとえば、一方的なゲーム展開となったサッカーの試合で、解説者は "The game is not over until the fat lady sings." と言うことができるでしょう。試合終了までは、負けているチームにもまだ逆転のチャンスがある、ということです。この場合のfat ladyは、審判のホイッスルですね。

ではJ.K.Rowlingは、「ハリー・ポッター」シリーズの最終巻となる第7巻で、グリフィンドールの守衛Fat Ladyに歌をうたわせ、物語を締めくくるつもりなのでしょうか。

Quidditch［クィディッチ］

Quidditchのルールの概要は次のとおり。

1. 各チーム7名
- Chaser（3名）　Quaffleと呼ばれるボールをパスしあい、相手ゴールの3つの輪のうちのどれかに投げ入れる。
- Beater（2名）　Chaserたちをほうきから叩き落とそうとするBludgerと呼ばれるボール（ふたつ）を敵陣に打ち返し、味方チームのChaserたちを守る。
- Keeper（1名）　相手チームに得点されないよう、ゴールを守る。

Seeker（1名）　Golden Snitchと呼ばれるボールを探し、相手チームのSeekerより先にそのボールを捕る。
2. 4つのボールを使用
　（Quaffle 1個、Bludger 2個、Golden Snitch 1個）。
3. 得点は、ゴールごとに10点。
4. Golden Snitchを捕ると150点。
5. Golden Snitchが捕られた時点で試合終了。

【Quidditchの用語】
● Seeker［シーカー］
　Golden Snitch（金のスニッチ）を捕まえて試合を終わらせ、チームに150点を獲得する任務を負う選手。Golden Snitchを探し求める（seek）役割から、Seekerと呼ばれます。
● Chaser［チェイサー］
　Quaffleをパスしあってゴールに投げ入れ、得点する任務を負う選手。相手チームの選手に対抗し、味方チームの選手を互いに追って（chase）スタジアム中を駆けまわる役割から、Chaserと呼ばれます。
● Keeper［キーパー］
　相手チームがゴールめがけて投げこむQuaffleを防ぐのが任務。ゴールの番をする（keep）役割から、Keeperと呼ばれます。サッカーでやはりゴールを守るのが役割のgoalkeeperを短くしたものでしょう。
● Bludger［ブラッジャー］
　スタジアム中をでたらめに飛びまわり、相手チームの選手をほうきの柄から叩き落とすボール。Bludgerという語は、bludgeon（力まかせに打つ）から。
● Quaffle［クァッフル］
　Chaserたちが相手ゴールの輪に投げ入れて得点するボール。Quaffleとは、おそらく「すばやく飲みこむ」という意味の語quaffからつけたものでしょう。ゴールの輪は、文字どおりこのボールを飲みこむのです。
● Golden Snitch［ゴールデン・スニッチ］
　Quidditchの試合で最も重要なボールです。Seekerがこのボールを捕まえると、チームに150点が入り、試合が終了します。

> snitchとは警察に情報をたれこむ「密告者」のことで、犯罪者仲間のうちでも最低の人間とされています。snitchという語が用いられたのは、おそらくこのボールが信じがたいほど巧妙に隠れて動きまわり、一方のチームを裏切って他方のチームに勝利をもたらすことがあり得るからでしょう。

What's More 8

呪い（2）ローランド・ジェンクスの呪い

　Roland Jenksの呪いの物語は、400年もの昔から語り伝えられています。しかしその証拠があげられたのは、ごく最近のことです。
　Roland Jenksは16世紀Oxfordの町の製本屋。町の人々からは「口が悪く無礼な人物」として知られていました。1577年、ローマ教皇を支持したかどで裁判にかけられました。当時、すでに新教国になっていたイングランドで、それは歓迎されないことだったのです。彼に下った判決は、非常に奇妙なものでした。耳に釘を打ちこまれ、町のさらし台にさらされる、という刑に処せられることになったのです。この判決を聞いて動揺したJenksは、裁判所の人々や町に呪いをかけました。
　そして呪いの結果、大勢の地元の男性たちが次々と死んでいったと言われています（女性や子どもは無事）。犠牲となった人々の中には、裁判官2名、書記官、検死官、州の長官、陪審員数名が含まれていました。この話はその後も語り伝えられ、やがて地元の伝説となりました。ところが最近、この付近の開発事業で裁判所の跡地を掘ったところ、8体の人骨が発見されました。
　2003年にはさらに詳しい調査が行われ、16世紀中頃のものと思われる人骨が、さらに59体発見されました。
　現代科学に基づく公式の見解は、これらの人々の死因を腸チフスであるとし、呪いであるという説を否認しています。
　ただし、Jenksが呪いで腸チフスを広めたのでなければ、の話ですが……。

第9章 について

基本データ	
語数	5262
会話の占める比率	34.5%
CP語彙レベル1, 2 カバー率	80.9%
固有名詞の比率	7.6%

Chapter 9　Grim Defeat
――初めての敗北

章題

Grim Defeat

わたしたちはすでに、第6章でGrimという語と出会いました（トレローニー先生の予言を覚えていますね？）。でも、このタイトルにあるgrimは、それとは別物です。とはいえJ.K.Rowlingは、あのGrim（死神犬）のことを読者に思い出させようとして、この語を選んだのかもしれません。grimは残酷で情け容赦ない、恐怖に満ちたものを示す語です。この章に描かれるdefeat（敗北）は、何の敗北であれ、あまり好ましいことではなさそうな気がしますね。

章の展開

　この章ではおもに悪いできごとが描かれ、魔法界がこれから苦難にさらされることを予感させます。他のどこよりも安全と思われていたホグワーツの砦が破られたことを、わたしたちはすでに知っていますが、この章では、その衝撃が学内にじわじわと広がっていくようすが描かれています。また、ハリーと友人たちがある教師に対して抱くようになった不安についても触れています。ある場面のクライマックスは、読んでいて背筋も凍るような恐ろしさです。以下の点に注意して読んでみましょう。

1. 生徒たちが夜を過ごすことになった場所。
2. スネイプ先生が考えた、侵入者がホグワーツに入りこんだ方法。
3. 「太った婦人」の代理を務めることになった肖像画。
4. マクゴナガル先生の研究室での会話。
5. クィディッチの試合でグリフィンドールが対戦するチーム。
6. 「闇の魔術に対する防衛術」の授業でルーピン先生の代理を務めることになった教師。
7. クィディッチの試合中の天候。
8. 試合にやって来た人々。彼らに対するハリーの反応。
9. 試合の結果。ハリーのほうきが見舞われた災難。

●登場人物 〈♠新登場あるいは #ひさびさに登場した人物〉

Madam Hooch［マダム・フーチ］ホグワーツのクィディッチの教師→第1巻7章
Flint (Marcus)［マーカス・フリント］ホグワーツの生徒、スリザリン・クィディッチ・チームのキャプテン→第1巻11章
♠ Cedric Diggory［セドリック・ディゴリー］ホグワーツの生徒、ハッフルパフ・クィディッチ・チームのキャプテン

語彙リスト

大広間で
〈英〉p.122 l.1　〈米〉p.162 l.1

conduct (carry out) 実施する
immensely (extremely) 非常に
squashy (soft) ふかふかした
Apparate 姿現わし　▶▶p.97
crossly (angrily) 怒って
prowling (roaming) 巡回する
telling people off (scolding people) 人々を叱りつけながら
guardian (guard) 守衛
distressed (upset) 動転して
restore (repair) 修復する
creak (make an frightening noise) きしるような音をたてる
linger (stay around) ぐずぐずして居残る
theory (idea) 考え
fraction (small amount) ほんのわずか
rapt (alert) 心を集中させた
appointed (assigned) 任命した
abashed (embarrassed) 当惑して
resentment (anger) 敵意

ホグワーツの状況
〈英〉p.125 l.14　〈米〉p.166 l.23

wilder (stranger) より現実離れした、ますます途方もない
flowering shrub (bush with blossoming flowers) 花の咲いている潅木
duels (fights) 決闘
complicated (complex) 複雑な

barking mad (completely crazy) とんでもなく頭がおかしい
tailing (following) 尾行する
To cap it all (on top of all that) 極めつきとして

マクゴナガル先生の研究室で
〈英〉p.125 l.38　〈米〉p.167 l.17

outraged (furious) 憤慨して
prospects (chances) 見通し、勝算
goodness knows　▶▶p.96
oversee (supervise) 監督する

グリフィンドール・クィディッチ・チームのミーティング
〈英〉p.126 l.19　〈米〉p.168 l.9

Undaunted (undeterred) くじけずに
chorused (said together) 口をそろえて言った
rumble (low noise) ごろごろ鳴る音
light-hearted (non-serious) 不真面目な
too thick to string two words together (very stupid)　▶▶p.96
pushover (easy to beat) たやすく破ることのできる相手
wrong-foot (confuse) バランスを崩させる、混乱させる

闇の魔術に対する防衛術の教室へ
〈英〉p.127 l.15　〈米〉p.169 l.16

howling point (force gale) 吹きすさぶ強風

room (space) 空間
tips (advice) 助言
swerve (turning ability) 旋回
looping him (flying in a circle around him) 彼のまわりをぐるぐるまわる

闇の魔術に対する防衛術の授業
<英>*p.*127　*l.*32　　<米>*p.*170　*l.*3

topics (subjects) 内容
boldly (courageously) 勇敢に
over-taxing (over-working) 過度に要求する
werewolves 狼人間、狼男、人狼　＊満月の夜に狼に変身する人間。▶▶第1巻13章
restrain (prevent) 控える、抑える
due (scheduled) ……することになっている
Hinkypunks ヒンキーパンク（おいでおいで妖精）▶▶*p.97*
sidelong (sideway) 横に向けた
sullen (resentful) 不機嫌な
distinguish (differentiate) 区別する
distinction (difference) 区別
snout (nose) （動物の）鼻先
out of turn (without being asked) （指名もされないのに）勝手に
insufferable (unbearable) 我慢がならない
know-it-all (show-off) 知ったかぶり
silkily (smoothly) なめらかに、ねっとりと
poorly (badly) 下手に
in hand (under control) 支配下に、管理の下に
earshot (hearing range) 声の聞こえる範囲
tirade (angry lecture) 手厳しい非難
pensively (thoughtfully) うち沈んで
towering rage (extreme fury) こみ上げてくる怒り
scrub (clean) ごしごしこすってきれいにする
bedpans (portable toilets for patients confined to bed) おまる

グリフィンドール寮で
<英>*p.*130　*l.*14　　<米>*p.*173　*l.*22

bolt upright (completely straight) まっすぐに
battling (fighting) 戦う
trifles (insignificant matters) 些細なこと
whiled away (spent) 時間をつぶした
dawn (daybreak) 夜明け
mangy (shabby) みすぼらしい
cur (dog of mixed parentage) ろくでなし
revived (felt better) 生き返った、気分がよくなった

グリフィンドール対ハッフルパフ
<英>*p.*131　*l.*21　　<米>*p.*175　*l.*11

considerably (significantly) 相当に
pre-match pep talk (words of encouragement given by the captain before a match) 試合前の激励の言葉
lockjaw (unable to move the jaw) あごが動かなくなる状態
squelch (wet noise) 水や泥のたてる音
commentary (narration) 解説
unseated (knock out of his seat) 座席から（この場合、ほうきから）叩き落とされて
tell them apart (differentiate between them) 違いを見分ける
exasperatedly (irritably) 腹立たしげに
inexplicably (for no apparent reason) なぜか
Impervius ▶▶*p.97*
repel (resist) 弾く、はねのける
done the trick (achieved the objective) 効果を発揮した
numb (without feeling) 無感覚の
turbulent (rough) 荒れ狂う
ducking (dodging) よける、避ける
clap (noise) 騒音

shaggy (long-haired) 毛むくじゃらの
imprinted (outlined) 輪郭が浮かび上がって
sodden (soaking wet) ずぶぬれの
anguished (distressed) 苦しそうな
pelting (speeding) 突進する
eerie (unnatural) 不気味な、異様な
mercy (pity) 憐れみ

医務室で
<英>p.134 l.21　<米>p.179 l.14

didn't have a clue (had no idea) まったくわからなかった
spattered (covered) 覆われた
fifty feet 約15m
bloodshot (red) 血走った
re-match (replay) 再試合
fair and square (completely fairly) 完全にフェアな
margin (range) (得点などの) 差
beat yourself up (blame yourself) 自分を責める
disapproving (critically) とがめるように
stretcher (piece of canvass stretched between two poles for carrying sick people) 担架
cast around (searched his mind) 心の中を捜しまわった、思案した
Whomping Willow 暴れ柳 ＊ホグワーツの敷地内に生えている、狂暴な巨木。▶▶第2巻5章
came round (returned to consciousness) 意識が戻った
splintered (cracked and broken) 粉々になった

▶▶ せりふ

goodness knows

　おもに年配の人々が使う、やや古めかしい表現です。goodnessは人の心の内を理解する存在であり、その意味はGod knowsやHeaven knowsと同様、「神のみぞ知る」「(神のほかは) 誰も知らない」。ここでマクゴナガル先生は、自分がグリフィンドールの優勝杯獲得をどれほど願っているか、その心の内はgoodnessだけが知っている、と言っているのです。

too thick to string two words together

　ハッフルパフ・クィディッチ・チームの新しいキャプテン、セドリック・ディゴリーをばかにしたせりふです。thickとは「ばかな、愚鈍な」の意味。したがってtoo thick to string two words togetherは、「ふたつの言葉をつなげることもできないほど (筋の通った文章を組み立てることができないくらい) 頭が悪い」ということです。

この直前にケイティーは、セドリックのことを"strong and silent"（強く無口な人）と言いました。これはふつう、英語ではほめ言葉です。じっと口をつぐんでいられる人は強い意志の持ち主、反対に、のべつまくなししゃべっている人は自信のない人と考えられているのです。でも、ケイティーはこう言ったあとすぐにクスクス笑いだしたのですから、実は皮肉をこめたせりふだったのですね。

▶▶ **呪文**

Apparate［アパレート］

　　ApparateはJ.K.Rowlingの造語で、ある場所から姿を消し、まったく別の場所から姿を現すことを意味する動詞。このレイブンクロー寮生は、シリウス・ブラックがホグワーツの外で姿を消し、中でふたたび姿を現したのではないかと言っているのです。Apparateという語は、ラテン語の*appareo*（現れる）から。姿を消すことを意味する魔法界の動詞は、これに否定の接頭辞dis-をつけたDisapparateです。

Impervius［インパーヴィアス］

　　無生物にかける呪文で、そのまわりで起こることを無効にします。ここの場合、ハーマイオニーはハリーの眼鏡に魔法をかけ、眼鏡が雨水を弾くようにしたのです。この呪文はラテン語*impervius*（通さない）から。英語のimperviousは、綴りも意味もこれとほぼ同じです。

▶▶ **魔法界の生き物**

Hinkypunks［ヒンキーパンクス］

　　Hinkypunkは、イギリスの伝説に登場するwill-o'-the-wisp（鬼火）と関係があるようです。その姿は実体のある生き物というより、霧状の雲のよう。沼地で明かりを放ち、家があるかのように見せかけて、旅人たちを沼地に誘いこみます。

What's More 9

占い (2)

　第6章のコラムに続いて、イギリスでよく行われている占いのいくつかをご紹介します。

■手相占い
　手相占い (palmistry, palm reading) はユダヤに起源があるとされています。人の未来についての詳細は、その人の手のひらに示されているという考えに基づく占いです。手のひらにあるおもな線は、知能線 (head line)、感情線 (heart line)、生命線 (life line)。この3本の線の長さと濃さが、寿命、健康、人間関係と運命を示しています。手相占いで見るのは、手のひらの線だけではありません。指の形や「丘」(手のひらの盛り上がっている部分) も、手のひらの線を正しく解釈する助けとなります。「丘」には惑星の名がつけられ、そこに含まれた各個人の誕生の印から、星占い師は誕生の正確な場所と時間を読み取ることができます。

■ルーン・ストーン
　アイスランド起源のルーン・ストーン (rune stones) は、簡単な占いの方法として20世紀に大人気となりました。この占いには、ルーン文字の刻まれた、それぞれ象徴的な意味を持つ25の石が使われます。石の選び方、並べ方はさまざまですが、袋の中から無作為に取り出して並べる方法が最も一般的で、その順番から占い師が意味を読み解きます。

■タロット・カード
　現在、西欧で最も人気のある占いです。占い師はタロット・カード (tarot cards) に描かれた絵の意味を読み解くことによって、人の未来を占います。はっきりと証明されたわけではありませんが、カバラと呼ばれるユダヤ神秘主義に起源を持つと言われています。タロット・カードは22枚の大アルカナと56枚の小アルカナというカードから成り、22という数がヘブライ語アルファベットの数と対応しているからです。これらのカードはさらに4つの組に分けられます。占ってもらう人は何枚かのカードを引いてある形に並べ、占い師はそこに並べられたカードから、その人を霊的に啓発する4つの道を解きあかします。それぞれのカードは、上下の向きや次に引かれたカードによっていくつもの意味を持つため、その解釈にはかなりの熟達が必要です。

第10章 について

基本データ		
語数		7120
会話の占める比率		44.3%
CP語彙レベル1、2 カバー率		78.4%
固有名詞の比率		7.7%

Chapter 10　The Marauder's Map
―― 英雄と裏切り者の殺人鬼

章題　The Marauder's Map

このタイトルは、魔法界でだけしかお目にかかれない、ある地図を指しています。「ハリー・ポッター」シリーズでこの地図が登場するのは、これが初めて。驚くほどすばらしい地図なので、男の子なら誰でもきっとほしくなってしまうにちがいありません。

章の展開

かなり長い章ではありますが、前章や前々章に比べて楽しいできごとが描かれ、ハリーの未来にも少し希望が持てそうな気がしてきます。でも、だからといって、気をゆるめている余裕はありません。これから先の章に大きな影響を及ぼす大切な章なので、気を抜かずに読んでください。次の点に注意してみましょう。

1. 闇の魔術に対する防衛術の授業。
2. 授業後、ハリーとルーピン先生が話したこと。ルーピン先生が約束したこと。
3. ウィーズリー家の双子フレッドとジョージからハリーがもらった贈り物。ホグワーツからの抜け道について、ふたりが教えてくれたこと。
4. Marauder's Map（忍びの地図）を作った人たちの名前。
5. Honeyduke's（ハニーデュークス菓子店）の光景と、そこの壁に貼られていた掲示。
6. Three Broomsticks（三本の箒）の光景と、ハリーがそこで耳にしたこと。

●登場人物 〈♠新登場あるいは #ひさびさに登場した人物〉

- ♠ **Davey Gudgeon**［ディーヴィ・ガジョン］元ホグワーツの生徒
- \# **Mrs Norris**［ミセス・ノリス］管理人フィルチの飼い猫→第1巻8章
- ♠ **Madam Rosmerta**［マダム・ロスメルタ］Three Broomsticks（三本の箒）の女主人
- ♠ **Peter Pettigrew**［ピーター・ペティグリュー］元ホグワーツの生徒

語彙リスト

医務室で
〈英〉p.137 l.1　〈米〉p.183 l.1

shattered (broken) 粉々になった
stream (regular flow) 流れ、連続
intent on... (aiming at...) ……を意図する、……しようとする
earwiggy (full of earwigs) ハサミムシだらけの
scoff (make fun of him) からかう
near-fatal (almost deadly) もう少しで命取りになる
petrified (terrified) 恐怖に凍りついた
dwell (think about) 考える
beside himself with glee (having trouble controlling his joy) 有頂天で ▶▶ *p.103*

闇の魔術に対する防衛術の授業
〈英〉p.138 l.24　〈米〉p.185 l.8

babble (noisy conversation) 騒がしいおしゃべり
indignation (resentment) 憤り
frail (delicate) はかなげな
Lures (tempts) 誘う
bogs (marshes) 沼地
smashed (broke) 粉々に砕いた
foulest (most awful) 最もいまわしい
glory (rejoice) 喜ぶ
infest (occupy) はびこる
soulless (without a soul) 魂の抜けた
prey (targets) 餌食
contrary (opposite) 反対の、逆の
inconvenient (not convenient/inopportune) 都合が悪い

ホグワーツの状況
〈英〉p.141 l.17　〈米〉p.189 l.9

flattened (beat resoundingly/completely defeated) 徹底的に打ち負かした
upturn (improvement) 向上
out of the running (without a chance of winning) 優勝の見込みがない
repossessed (obsessed again) ふたたび取りつかれた
stations (positions) 持ち場
opaline (like opal) オパールのような
fairies (small winged spirits that live in forests) 妖精
stand (bear) 我慢する
Toothflossing Stringmints 歯みがき糸楊枝型ミント菓子 ▶▶ *p.105*
Resigned (accepting) あきらめて、覚悟を決めて
Which Broomstick 『賢い箒の選び方』 ▶▶ *p.107*
Shooting Star (make of flying broomstick) 流れ星＊空飛ぶ箒の型。
bid (said) (あいさつを)述べた

4階で
〈英〉p.142 l.17　〈米〉p.190 l.20

Psst— 相手の注意を引くときにたてる声
festive cheer (Christmas goodwill) お祝いのあいさつ、クリスマスの贈り物

wrench (hard to part with) 別れがたい気持ち
off by heart (completely memorized) すっかり暗記して
bequeath (pass it down to) 与える
mortally (fatally) 致命的に
offended (insulted) 機嫌を損なわせた
carefree (without any problems) 苦労のない、のんきな
spot of bother (bit of trouble) ちょっとしたトラブル
Dungbomb クソ爆弾 ▶▶*p.105*
disembowelment (having the organs cut from the body) 内臓をえぐること
Confiscated (taken away) 没収された
diversion (distraction) 注意をそらすこと
winding me up (making fun of me) からかう
ragged (torn and untidy) ぼろぼろの
up to no good (doing something naughty) いたずらをたくらんで
criss-crossed (crossed each other repeatedly) 交差した
fanned (moved outwards) 外側に向かって伸びた
blossom (appear)（花が開くように）現れた
proclaimed (announced) 告げた
Messrs Mrの複数形
Moony, Wormtail, Padfoot and Prongs ムーニー、ワームテール、パッドフット、プロングズ ▶▶*p.145* ▶▶第18章
Purveyors (suppliers) 提供者
Aids (tools) 器具、道具
Mischief-Makers (trouble-makers) いたずら仕掛け人
MARAUDER'S MAP 忍びの地図 ▶▶*p.105*
minuscule (tiny) 非常に小さな
Astounded (amazed) 驚いて
caved in (collapsed) 崩れた
crone (ugly old woman / hag) しわく

ちゃな老女
tirelessly (without rest) 休みなく
uncanny (remarkable) 気味の悪いほどの
impersonation (imitation) もの真似
astonishment (amazement) 驚き
minute (tiny) 非常に小さな
speech bubble 漫画のふきだし ＊中にせりふが書かれています。
Dissendium ものをふたつに分ける呪文の言葉 ▶▶*p.104*

秘密の通路で
<英>*p.145* *l.36* <米>*p.195* *l.14*

uneven (rough) でこぼこの
trapdoor (a door laid flat on the floor) 跳ね上げ戸

ハニーデュークスで
<英>*p.146* *l.20* <米>*p.196* *l.9*

crates (wooden boxes) 木箱
blended (matched) なじんだ、溶けあった
Jelly Slugs ナメクジゼリー ▶▶*p.106*
cleaned us out (bought the available stock) 店の在庫を空にした、店の在庫をすっかり買い取った
shifting (moving) 動かす
backside (pair of hips) 尻
ducked (crouched) かがんだ
suppressed (restrained) 押し殺した
succulent (delicious) 汁気の多い、おいしい
Every Flavour Beans 百味ビーンズ ＊豆粒の形をしたさまざまな味のキャンディ。 ▶▶第1巻6章
Fizzing Whizzbees フィフィ・フィズビー（浮上炭酸キャンディ） ▶▶*p.106*
Droobles Best Blowing Gum ドルーブル風船ガム ▶▶第1巻6章
Ice Mice ブルブル・マウス ▶▶*p.106*
chatter (click together) ぶつかりあってカタカタ音をたてる
Cockroach Cluster ゴキブリ・ゴ

第10章について

ソゴソ豆板 ▶▶*p.106*
ludicrous (incredibly stupid) とんでもなくばかげた
nicked (stole) 盗んだ
significantly (meaningfully) 意味ありげに
advisable (recommended) 望ましい
mullioned (window panes separated by slender vertical bars) (窓ガラスが) 垂直の細い枠で仕切られた
Acid Pops ペロペロ酸飴 ▶▶*p.107*
walloping (hitting) 叩く
broodingly (thoughtfully) 思いにふけって

ホグズミードの目抜き通りで
〈英〉*p.*149 *l.*14　〈米〉*p.*200 *l.*10

thatched (roofs made of straw) 茅葺の
holly ヒイラギ ＊葉と赤い実をつけた枝がクリスマスの飾りとして使われます。
chattering (clicking together in the cold) (寒さで歯を) ガチガチいわせる

「三本の箒」で
〈英〉*p.*149 *l.*29　〈米〉*p.*200 *l.*25

rowdy (noisy) やかましい、騒ぎたてる
flurry 乱れ飛ぶ (雪の) 集まり
Mobiliarbus ▶▶*p.104*
dense (thick) 茂った
turquoise (light blue colour) トルコ石色の
mulled mead ホット蜂蜜酒 ▶▶*p.107*
Ta = thank you
m'dear = my dear
this neck of the woods (this area) この界隈 ＊アメリカで森林地帯の開拓地を neck of the woods と呼んだことから、「その地域、その近辺」を意味するようになりました。
eavesdroppers (people listening to their conversation) 立ち聞きする人
precaution (preventative measure) 予防措置
Hear, hear (I agree) ▶▶*p.103*
demurred (said gravely) 重々しく言った
double act (comedy team) ふたり組のコメディー・チーム
Ringleaders (group leaders) グループのリーダー
give 'em a run fer their money (be worthy challengers) 彼らと張りあえる ＊'em = them、fer = for
Inseparable (impossible to keep them apart) 分けることができない
godfather (person selected by parents to take care of their child in the event of something happening to them) 名づけ親 ＊両親が、自分たちに何かがあったときに子どもの面倒を見てくれるようにと選んだ人。もともとは、子どもが生まれたときの洗礼式に立ち会い、父母に代わって子どもの宗教・情操面での指導を担っていました。
torment (agonize) 苦しめる
in league with... (a colleague of...) ……と組んで、……とグルになって
tipped him off (informed him) 彼に情報を与えた
Fidelius Charm 忠誠の術 ▶▶*p.104*
henceforth (thereafter) それ以後
divulge (release) 暴露する
sitting-room (living room) 居間
traitor (betrayer) 裏切り者
betrayed (double-crossed) 裏切った
downfall (nemesis) 最大の敵
fled (ran) 逃げた ＊原形は fleed。
shown his true colours (shown his true self) ▶▶*p.104*
turncoat (traitor) 裏切り者
fishy (suspicious) 怪しい、疑わしい
pitched (thrown) 投げ飛ばした
Alas (unfortunately) ああ ＊残念に思う気持ちを表した感嘆詞。
Maddened (angered) 怒り狂って
grief (sorrow) 悲しみ
in their league (as good as them) 彼らと同じ仲間で、彼らと同等で

smithereens (tiny pieces) 微塵、小さな破片
Magical Law Enforcement Squad 魔法警察部隊
Department of Magical Catastrophes 魔法惨事部
crater (hole) 穴
fragments (small pieces) 断片
Order of Merlin, first class 勲一等マーリン勲章
unhinged (mentally destabilized) 正気を失わせた
rationally (reasonably) 理性的に
unnerving (disturbing) 狼狽させる、とまどわせる
eventual (final) 最終的な
evasively (deceptively) 言い逃れをするように
devoted (worshipful) 献身的な、熱心な

▶▶ 地の文

beside himself with glee

> これはちょっと奇妙な言いまわしです。うれしさのあまり、体がふたつに分かれてしまい、片割れがその人の脇に立っているという表現なのですから。beside oneself（強い感情にとらわれて我を忘れる）というフレーズは、うれしいときだけでなく、以下の例のように、がっかりしたときや非常に腹を立てたときなどにも使えます。
>
> * I was *beside myself* with misery
>   （わたしはあまりに気落ちして、途方に暮れた）
> * They were *beside themselves* with anticipation
>   （彼らは期待で頭がいっぱいになった）
> * She was *beside herself* with fury
>   （彼女は逆上した）

▶▶ せりふ

Hear, hear

> 誰かが言ったことに対して「そうだ、そのとおりだ」と同意を示すときに、よく使われるフレーズです。その起源は、昔のイギリスの政治にさかのぼります。議会である人が意見を述べると、その意見に反対の議員たちは大声で野次を飛ばして、相手の話を妨害したものです。そんなとき、発言者を支持する議員たちは、"Hear him"（彼の言うことを聞け）と叫び、野次を飛ばす議員たちを黙らせまし

た。やがてそれが省略されて "Hear, hear" となったのです。現在では、この元来の用法とは関係なく、単に話し手への同意を示すときに使われています。

shown his true colours

このフレーズは、イギリスの昔の海事に由来します。coloursとは、船のマストに掲げられた旗のこと。この旗は、その船の目的（軍艦か商船か、など）と国籍を他の船に知らせるためのものです。かつて海賊がさかんに出没した時代、海賊船は他の船をあざむくために、ふだんは立派な商船のcoloursを掲げていましたが、いよいよ他の船を襲撃するときになると髑髏の旗を掲げ、海賊船であることを示しました。これはshowing its true colours（本当の旗を見せる）と呼ばれていました。現在は、ふだん立派に見せかけている人物の悪事が露見したときなどに、show his true colours（正体を現す、ぼろが出る）といった用い方をします。

▶▶ 呪文

Dissendium ［ディセンディウム］

ものをふたつに分ける呪文。ここの場合、魔女の像とその背中のコブとを分けること、つまり背中についているコブを開くことです。この語の由来は、「分離」を意味するラテン語*discessio*。

Mobiliarbus ［モビリアーバス］

木を動かす呪文。ふたつのラテン語*mobilis*（動かすことができる、すばしこい。英語mobileの語源）とarbor（木）から。

Fidelius Charm ［フィデリアス・チャーム］

Fidelius Charm（忠誠の術）とは、信頼のおける人物の中に秘密を隠す術。その人が秘密を暴露しようとしない限り、秘密は守られます。英語のfidelityの語源となったラテン語*fidelis*（忠誠な）から。

▶▶ **魔法の道具**

Dungbomb ［ダングボム］

　　第8章に出てきたStink Pellet（臭い玉）と似ていますが、大きな違いもあります。Stink Pelletには嫌なにおいの液体が入っていますが、Dungbombにはdung（クソ）が入っているのです。dungはmanure、excrementとも言います。

MARAUDER'S MAP ［マローダズ・マップ］

　　Marauder's Map（忍びの地図）は、ホグワーツ城とその敷地全体の詳しい地図であるだけでなく、そこにいる生き物すべての位置を知らせてくれる、すばらしい発明品です。marauderとは、略奪や盗みなどの悪事を働く人のこと。でも「ハリー・ポッター」シリーズでは、悪気のないいたずらをする人という程度の意味で使われています。この地図を使うときのパスワード "I solemnly swear that I am up to no good."（「われ、ここに誓う。われ、よからぬことをたくらむ者なり」邦訳*p.*249）も、使用後に地図を白紙に戻すときに唱える文句 "Mischief managed."（いたずら完了）も、これがいたずらのための地図であることを明らかに示しています。

▶▶ **お菓子や食べ物**

Toothflossing Stringmints ［トゥースフロッシング・ストリングミンツ］

　　ミント味のキャンディでできたデンタルフロス。歯と歯のあいだをきれいにする、とても役に立つお菓子です。ホグズミード村で売られているお菓子は、マグルから見るとまずそうだったり、何の役にも立たなそうだったりするものが多いのですが、これは例外のようです。ハーマイオニーは、マグルの歯医者である両親のためにこれを買いたいと言っています。

Jelly Slugs［ジェリー・スラッグス］

　　slug（ナメクジ）は、イギリスの男子生徒たちが最も喜ぶ話題のひとつでしょう。何しろ誰もが気持ち悪がり、嫌がる生き物なのですから、この年頃の男の子が興味を示すのも当然です。男の子が、女の子のロッカーや鞄の中にナメクジを入れることもあるとか。ゼリーで包まれたナメクジを口に入れると考えただけで、こんな男の子たちは大はしゃぎするはずです。J.K.Rowlingはこんなナメクジの人気（？）に注目し、ナメクジをお菓子だけでなく、物語の他の個所でも使っています。*Harry Potter and the Chamber of Secrets*の中で呪文を逆噴射させてしまったロン・ウィーズリーは、ひっきりなしにナメクジを吐き出すというひどい目にあいましたね。

Fizzing Whizzbees［フィジング・ウィズビーズ］

　　この炭酸キャンディを食べた人は、地上から数フィート浮き上がります。もちろん実際には存在しませんが、その名前からどんなお菓子か想像がつきます。舌の上でシューシュー泡立ち（fizzy）、これを食べた人はハチ（bee）のようにブンブンと飛びまわる（whizz）のでしょう。

Ice Mice［アイス・マイス］

　　これを食べると、歯がネズミ（mouse、複数形はmice）のようにキーキー、カタカタ音をたてます。ネズミの形をしたキャンディは、イギリスでは珍しくありません。さまざまな味のネズミ形キャンディが、国中の駄菓子屋で売られています。

Cockroach Cluster［コックローチ・クラッスター］

　　Cockroach Clusterという名前は、ゴキブリ（cockroach）がゴソゴソと群れ（cluster）をなしているようすを思わせ、あまり食欲をそそるものではありません。でもイギリス人なら、clusterという語を聞けば、nut clusterを思い出し、楽しかった子ども時代の記憶がよみがえってくるはずです。nut clusterは、5、6粒のピーナッツをチョコレートで固めたお菓子です。

Acid Pops［アシッド・ポップス］

なめると酸で舌に穴があいてしまうAcid Popsは、イギリスで今も人気のキャンディ、Acid Dropsがその原型です。Acid Dropsは本物の酸でできているわけではなく、レモン・シトラス風味で、とても酸っぱい (acid) 味がします。

mulled mead

蜂蜜から作ったアルコール飲料。現在ではあまり見かけませんが、中世にはよく飲まれていました。mulledは「温めた、加熱した」を意味する古い英語。温めるときには、mead（蜂蜜酒）の入った壺に、直火で熱した鉄の棒を入れました。中世にはこのほかに、mulled wineやmulled beerもよく飲まれていました。mulled wineは、今でもハロウィーンの夜に、中世風の不可思議な雰囲気を盛り上げるために、パブで出されることがあります。

▶▶ **情報**

Which Broomstick

この雑誌は、実在の雑誌Whichをもじったものでしょう。Whichは消費者のための雑誌で、製品を比較した評や、過大広告を指摘した記事が掲載されています。以前には、あるテレビ番組の中に15分間Whichのコーナーがあり、実際のテレビ・コマーシャルに用いられた過大広告の手法を暴いていました。おそらく魔法界のWhich Broomstickも、すべてのほうきについて、それが宣伝文句どおりの品物かどうかをテストした雑誌にちがいありません。

What's More 10

妖精

　イギリスの伝説には古くから妖精（fairy）が登場していましたが、それが書物の中で言及されたのは、1380年代にGeoffrey Chaucerが書いた *The Canterbury Tales*（『カンタベリー物語』）の中のThe Wife of Bath's Tale（バースの女房の話）が最初です。Chaucerはこの中で、妖精を「消えつつある種族」と呼んでいます。つまり、昔はもっとたくさん存在したと言っているのでしょう。

　しかし、妖精と関わるできごとのうち、イギリスの人々に最も衝撃を与えた事件は20世紀に起こり、今でも語り草になっています。

　1916年または17年、Cottingleyという村に住んでいた少女Elsie Wrightと従姉のFrances Griffithsは、Elsieの父親のカメラで妖精の写真を撮りました。1920年、*The Strand*という雑誌がこの写真を掲載し、「驚くべき大事件——妖精が写真に」というタイトルで記事にしました。こうして63年間にわたる論争が始まったのです。

　写真には、羽の生えた手のひらほどの大きさの妖精たちが、少女たちのどちらか一方と写っており、Elsieが写っている写真には、gnome（ノーム）が写っているものもありました。

　妖精が実在するという考えにイギリスの人々は喜び、この少女たちのように妖精を写真に撮ろうと、多くの人々が田舎でカメラを構えました。

　写真が本物であると信じる人は大勢いたものの、偽造を疑う人も同じぐらい大勢いました。厳しく尋問されたり嘲られたりしたにもかかわらず、ふたりは写真が本物であると主張しました。ところが1983年2月17日、Elsieが、あれは妖精を絵に描いて切り抜き、地面に立てて写真を撮ったものだと、書面で告白したのです。Elsieは1988年に88歳で亡くなりました。

　しかし従妹のFrancesは1986年に死去するまで、少なくとも最後に撮った1枚は本物で、たしかにあれはCottingleyの妖精だったと主張しつづけました。

　もし興味がおありでしたら、これらの写真はあちこちのウェブサイトで見ることができます。検索エンジンを使い、Cottingley Fairiesと打ちこめばいいのです。

第11章 について

基本データ	
語数	5584
会話の占める比率	35.2%
CP語彙レベル1, 2 カバー率	77.4%
固有名詞の比率	9.4%

Chapter 11　The Firebolt
──ハグリッドの災難とハリーに贈られたクリスマス・プレゼント

章題: The Firebolt

Fireboltは、第4章で高級クィディッチ用具店のショーウィンドウに飾られていた、空飛ぶ箒ですが、この章では別の形で登場します。もっと詳しく知るために、さあ、続きを読んでみましょう。

章の展開

　この章では、読者が今までのできごとを思い出し、ひと息つくことができるように、物語の進行がやや緩やかになっています。クリスマスが訪れ、ハリーはプレゼントをもらいます。ハリーにとってホグワーツのクリスマスは、プレゼントのおかげで、ダーズリー家での誕生日よりもはるかに楽しいはずです。この章では、次のことに注目してみましょう。

1. 「三本の箒」で耳にした会話を思い出しながらハリーが感じたこと。
2. ハリーと友人たちが小屋を訪ねたときのハグリッドのようす。
3. ハグリッドが学校の理事たちから受け取った手紙。
4. ハーマイオニーがハグリッドに約束したこと。
5. クリスマスの朝、ハリーが受け取ったプレゼント。
6. ハリーの受け取ったプレゼントに対するハーマイオニーの反応。
7. クルックシャンクスとスキャバーズとのあいだのいざこざ。バーノンおじさんの古靴下から転がり落ちたもの。
8. トレローニー先生の予言。
9. マクゴナガル先生がグリフィンドールの談話室にやって来た理由。

●登場人物 〈♠新登場あるいは #ひさびさに登場した人物〉

\# **Lucius Malfoy**［ルシウス・マルフォイ］Draco Malfoyの父親→第2巻3章
♠ **Derek**［デレック］ホグワーツの1年生

語彙リスト

グリフィンドール寮の談話室で
〈英〉p.157 l.1　〈米〉p.211 l.1

fit of (outbreak/bust) 噴出、ひとしきりの興奮

グリフィンドール寮の共同寝室で
〈英〉p.157 l.18　〈米〉p.212 l.2

drew the hangings (pulled the curtains) カーテンを閉めた
coursing (rushing) 走りぬける
pasted (stuck with glue) 貼りつけた

グリフィンドール寮の談話室で
〈英〉p.158 l.28　〈米〉p.213 l.15

Peppermint Toad 蛙ペパーミント ▶▶p.114
rehearsed (practiced) 練習した
serve him right (he deserves it) 当然の報いだ、彼にそれに値する
at liberty (free) 野放しで
interjected (interrupted) 口をはさんだ
Get a grip (calm down) 落ち着いて
sensible (reasonable) 分別を持つ
yellow-bellied (cowardly) 臆病な

ハグリッドの小屋へ向かう途中
〈英〉p.160 l.40　〈米〉p.216 l.21

trench (ditch) 溝
smattered (covered intermittently) うっすらと覆われた

ハグリッドの小屋で
〈英〉p.161 l.20　〈米〉p.217 l.12

no laughing matter (a serious affair) 笑い事ではない、重大なこと
steered (guided) 差し向けられる
aghast (astounded) 唖然として
redoubled (increased) 二倍になった
regrettable (unfortunate) 残念な、遺憾な
Committee for the Disposal of Dangerous Creatures 危険生物処理委員会
hearing (court case) 事情聴取
isolated (away from people) 隔離されて
Yours in fellowship (Yours sincerely) 敬具
chomping (chewing) むしゃむしゃ食べる
in Lucius Malfoy's pocket (under the influence of Lucius Malfoy) ルシウス・マルフォイの手の内に、ルシウス・マルフォイの影響下に
Got enough on his plate (is already too busy) 手一杯の、すでに十分忙しい
berating (scolding) 叱りつける
Hippogriff-baiting ヒッポグリフいじめ ▶▶p.114
assurances (promises) 約束、確約
not bin meself (haven't been feeling well) 調子がよくなかった　＊bin = been、meself = myself
leech (suck) (ヒルのように) 吸う
don' give a damn (don't care at all) まったく関心を持たない　＊don'

= don't
letting Buckbeak go (releasing Buckbeak) バックビークを逃がす

グリフィンドール寮の談話室で
＜英＞p.164　l.26　　＜米＞p.221　l.22

marauding 襲う
relevant (concerned) 関係のある
Manticore マンティコア ▶▶*p.113*

ホグワーツのクリスマス
＜英＞p.164　l.39　　＜米＞p.222　l.7

mistletoe ヤドリギ ＊葉と小さな白い実のついた小枝をクリスマスの飾りにします。
pervaded (penetrated) たちこめた

グリフィンドール寮の共同寝室で
＜英＞p.165　l.10　　＜米＞p.222　l.17

heap (pile) (ものを積み上げた) 山
maroon (dark red) えび茶色の
taking in (concentrating on) 食い入るように見ながら
glorious (magnificent) 輝くばかりの
anonymously (without revealing his name) 名前を伏せて、匿名で
favouritism (biased preference/showing special favour) えこひいき
whoop (loud cry) 叫び声
laughing his head off (laughing uncontrollably) 笑いころげながら
affording (having sufficient money to buy) ……を買う金銭的余裕がある
tinsel (strip of metallic paper used for Christmas decorations) ぴかぴか光る細長い紙や糸でできたクリスマスの飾り
intrigued (interested) 興味をそそられた
exasperatedly (with annoyance) 腹立たしげに
misjudged (inaccurate) 不正確な、的のはずれた

dislodged (knocked out of) 追い出された、転がり出た
stupid great furball ばかなでっかい毛玉 ＊furballは毛玉。クルックシャンクスをばかにした呼び名。
thin on the ground ＊何かが少ししかないことを表す表現 ▶▶*p.112*
fuming (furious) 腹を立て

大広間で
＜英＞p.168　l.30　　＜米＞p.227　l.13

tail coat (formal jacket with the back stretching down to the knees) 燕尾服
Crackers (Christmas novelties that contain hats and small toys) クリスマス・クラッカー ＊両端を引っぱると、中から帽子や小さな玩具が出てきます。
enthusiastically (happily) 意気込んで、楽しそうに
Tuck in (eat heartily) たらふく食べよう
sequined (spangled) スパンコールのついた
solitary (alone) ひとりの
luncheon (lunch) 昼食
fate (destiny) 運命
roving (looking searchingly) 探る
uttered (issued) 発した
stone cold (very cold) 冷え切った
tureen (large dish) (スープなどを入れる) 大きな深皿
Tripe, Sybill? ▶▶*p.113*
parade (reveal) ひけらかす
tartly (sarcastically/sharply) 辛らつに
chipolatas (sausages) チポラータ・ソーセージ
slaughter (murder) 殺す
affronted (offended) 侮辱された、自尊心を傷つけられた
devoid (without) ……なしに

グリフィンドール寮の談話室で
<英> p.171　l.10　　<米> p.230　l.23

flagon (a jug used for drinking) 大瓶
strip it down (dismantle it) 分解する
out of the question (not possible) 論外な、不可能な
tampered (interfered) (悪用するために) いじられた、改ざんされた
turned on her heel (turned about) 向きを変えた
rounded on... (turned his attention to...) ……に食ってかかった

▶▶ 地の文

thin on the ground

何かが少ししかないことを表す慣用句。thin は「少ない、乏しい」の意味で、もともとは、獲物がほとんどいないことを示す狩りの用語です。ここの場合、Christmas spirit (クリスマスの慈愛の精神) は数えられる名詞ではありません。それなのに thin on the ground というのはおかしいと思われるかもしれませんが、実際はこのように、「もの」以外のものにもよく使われる表現です。このフレーズを使った例文をいくつかあげてみましょう。

* Jobs for university-leavers are *thin on the ground* this year.
  (大卒者の今年の就職口はごくわずかだ)
* I wanted to buy a new car, but money is *thin on the ground* at the moment.
  (新しい車を買いたかったのだが、今は金がほとんどない)
* Ambition and motivation are *thin on the ground* in my company.
  (わたしの会社には、野心や意欲をかきたてるものが乏しい)

ちなみに、このフレーズの反対は thick on the ground (豊富な、あり余った) です。

* It is unfortunate that corrupt politicians are *thick on the ground*.
  (腐敗した政治家がはびこっているのは、残念なことだ)
* People changing their jobs mid-career are *thick on the ground* recently.
  (最近は、キャリアの途中で転職する人が大勢いる)

* With the high cost of education, couples without children are *thick on the ground.*
（教育費がかかるため、子どもを持たない夫婦が多い）

▶▶ せりふ
Tripe, Sybill? ［トライプ、シビル］

J.K.Rowlingならではの、皮肉のこもったユーモアです。tripeという語には、①食用にする牛の胃袋、また俗語として②ばかげたもの、というふたつの意味があります。豊かになった現代社会では、牛の胃袋を食べることはめったにありません。しかし、あまり食欲はそそられないものの、牛の胃袋は非常に安価なので、貧しい家庭にとってはありがたい食べ物でした。そのような牛の胃袋が、豪華なクリスマス・ディナーの食卓に並ぶとは、まず考えられません。それなのに、この場面でJ.K.Rowlingが①の料理を登場させたのは、②の意味を強調するためにちがいありません。マクゴナガル先生は、トレローニー先生に牛の胃袋（tripe）の料理を勧めつつ、13人が同じ食卓につくことを恐れているトレローニー先生の不安を、ばからしいもの（tripe）とほのめかしているのです。

▶▶ 魔法界の生き物
Manticore ［マンチコーア］

manticoreは、史上最も恐れられた狂暴な生き物のひとつ。manticoreという語は、「人食い」を意味するペルシャ語*martikhora*に由来します。manticoreの登場する伝説はアジア各地に見られ、インドのある伝説によれば、赤い毛に覆われた、巨大なライオンほどの生き物とされています。獣の胴体に人間の頭、3列の鋭い牙があり、40センチ以上ある尾にはサソリの毒針がついています。また、尾の両端には30センチほどの矢がついていて、敵から威嚇されたときには、その矢を遠くまで飛ばすことができます。その矢にあたった生き物は、ただちに死んでしまうと言われています。

▶▶ お菓子や食べ物
Peppermint Toad

その名のとおり、toad（ヒキガエル）の形をしたペパーミント菓子で、食べると胃の中で飛び跳ねます。イギリスでゆるぎない人気を誇るペパーミント味は、そのhotness（辛さ）にさまざまな段階があります。「ハリー・ポッター」シリーズにも登場する実在のお菓子Peppermint Humbugsは、辛めのミントのひとつ。

▶▶ 情報
Hippogriff-baiting

動物を対象にしたbaiting（いじめ）は、イギリスでかつて人気のある娯楽でした。雄牛や熊などの大きな動物をリングの中に鎖でつなぎ、犬をけしかけるのです。そして人々はその勝敗で賭け事をしました。雄牛や熊は鎖につながれて不利な立場にあるので、犬に賭けた場合の配当倍率は低めに設定されていました。イギリス原産の犬の種類が豊富なのは、この残酷な娯楽のために、多くの新種が開発されたからです。たとえばbulldog（ブルドッグ）は、bull（雄牛）いじめに最適な犬として特別に開発された種です。この娯楽は、もちろん今では違法となっています。

What's More 11

クリスマス・ディナー

　これまでのところ「ハリー・ポッター」シリーズでは、どの巻でもクリスマスが大きく取りあげられています。毎年クリスマスが来るたびに、この日に欠かすことのできない習慣の数々が繰り返されてきました。なかには、イギリスの風習ではないものも含まれています。たとえば第11章でマクゴナガル先生がトレローニー先生にtripeをすすめる場面などがそのひとつ。しかしこれは、p.113で説明したように、実はジョークなのです。tripeとは「牛の胃袋」のこと。ふつうイギリスの子どもたちは、こんなものの名前を聞いただけで、吐きそうになるはずです。ですから、tripeの料理がChristmas dinnerの食卓にのぼることは、まずありえません。

　では、イギリスの人々はクリスマスに何を食べるのでしょうか。最近では、Christmas dinnerは12月25日の午後2時か3時ごろに食べることが多いようです。伝統的なChristmas dinnerは、七面鳥のロースト（玉ねぎやセージなどのハーブを利かせたパン粉を詰めたもの）、ロースト・ポテト、温野菜、ブレッド・ソース（牛乳とバターにパン粉を加えたソース）かクランベリー・ソース、グレービー・ソース（肉汁）、そして最後にデザートのChristmas puddingで締めくくります。

　Christmas dinnerにはさまざまな風習が見られます。そのひとつはwishbone引き。wishboneとは七面鳥の胸の骨で、Y字型をしています。ふたりの人（子どもがその場にいれば、たいてい子ども）がこの骨の両端を持って引っぱりあい、そのときに願いごとをします。手元に骨の大きな片割れが残ったほうの人の願いごとがかなうと言われています。

　また、Christmas puddingも欠かせません。これは黒っぽい色をした濃厚なプディングで、中に干しぶどうやナッツやさくらんぼが入っています。蒸す前に、中にいくつかのコインを入れておくのが慣わしです。そしてプディングを食べたときに、コインが入っていた人に幸運が訪れると言われています。Christmas puddingの種をかき混ぜるときは、東の国からイエスの誕生を祝いにやって来た3人の博士にちなみ、必ず東から西にかき混ぜます。また、イエスとその12人の弟子たちにちなんで、13種類の材料を混ぜるのも伝統のひとつ。家族がひとりひとり材料を混ぜこみながら、心の中で願いごとをします。

　Christmas dinnerで七面鳥を食べるようになったのは、比較的最近のことです。18世紀まで、裕福な家庭ではクジャクや白鳥を、ふつうの家庭では猪の頭を食べるのが一般的でした。それがやがて七面鳥や鵞鳥になり、ヴィクトリア朝には七面鳥が一般的になったのです。

　クリスマスにはイギリス人の93％が七面鳥を食べているとされています。これは七面鳥にとってはとんだ災難。この需要を満たすため、毎年クリスマスの朝のほぼ同じ時刻に、11,000,000羽の七面鳥がオーブンに入れられています。

第12章について

基本データ	
語数	4790
会話の占める比率	40.1%
CP語彙レベル1、2 カバー率	79.1%
固有名詞の比率	8.7%

Chapter 12　The Patronus
——ルーピン先生とブラック、そして消えたスキャバーズ

章題

The Patronus

このタイトルは、ハリーが実践してみることになった呪文を指しています。詳しくは本でお読みいただくとして、ここでは、Patronusが英語のpatron（保護者、守護者）にあたるとだけ申し上げておきましょう。

章の展開

この章には、クリスマスが過ぎてから2月までのできごとが描かれています。この章はおもに、わたしたちがすでに知っていることについて、さらに情報をつけ加える役割を果たしています。また、ハリーが受けることになった課外授業中のできごとについても描かれています。以下の点に注目してみましょう。

1. ハーマイオニーの行為に対するハリーとロンの反応と、オリバー・ウッドの落胆。
2. ハリー、ロンとハーマイオニーとのいさかい。
3. ルーピン先生がハリーのために伝授してくれることになったAnti-Dementor（吸魂鬼防衛術）の訓練と、ハリーがそこで教わった呪文。
4. Boggart（まね妖精）に対するハリーの反応。
5. ハーマイオニーがこなさなければならない宿題の量。
6. オリバー・ウッドの要求に対するマクゴナガル先生の反応。
7. ルーピン先生がハリーに話して聞かせたDementor's Kiss（吸魂鬼のキス）について。
8. マクゴナガル先生がハリーに渡したもの。
9. グリフィンドール寮の談話室に入るときに、ネビル・ロングボトムが抱える問題。
10. スキャバーズの行方。

●登場人物 〈♠新登場あるいは＃ひさびさに登場した人物〉

♠ **Professor Vector**［ヴェクター］ホグワーツの数占いの教師
＃ **Ernie (Macmillan)**［アーニー・マクミラン］ホグワーツの生徒→第2巻11章

語彙リスト

ホグワーツの状況
<英>p.173　l.1　　<米>p.233　l.1

meant well (was trying to be nice) よかれと思ってやった
nothing less than... (as bad as...) ……以下の何者でもない、……と同じぐらいひどい
sought (searched) 探した　＊原形は seek。
on the lookout (searching) 見張って、捜して
see reason (understand) ▶▶*p.119*

魔法生物飼育学の授業
<英>p.174　l.23　　<米>p.235　l.8

raw (cold) 寒い
bonfire (outdoor fire) 焚き火
salamanders 火トカゲ　＊火の中から生まれて火の中に棲み、その火が燃えつづけているあいだだけ生き延びるといわれています。▶▶第2巻8章
scampered (ran) 走りまわった
crumbling (collapsing) 崩れる

魔法史の教室で
<英>p.175　l.20　　<米>p.236　l.14

combing (searching) くまなく捜す
Ordinary Wizarding Level (O.W.L) 標準魔法レベル試験
Patronus Charm 守護霊の呪文 ▶▶*p.119*
conjures (uses magic to create) (魔法で) 作り出す、呼び出す
shield (barrier) 盾
projection (image) 投影

despair (lost all hope) 絶望
incantation 呪文の言葉 ▶▶*p.17*
expecto patronum ▶▶*p.119*
dissolving (disappearing) 消える
Chocolate Frog 蛙チョコレート ▶▶ 第1巻6章
obscured (hid) 覆った、曇らせた
out of it (from it) そこから
after my blood (get angry with me) わたしにひどく腹を立てる
rekindled (lit up again) ふたたび灯された

グリフィンドール寮へ向かう途中
<英>p.180　l.6　　<米>p.243　l.4

detour (different route) まわり道、別のルート
sank down (sat down) すわった
plinth (base) 台座

グリフィンドール寮の談話室で
<英>p.180　l.22　　<米>p.243　l.20

strain (stress) ストレス
extensive (detailed) 細かく書きこんだ
snapped (spoke angrily) きつい言葉を投げつけた
tottering (unsteady) ぐらつく、崩れそうな
going on about... (talking about...) ……について話す
fathom (analyze) 深く考える、分析する
shirty (angry) 怒った

第12章について

変身術の授業
<英>p.181 l.27　<米>p.245 l.10

averted (facing in the opposite direction) そむけて
Hurling Hex うっちゃりの呪い ▶▶p.119
badgering (harassing) つきまとって困らせる

吸魂鬼防衛術の訓練
<英>p.182 l.1　<米>p.245 l.22

sessions (lessons) 練習
indistinct (unclear) ぼやけた
semi-transparent (see-through) 半透明の
at bay (at a distance) 遠くに
take sides (support one team) どちらか一方に味方する

グリフィンドール寮へ向かう途中
<英>p.183 l.31　<米>p.248 l.7

headlong (straight) 頭からもろに

get the feel of it (get accustomed to it) その感触をつかむ、それに慣れる
in a row (consecutively) 連続して
yeomen 自由農民、郷士
clap this loon in irons (lock this idiot up) このろくでなしに枷をはめろ
chambers (rooms) 部屋

グリフィンドール寮の談話室で
<英>p.184 l.36　<米>p.249 l.24

exclaiming (expressing deep interest) 感嘆の声をあげる
Cleansweep Sevens クリーンスイープ7号 ＊空飛ぶ箒の型。
dispersed (broke up) 散った
stack (pile) (ものを積み上げた) 山
cluttered (untidy) 散らかった
poring over... (concentrating on...) ……に打ちこむ
scandalised (shocked) (人から言われたことに対し) カチンときて、憤慨して
bewildered (confused) うろたえて

▶▶ せりふ

see reason

> reason（道理、理屈）は「もの」ではないので、もちろんそれを「見る（see）」ことはできませんが、「ものの道理に従う、理解する」という意味でよく使われるフレーズです。
>
> この場面のオリバー・ウッドのせりふ "I'll make her see reason." は、「マクゴナガル先生にものの道理をわからせてやる」という意味。同じ文の中の "I'll make her see sense." も、やはり同じ意味です。

▶▶ 呪文

Patronus Charm / *expecto patronum*
[パトロナス・チャーム／エクスペクト・パトロナム]

> Patronus Charmは守護者を呼び出す呪文（邦訳は「守護霊の呪文」）。この呪文の言葉は*expecto patronum*で、どちらの語も英語からすぐに意味が推測できます。*expecto*は英語のexpect（期待する）、*patronus*は英語のpatron（守護者）にあたるラテン語。この呪文を唱える人は、その場に守護者が現れるのを期待できるわけです。

Hurling Hex

> hurlとは「投げる」こと。したがってHurling Hexは、人を投げ出す呪いです。マクゴナガル先生は、ハリーのファイアボルトにHurling Hexがかけられているかもしれないと言っています。もしそうだとすると、ハリーはほうきから振り落とされてしまいますね。余談になりますが、野球の投手のことを、俗語でhurlerと言います。

What's More 12

呪い（3）ピスキーの井戸の呪い

　呪いの物語をもうひとつ。イングランド南西部Cornwall州のPelyntという村にある天然の井戸にまつわる呪いについて、ご紹介しましょう。このくぼみの正式な名称はSt Nun's Well（聖ナンの井戸）といいますが、地元の人々は百年ほど前からPiskey's Well（ピスキーの井戸）と呼ぶようになりました。この井戸を荒らそうとする人があると、そこを守っている霊が怒りをあらわにするかのように見えるためです。piskeyはCornwall地方の名物pixie（pixy）の古い綴りです。Cornish pixieは、*Harry Potter and the Chamber of Secrets*の第6章に登場しましたね。

　この井戸には大きな岩がかぶさっていますが、完全に覆われているわけではなく、近づく人々を陰鬱な気分にさせる原初的なエネルギーを、今もなおあたりに発散させているように思われます。人々の証言によれば、近づきすぎたとたんに空気がよどみ、何か邪悪なものの存在を感じずにはいられなくなるというのです。また、何も供え物をせずに井戸を訪れると、目に見えないpixieたちの群れに、家に帰りつくまでつきまとわれるという言い伝えもあります。

　中でもよく知られている話として、数百年前にこのあたりに住んでいた、ある年老いた農夫の物語があります。彼はあるとき、井戸の上に張り出している大きな岩を自分のものにしようと考えました。そこで岩に鎖を巻きつけ、2頭の雄牛に引かせて自分の農地に運ぼうとしました。しかしやっとのことで谷底からのぼってきたとき、鎖がちぎれ、岩は斜面を転がりはじめました。そして谷底まで落ちると右に曲がり、まったく元どおりの位置に戻ってしまったのです。

　雄牛の1頭は突然、倒れて死に、農夫は足が不自由になり、口もきけなくなりました。それだけではありません。実際に何が起こったのか定かではありませんが、その農夫に農地を貸していた富裕な地主は、突然、全財産を失ってしまいました。

　ちなみに、この地主の名はTrelawney。ホグワーツの占い学の先生と同じですね。

第13章について

基本データ		
語数		4258
会話の占める比率		27.5%
CP語彙レベル1、2 カバー率		77.1%
固有名詞の比率		10.0%

Chapter 13　Gryffindor versus Ravenclaw
──侵入者

章題　Gryffindor versus Ravenclaw

ここまでの物語をしっかり読んでいれば、このタイトルについては何も説明する必要がありませんね。そう、この章では、グリフィンドール対レイブンクローのクィディッチの試合を観戦することができるのです。

章の展開

　タイトルが示すとおり、この章ではおもにクィディッチの試合にページが割かれています。試合の場面では、ざっと流し読みすることも可能です。ただし、試合終了間近に起こるできごとと、そのあとグリフィンドールの共同寝室で起こるできごとは、しっかり心に留めてください。この章のポイントは次のとおりです。

1. クルックシャンクスとスキャバーズが原因の、ロンとハーマイオニーの仲たがい。
2. クィディッチの試合に向けた練習。
3. 練習から帰る途中、ロンとハリーが見たもの。
4. クィディッチの試合にやって来た者たち。彼らに対するハリーの反応。
5. ドラコ・マルフォイの巻きこまれた災難。
6. ハリーを夢から覚めさせたできごと。
7. グリフィンドールの共同寝室への侵入者。
8. カドガン卿が告げたこと。

● 登場人物 〈♠新登場あるいは #ひさびさに登場した人物〉

♠ Cho Chang［チョウ・チャン］ホグワーツの生徒、レイブンクロー・クィディッチ・チームのシーカー
♠ Davies［デイヴィス］ホグワーツの生徒、レイブンクロー・クィディッチ・チームのキャプテン
Lee Jordan［リー・ジョーダン］ホグワーツの生徒→第2巻4章

語彙リスト

グリフィンドール寮の談話室で
〈英〉p.187 l.1　〈米〉p.252 l.1

enraged (very angry) 腹を立てた
prejudiced (discriminating) 偏見を持った
evidence (proof) 証拠
lost her temper (became extremely angry) かんしゃくを起こした
side with Ron (take Ron's side) ロンの味方をする
wasting away (getting worse and worse) だんだん弱る、衰弱する
snuff it (die) 死ぬ
finest hour (greatest achievement) 最高の時、最大の業績
tribute (testimonial) 記念品
moaning (complaining) うめく、不平を言う
last-ditch (final) 最後の、他に方法がなくやっとのことで思いついた
Brilliant! ▶▶p.124

クィディッチのグラウンドで
〈英〉p.188 l.10　〈米〉p.253 l.25

list (leaning) 傾斜
Silver Arrows シルバー・アロー ＊空飛ぶ箒の型。
vein (style) 状態、調子
Comet Two Sixty コメット260号 ＊空飛ぶ箒の型。
fervent (deep) 熱烈な
thirty, forty, fifty feet 約9m、12m、15m

outstripped (beat) 追い抜いた、競争で打ち負かした
weaving (moving from side to side) 縫うように進みながら
inspired (encouraged) 奮い立たされて、励まされて
midst (proximity / immediate area) 中央、(みんなから)近いところ
faultlessly (without fault) 欠点なく、申し分なく
do his nut (get extremely angry) ▶▶p.124
vaulted (jumped over) 飛び越えた
with a start (suddenly) はっとして、いきなり

ホグワーツ城に戻る途中
〈英〉p.189 l.38　〈米〉p.256 l.9

shouldered (rested on his shoulder) 担いだ
superbly (perfectly) すばらしく、完璧に
phenomenal (incredible) 驚異的な
pinpoint (exact / accurate) 寸分の狂いもない、正確な
swish (wave) シュッという動き
chucking (throwing) 投げながら

大広間で
〈英〉p.190 l.22　〈米〉p.257 l.5

guard of honour 儀仗兵 ＊栄誉ある任務を担う護衛兵。
basking (bathing) (恩恵などに)浴す

る、浸る
reflected glory (indirect honour) 栄光の輝き　＊ここの場合、ファイアボルトのすばらしさを、チームのメンバーが喜び、誇りとすること。
sabotage 破壊行為
bet (gamble) 賭け
outcome (final result) 結果
Penny Penelopeを短くした呼び名

グリフィンドール対レイブンクロー
＜英＞p.191　l.37　　＜米＞p.259　l.5

region (area) (体の) 部分
Right you are (of course) もちろんです
in pursuit of... (chasing) ……を追って
flitting (moving swiftly) かすめ飛んで
veered (moved sideways) 向きを変えた
crucial (important) 重大な
vented (relieved) 発散させた
putting it through its paces (pushing it to its furthermost capabilities) 能力の限界まで試す
take the consequences (accept the inherent dangers) それなりの覚悟をする
hurtled (sped) 突進した
erupted (burst) 噴き出した
disarray (without any discipline/confusion) 無秩序、混乱
gaggle (group) グループ、一団
engulfed (covered) 取り囲まれて
utmost (maximum) 最高度の
extricate (disentangle) 救い出す　＊extricate oneself from...で「……から脱出する」。

グリフィンドール寮の談話室で
＜英＞p.195　l.17　　＜米＞p.264　l.4

festivities (celebrations) 祝いごとの喜ばしい気分
Habits (customs) 慣習
bury the hatchet (forget the unpleasantness) ▶▶p.125
Fudge Flies ハエ型ヌガー　▶▶p.125
give her a break (be kind to her) 彼女に親切にする

グリフィンドール寮の共同寝室で
＜英＞p.196　l.16　　＜米＞p.265　l.14

hooves (cloven feet of horses and similar animals) 蹄
flat out (as fast as he could) 全速力で
galloping (horse or similar animal running) (馬が) 全速力で駆ける
clearing (area of forest with no trees) 森の中の空き地
Disorientated (confused as to his location) 方向感覚を失って

グリフィンドール寮の談話室で
＜英＞p.197　l.11　　＜米＞p.266　l.19

debris (remains) 残骸
authorise (approve) 許可する
bated breath (holding their breath) ひそめた息
abysmally (incredibly) 救いようのない、信じがたい
utter (complete) 完全な

第13章について

▶▶ **せりふ**
Brilliant!

　"Brilliant!"（すごい！　やった！）は、ロンだけではなく、イギリス中の学校でよく使われている言葉です。J.K.Rowlingは登場人物の年齢や性格に合わせて、いつも念入りに言葉を選んでいますので、この言葉を見ただけで、ロンが元気いっぱいのティーンエージャーの典型的な男子生徒であることがわかります。同じように使われる語としては "Fantastic!" や "Great!" があります。

　また、ロンは「ハリー・ポッター」シリーズの中でwickedという語も使っています。wickedという語はもともと「邪悪な」という意味なので、一見ネガティブに見えますが、イギリスの男の子たちは、とてもカッコいいものをwickedと呼ぶのです。

do his nut

　nutは俗語で「頭」のこと。bang on the nutは「頭への一撃」です。また、動詞nutは「頭突きをする」という意味です。do one's nutは、何かに激しく「興奮する」こと。この場面では、もしもDementor（吸魂鬼）がクィディッチの試合に現れたら、ダンブルドア先生がカンカンに怒るはずだという意味です。この表現は下記のように、怒りだけでなく、興奮を伴うほかの感情についても用いることができます。

* He is *doing his nut* over getting his homework finished on time.
　（彼は宿題を期日までに終えようと必死になっている）
* He is *doing his nut* over his love for her.
　（彼は彼女にすっかりのぼせている）
* She *did her nut* when I arrived home late.
　（ぼくが遅く帰宅したので、彼女は気も狂わんばかりだった）

　「ハリー・ポッター」の中でよく使われているnutと関連した語として、ほかにnutterがあります。これはロンがよく口にする語で、「ばかなやつ」の意味。

bury the hatchet

　このフレーズは、過去のいざこざを水に流して「仲直りする」ことを意味します。hatchetとは「手斧」のこと。この慣用句は、アメリカ原住民の文化に起源をたどることができますが、イギリスでもよく用いられています。アメリカ原住民の文化には、争いを終わらせ、互いの合意のもとに和解することの象徴として、手斧を地面に埋める（bury the hatchet）習慣がありました。この慣用句は、この習慣から生まれたのです。

▶▶ **お菓子や食べ物**

Fudge Flies

　fudgeは柔らかいキャラメルのようなお菓子。ふつうはただfudgeという名称で、何も混ぜずに四角い形で売られています。時には何かの形をしている場合もあり、たとえばmice（ネズミの複数形）の形をしたfudge miceと呼ばれるようなお菓子もあります。また、何かが混ぜてある場合もあり、たとえばナッツを混ぜたnut fudgeなどもあります。この場合、nutという語がfudgeという語の前にありますから、これはnutsの入ったfudgeであり、nutsの形をしたfudgeではありません。このことから考えると、Fudge Fliesはflies（ハエ）の形をしたfudgeであって、fliesの入ったfudgeではない、ということになりますね。でも、気色悪いものだらけの「ハリー・ポッター」の世界のことですから、そうとばかりも言えなかったりして……。

What's More 13

死の婉曲表現

「ハリー・ポッター」シリーズには、死を意味する婉曲表現が数多く使われています。このことに気づいたあとで、わたしはふと悟りました。英語にこうした表現が多いのは、死を考えるときに誰もが感じる恐れを和らげるために、どこか冗談めかした雰囲気を添えようとしているからだ、と。

Harry Potter and the Prisoner of Azkaban からいくつか例をあげると、第6章のpop my clogs、第13章のsnuff itなどがあります。pop one's clogsは「木靴から飛び出す」こと。つまり「死ぬ」からもう靴はいらないということです。snuff itはろうそくの火が消されるように「消える」こと。その意味は言うまでもありませんね。

以下は、英語でよく使われる、死ぬことや死んでいることを意味するそのほかの婉曲表現です。

- **kick the bucket**
  bucketという語は、「木の梁」を意味するフランス語 *buquet* に由来します。豚は屠殺されるとき、脚を結んで *buquet* から逆さ吊りにされ、のどを裂かれます。豚が死の苦しみにもだえ、狂ったようにkicked the *buquet*（梁を蹴る）ことから、このフレーズは生まれました。

- **pushing up the daisies**
  この婉曲表現は簡単明瞭。ひな菊（daisies）を押し上げる（push up）ためには、それより下にもぐらなければなりません。つまり、土の中に埋められなければならないのです。

- **go to meet one's maker**
  このフレーズの中のmaker（創造主）とは神のこと。天国に行かなければ、神には会えませんね。

- **cash in one's chips**
  このフレーズの中のchipsは、ギャンブルで掛け金の代わりに用いる札のこと。chipを現金に換える（cash in）のは、それまでにやっていたポーカーなどのゲームをやめるときです。そしてこの場合は、人生というゲームをやめるというわけです。

- **six feet under**
  このフレーズの中のunderはunder the ground（地面の下）の意味。つまり地下6フィート（約180cm）の深さに埋められるということです。イギリスの法律で、死体を埋めるときは最低でも地下6フィートは掘らなくてはなりません。この深さなら、動物に掘り返される恐れがなく、また、死体が表に出て病気を蔓延させることもないからです。

第14章 について

基本データ		
語数		5535
会話の占める比率		37.0%
CP語彙レベル1, 2 カバー率		77.6%
固有名詞の比率		9.1%

Chapter 14　Snape's Grudge
──スネイプ先生が抱く深い恨みの理由とは？

章題　Snape's Grudge

grudgeとは復讐をもくろむほどの「深い恨み」のこと。これまでに見てきたことから考えると、このスネイプ先生こそ、いかにも他人にgrudgeを抱きそうな人物ですね。そのgrudgeがいったい何を指すのか、まずは読んでみてください。

章の展開

　物語が白熱してきました。でもこの章は、わたしたちがすでに知っていることに肉づけをしているだけで、前章の恐ろしい事件についてはあまり触れていません。また、ある主要な人物について、今までとはちがった角度から見ることを余儀なくされる章でもあります。その個所は、ぜひ細心の注意を払ってお読みください。この章のおもなポイントは次のとおりです。

1. ホグワーツの新しい警備体制。
2. ネビル・ロングボトムがマクゴナガル先生から受けた罰と、祖母から受け取った手紙。
3. ハリーがハグリッドからもらった手紙と、その後、ハリーとロンがハグリッドと交わした会話。
4. グリフィンドールの談話室に貼りだされた掲示と、それに対するハーマイオニーの反応。
5. ハリーが4階の廊下で、ネビル、スネイプ先生と鉢合わせしたこと。
6. ハリーとロンの待ち合わせ。ふたりが訪ねることにした場所。
7. ハリー、ロンとドラコ・マルフォイとの小競り合い。
8. スネイプ先生の研究室でのできごと。スネイプ先生がハリーから没収したもの。
9. ルーピン先生の登場。
10. ハグリッドのことについてハーマイオニーが告げたこと。

語彙リスト

Grudge (resentment) 恨み

ホグワーツの状況
＜英＞p.199 l.1　＜米＞p.269 l.1

boarding up (nailing boards over) 板を打ちつける
restored (repaired) 修復された
surly (grim-looking) 無愛想な
trolls トロール ＊ヨーロッパの民話に登場する、体が大きく、狂暴で頭の悪い生き物。▶▶第1巻7章
hired (employed) 雇われた
dismissively (in rejection) 否認して
celebrity (famous person) 有名人
draught (breeze) すきま風
twelve inches 約30cm
scarpered (ran away) 逃げた　▶▶*p.130*
silenced (killed) 黙らせる、殺す
Howler 吠えメール ＊赤い封筒に入った手紙で、封を開けると差出人のどなり声が響きわたります。▶▶第2巻6章
Cheers ▶▶*p.130*

ハグリッドの小屋で
＜英＞p.201 l.24　＜米＞p.272 l.23

put out (disappointed) がっかりして
tie = necktie
Bath buns バース風菓子パン ▶▶*p.130*
doggedly (resolutely) 粘り強く
Bitten off more'n she can chew (taken on more work than she can manage) 手に負えないほど多くの仕事を背負いこんだ ＊more'n = more than。もともとの意味は「かみくだけないほどたくさん口に入れた」。
got her heart in the right place (is kindhearted) 心がやさしい
won't hear a word against it (won't allow anybody to say anything bad about it) それ（この場合は猫）に対する悪口に少しも耳を傾けようとしない

グリフィンドール寮の談話室で
＜英＞p.203 l.7　＜米＞p.275 l.3

craning (stretching his neck) （鶴のように）首を伸ばして

4階の廊下で
＜英＞p.204 l.6　＜米＞p.276 l.12

Exploding Snap 爆発ゲーム ＊負けた人のカードが爆発するゲーム。▶▶第2巻12章
disquiet (dissatisfaction) 落ち着かない気持ち
chute (slide) 滑り台

ホグズミード村で
＜英＞p.205 l.11　＜米＞p.278 l.4

Great Greys カラフトフクロウ
Scops owls コノハズク
fulfil (satisfy) 満足させる
Hiccough Sweets しゃっくり飴
Frog Spawn Soap カエル卵石鹸
Nose-Biting Teacup 鼻食いつきティーカップ
breezy (windy) そよ風の吹く

叫びの屋敷で
＜英＞p.205 l.37　＜米＞p.279 l.2

dwelling (house) 家、館
dank (damp) 湿っぽい
There's no 'arm in 'im (= there's no harm in him) 彼に悪意はない ＊ドラコ・マルフォイがハグリッドのなまりを真似ているのです。
scooped (picked up) すくい上げた
muck (dirt) 泥
sludge (mud) ヘドロ
blundered (rushed noisily) まごつきながら走った
zombie (human creatures returned from the dead) ゾンビ（生き返った死

人）▶▶第1巻8章
lobbed (threw) 投げつけた
pirouette (spin) ピルエット、つま先旋回
turned tail (turned around) くるりと背を向けた
breakneck speed (dangerously fast)（首が折れそうなほど）速いスピード

ホグワーツに戻る途中
＜英＞p.207 l.34　＜米＞p.281 l.19

tipped off (informed) 告げ口をした
giveaway (evidence) 証拠
triumph (victory) 勝利

スネイプ先生の研究室で
＜英＞p.208 l.21　＜米＞p.282 l.9

boring (drilling) えぐる、穴を開ける
apparition (ghostly figure / manifestation) 幻影
striving (working hard) 必死に……しながら
hallucin— = hallucinations
hallucinations (imaginary visions) 幻覚
law unto himself (decides his own rules) 自分自身が法律
provoke (trick) 挑発する
arrogant (conceited) 傲慢な
cut above the rest (better than everybody else) ほかの者よりすぐれている
Strutting (walking proudly / swaggering) いばって歩く
resemblance (similarity) 類似
set much store (take much interest) 興味を持つ

malice (ill will) 悪意
lesser mortals (inferior human beings) 劣った人々
saintly (holy) 聖人のような
cold feet (lost his bravery) 弱気、逃げ腰
impassive (without expression) 無表情の
presents his compliments (sends his regards) 挨拶をする
dumbstruck (speechless) 驚きのあまり言葉を失って
slimeball ドロドロの頭 ＊スネイプをばかにした言葉。
clambering (climbing) 這い上がる
contorted (misshapen) ゆがんだ
expertise (specialty) 専門知識
Right on cue (at the perfect moment) ちょうどいい時に
stitch (sharp pain) 胸の痛み

玄関ホールで
＜英＞p.213 l.7　＜米＞p.289 l.8

protest (argue) 抗議
poor (ungrateful) 乏しい、感謝のこもらない
sacrifice (gift of life) 犠牲

廊下で
＜英＞p.213 l.36　＜米＞p.290 l.8

plummeted (dropped) 落ちこんだ
gloat (revel over their problem)（他人の失敗を）満足そうに眺めること
savagely (fiercely / unmercifully) 情け容赦なく
executed (killed) 処刑される

第14章について

▶▶ せりふ
scarpered

　　scarperはイギリスの俗語で「逃げる」の意味。もともとはロンドンのコックニーの言葉でしたが、今ではイギリス各地で使われ、とくに学校の子どもたちがよく使っています。J.K.Rowlingは、いつも登場人物の年齢や性格にぴったりの言葉を選んでいますが、中でも男子生徒の言葉には詳しいようです。「ハリー・ポッター」シリーズの中で子どもたちがよく使う言葉のうち、コックニー起源のものとしては、nutter（変人、ばか）、git（くず、役立たず）、geroff（= get off、やめろ、どけ）、dunno（= I don't know、知らない）、wotcher（= what cheer、やあ）などがあります。

▶▶ お菓子や食べ物
Bath bun

　　Bath bunは実在の菓子パン。イーストで発酵させたパン生地にドライフルーツを練りこみ、砂糖の結晶をふりかけた甘いパンです。ハグリッドは、小屋を訪ねてきたハリーとロンにこの菓子パンをすすめました。このことから、ハグリッドの意外な一面がうかがえます。イギリス人ならBath bunと聞けば、アフタヌーン・ティーの紅茶にこのパンを添えて出してくれるような、白髪の小柄な老婦人を浮かべるのではないでしょうか。つまりハグリッドは、その巨体や荒々しい外見にもかかわらず、実はイギリスの典型的な生活を好む心やさしい人物であることがわかります。同じ段落の中には、ハグリッド自身がこの菓子パンを焼いたとも書かれており、エプロンをかけて台所を忙しく歩きまわりながら、材料を混ぜ合わせているハグリッドの姿が浮かんできます。

▶▶ 情報
Cheers

　　Cheersは非常によく使われる語です。最も一般的には「乾杯！」の意味ですが、「ありがとう」「さようなら」などの意味でも使われま

す。ここの場合、ハグリッドは、手紙を締めくくる挨拶として使っていますね。これもよくある用法で、とくに最近の、あまり形式ばらないEメールなどでよく見かけます。

What's More 14

イギリス英語とアメリカ英語

　「ハリー・ポッター」シリーズはアメリカで出版される前に、まずイギリス英語からアメリカ英語に「翻訳」されました。その最もよく知られた例は、第1巻のタイトル*Harry Potter and the Philosopher's Stone*が、アメリカでは*Harry Potter and the Sorcerer's Stone*に変更されたことです。アメリカの子どもたちにとってphilosopherという言葉は、退屈きわまる人々を連想させるだけ。本の表紙を飾る言葉としては、あまり魔法めいた魅力が感じられないというわけで、変更されたのです。

　このタイトルの例ほどは目立ちませんが、本の中でも「翻訳」が行われています。こうした変更は、次の3つのタイプに分けられます。

1. **イギリス英語の綴りをアメリカ英語の綴りに**
　イギリス英語とアメリカ英語では、綴りの違う語があることが広く知られています。そこで当然、綴りの変更が行われています。たとえば、grey/gray（灰色）、theatre/theater（劇場）、flavour/flavor（味）、pyjamas/pajamas（パジャマ）、recognise/recognize（認める）など。それぞれ前者がイギリス英語、後者がアメリカ英語です。

2. **イギリス英語の単語をアメリカ英語の単語に**
　イギリス英語には、アメリカ英語とまったく異なる単語がたくさんあります。そうした単語の多くは、大西洋を渡るときに変更されています。たとえば、Quidditch pitch/Quidditch field（クィディッチのフィールド）、fortnight/two weeks（2週間）、post/mail（郵便）、boot (of a car)/trunk (of a car)（車のトランク）、timetable/schedule（時間割）など。しかし、おもしろいことに、建物の階は変えられていません。ふつうならイギリスのground floorはアメリカのfirst floor、イギリスのfirst floorはアメリカのsecond floor……に変えるはずです。ところが、たとえば第10章（The Marauder's Map）で、ハリーがフレッドとジョージにばったり出会うのは、イギリス版でもアメリカ版でもthird-floorの廊下になっています。アメリカならこれをfourth floorと呼ぶはずなのですが、なぜか変更されていないのです。

3. **イギリス特有のものをアメリカ特有のものに**
　「ハリー・ポッター」シリーズには、イギリスでは一般的でもアメリカではほとんど知られていないものが、いろいろと登場します。そのためアメリカ版では、アメリカの読者にわかるように、まったく別のものに置き換えている場合があります。たとえばイギリス版のcrumpetは、アメリカ版ではEnglish muffinに置き換えられています。こうした変更をしなければならなかった背景は理解できますが、crumpetがそれとはまったく別物のmuffinになってしまっているのを見ると、とても奇妙な感じがします。これから先、ハリー・ポッターが日本食好きになったりしないよう願わずにはいられません。寿司がfish sandwichと訳されたりするかもしれませんからね。

第15章について

基本データ		
語数		5482
会話の占める比率		25.5%
CP語彙レベル1、2 カバー率		75.4%
固有名詞の比率		9.9%

Chapter 15　The Quidditch Final
―― 小さな金色のボールは誰の手に？

The Quiddich Final

このタイトルについては、説明するまでもありませんね。J.K.Rowlingの巧みな描写によって、きっとスリルと興奮を味わわせてもらえるにちがいありません。これまで物語をしっかりとたどってきた読者なら、これがグリフィンドールとその宿敵との優勝をかけた最終試合 (final) であることをご存じでしょう。優勝杯を手にするのは、はたして獅子か蛇か？　さっそく読んでみましょう。

章の展開

　The Quidditch Finalというタイトルにもかかわらず、この章にはクィディッチの試合以外のことも描かれています。ハーマイオニーは勉強の負担があまりに重く、ますます不機嫌になっていますし、ハリーも個人的な問題を抱えています。物語をできるだけ早く読み進めたい人は、クィディッチの試合の場面ではある程度、流し読みをしてもいいでしょう。でも、試合の結果はしっかり心に留めてください。また、試合前に起こるできごとに注意を払うこともお忘れなく。

1. ハーマイオニーがハグリッドから受け取った手紙とロンの反応。
2. 魔法生物飼育学の授業から戻る途中の、ハーマイオニーとマルフォイとのやり取り。
3. 呪文学の授業。
4. グリフィンドールの談話室で、ハリー、ロン、ハーマイオニーが交わした会話。
5. トレローニー先生がハリーの水晶玉の中に見たもの。それに対するハーマイオニーの反応。
6. クィディッチの試合のことで、オリバー・ウッドがハリーに繰り返し与えた勧告。
7. グリフィンドールの共同寝室の窓からハリーが見たもの。
8. クィディッチの試合とその結果。

●登場人物 〈♠新登場あるいは #ひさびさに登場した人物〉

Charlie (Weasley)［チャーリー・ウィーズリー］ロンの兄→第1巻6章
♠ **Warrington**［ウォーリントン］ホグワーツの生徒、スリザリン・クィディッチ・チームのメンバー
♠ **Montague**［モンタギュー］ホグワーツの生徒、スリザリン・クィディッチ・チームのメンバー
♠ **Derrick**［デリック］ホグワーツの生徒、スリザリン・クィディッチ・チームのメンバー
♠ **Bole**［ボール］ホグワーツの生徒、スリザリン・クィディッチ・チームのメンバー

語彙リスト

廊下で
＜英＞p.215　l.1　　＜米＞p.291　l.1

smudged (blurred) にじませた
Beaky Buckbeakの愛称
doddery (weak / old and feeble) 老いぼれの、よぼよぼの
broke down (gave in to her emotions) 泣きくずれた
awkwardly (clumsily) 不器用に

魔法生物飼育学の授業
＜英＞p.216　l.5　　＜米＞p.292　l.20

numb (no feeling) 無感覚の
tongue-tied (couldn't say what he intended) 口がきけなくなって
derisively (scornfully/contemptuously) あざけるように
blubber (cry like a baby) (小さな子どものように) 泣きじゃくる
pathetic (pitiful) 哀れな
muster (gather together) 集める
flabbergasted (astounded) びっくり仰天して
bewildered (confused) うろたえて
due (scheduled to be) ……の予定である

呪文学の授業
＜英＞p.217　l.10　　＜米＞p.294　l.10

Cheering Charms 元気の出る呪文

▶▶p.135
pairs (couples) ペア、ふたり組

グリフィンドール寮の談話室で
＜英＞p.217　l.36　　＜米＞p.294　l.26

with a start (in surprise) 驚いて
lost track of things (forgot what I was doing) 自分のやっていたことを忘れた
cracking up (having a mental breakdown) 頭がおかしくなる

占い学の授業
＜英＞p.218　l.16　　＜米＞p.295　l.28

harassed (worried) 悩んで
rickety (unstable) ぐらぐらする
fates (destinies) 運命
Orb (crystal ball) 玉
sufficient (enough) 十分な
refined (delicate) 緻密な、高度な
interpret (translate) 解釈する
portents (omens/sign for the future) 予兆
clairvoyant (psychic) 透視力の
vibrations (shaking) 震え
Gr— (= Grim) グリム (死神犬) ＊途中まで言いかけて、さえぎられたもの。
unmistakeable (obvious) 明らかな、まぎれもない
dewy (delicate) 露のようにはかなげな

第15章について

near-fatal (close to death) 命を落としかねない

ホグワーツの状況
＜英＞p.221 l.6　＜米＞p.299 l.25

collapse (breakdown) 破綻
Brutality (cruelty) 残忍性
tactics (plans for action) 戦術、作戦
enmity (hostility) 敵意
smarting (angry) 腹を立てる
wormed his way out of (managed to avoid) ▶▶p.135
highly charged (tension-filled) 緊張しきった
breaking-point (limit) 限界点
scuffles (fights) けんか、争い
culminating (resulting) ……という結果に終わる
sprouting (growing) (植物が) 生える、伸びる
popping up (appearing) 現れる
slouching (walking dispiritedly) 前かがみで歩く、元気なく歩く
enthusiastically (eagerly) 熱心に

グリフィンドール寮の談話室で
＜英＞p.222 l.30　＜米＞p.302 l.4

pursuits (activities) 活動
exuberant (lively) 元気のあふれた
writhing (wriggling) よじれる

グリフィンドール寮の共同寝室で
＜英＞p.223 l.11　＜米＞p.302 l.24

overslept (slept late) 寝過ごした
spurt (jet) 噴射
steed (mount) (馬などの) 乗り物　＊この場合は、マルフォイが乗っているdragonのこと。
turn back (return) 戻る
trotting (running at a steady speed) 駆ける
on about (talking about) 話す

グリフィンドール対スリザリン
＜英＞p.224 l.28　＜米＞p.304 l.26

to speak of (worth mentioning) とりたてて言うほどの
impair 損なう、悪くする
tersely (shortly) きびきびと
wriggly (moving like a worm) もぞもぞする
rosettes (ornamental badge worn by supporters) (バラの形をした) 胸飾り
slogans (mottos) スローガン、標語
Widely acknowledged (generally accepted) 広く認められている
chucked (thrown) 投げつけた
unprovoked (uncalled-for) いわれのない
deliberate (purposeful / on purpose) 故意の
cartwheeled (spun) (車輪のように) 回転する
unbiased (impartial / not taking sides) 偏りのない、中立の
collided (crashed into each other) 衝突した
swore (said bad words) 悪態をついた
tug (pull) 引っぱる、ひったくる
megaphone (instrument for amplifying the voice) メガホン
retaliation (revenge) 復讐、仕返し
spectacular (amazing) めざましい、驚くべき
winded (breath knocked out of him) 息切れして
pelted (hit hard) 強打した
SCUM ゲス野郎　＊相手を侮蔑する語。
spurred on (encouraged) 励まされて
greater heights (increased capabilities) やる気満々
unrestrainedly (uncontrollably) とめどなく
hoisted (pushed up) 押し上げられて
Thrust (pushed) 押し出されて
plastered (covered) 覆われて
borne (carried) 運ばれた

▶▶ **地の文**

wormed his way out of

> worm（這い虫）という語は動詞としてもよく用いられ、狭いところからくねくねと這い出る動作を表します。たとえば、木登りをしている子どもは、行く手をさえぎる枝をよけながら、縫うように進まなければ（worm himself）なりません。
>
> この場面では、きわどい状況からこっそりと逃げ出すことを示しています。マルフォイはShrieking Shack（叫びの屋敷）のそばでハリーに泥を投げつけられ、ハリーがその罰を受けずにすんだことに腹を立てているのです。マルフォイから見ると、ハリーは何かずるい手段を使って罰をすり抜けたように思えるのでしょう。そんなわけで、このフレーズが使われているのです。

▶▶ **呪文**

Cheering Charms

> Cheering Charmは、その名前からも、本文中に書かれていることからも、人々を元気づける呪文と思われます。しかも、効き目は抜群のようですね。

What's More 15

英語のトリビア

多様な規則と綴りに富む英語は、言葉遊びや雑学の宝庫です。人気の高い言葉遊びのひとつはアナグラム。ある語に使われている文字を並べかえて、まったく別の語を作る遊びです。これとは別に、なんの役にも立たない英語の豆知識がたくさんあります。あまり知られていない、しかし興味をそそられずにはいられない豆知識の一部を、ここでご紹介しましょう。

- mtで終わる英語はdreamtだけ。
- 英語で最も長い語は、45文字からなるpneumonoultramicroscopicsilicovolcanok(c)oniosis（珪性肺塵症＜けいせいはいじんしょう＞）。
- 文字がアルファベット順に並んでいる語のうち、最も長いものはaegilops（小麦の原始種を含む属）。
- 同じ文字を1回しか使わない語で最も長いものはdermatoglyphics（皮膚紋）、misconjugatedly（動詞の活用をまちがって変化させて）、uncopyrightable（著作権で保護のできない）。
- 2回以上出てくる文字だけから成る語で最も長いものはunprosperousness（不景気）。
- 前から読んでも後ろから読んでも同じになる語で最も長いものはredivider（ふたたび分けるもの）。
- キーボードの最上列のキーだけで打てる語のうち、最も長いものはpepperroot（ヤマウツボ）、pepperwort（水生シダ）、perpetuity（永続）、pewterwort（スギナ）、pirouetter（ピルエットをする人）、prerequire（前もって要求する）、pretorture（あらかじめ苦しめる）、proprietor（所有者）、repertoire（レパートリー）、tetterwort（クサノオウ）、typewriter（タイプライター）。
- 母音だけから成る最も長い語はeuouae（ラテン語seculorum, amen「世々に至るまで、アーメン」の略）。
- 母音を含まない最も長い語はtwyndyllyngs（かわいい双子）。
- 母音がアルファベット順に並んでいる語は、abstemious（節食する）、abstentious（自制）、adventitious（偶然の）、aerious（空気の）、annelidous（環形動物の）、arsenious（砒素の）、arterious（動脈の）、caesious（青灰色の）、facetious（冗談の）。
- 母音がアルファベット順の逆に並んでいる語は、duoliteral（ふたつの文字の）、quodlibetal（神学・哲学の議論に関する）、subcontinental（亜大陸の）、uncomplimentary（無礼な）、unnoticeably（注目されずに）、unproprietary（所有者にふさわしくない）。
- 書き言葉で最もよく使われる語を順に並べると、the, of, a, to, in, is, you, it, he, for, was, on, are, as, with, his, they, at, be, this, from, I, have, or, by, one, had, not, but, what, all, were, when, we, there, can, an, your, which, their, said, if, do（Harry Potter and the Prisoner of Azkabanで最もよく使われている語については、「はじめに」をご覧ください）。

第16章について

基本データ		
語数		4356
会話の占める比率		24.9%
CP語彙レベル1、2 カバー率		76.4%
固有名詞の比率		7.6%

Chapter 16　Professor Trelawney's Prediction
──戻ってきたスキャバーズ

章題：Professor Trelawney's Prediction

シビル・トレローニー先生の予言(prediction)は、これまでもたびたび登場しています。ですから、彼女がまた新たな予言をしても、べつに驚きはしません。でも今回ばかりは、とても重大な予言だからこそ、タイトルになっているのです。さあ、シビル、いよいよあなたの出番ですよ！

章の展開

ホグワーツは試験期間に入り、ハリー、ロン、ハーマイオニーはその準備に追われています。でももちろん、そんなことにはおかまいなく、別のできごとも起こります。この章には、この本のクライマックスと密接に関わるできごとが描かれています。ぜひ注意をそらさずに読みましょう。以下の点に注目してください。

1. ハーマイオニーの試験の時間割表。
2. ハリーがハグリッドから受け取ったメモ。
3. コーネリアス・ファッジがホグワーツにやって来た理由。
4. 占い学の試験中に、トレローニー先生が予言したこと。
5. ロンがハグリッドから受け取ったメモ。
6. ハーマイオニーがハリーの代わりにやったこと。
7. ハグリッドの小屋でのできごと。ロンがそこで発見したもの。
8. ハリー、ロン、ハーマイオニーがハグリッドの小屋から戻るときのようす。その途中でロンが手こずったこと。
9. ハグリッドの庭から聞こえてきた物音。

●登場人物　〈♠新登場〉

♠ **Macnair (Walden)** ［ウォールデン・マクネーア］Committee for the Disposal of Dangerous Creatures (危険生物処理委員会) の死刑執行人

語彙リスト

ホグワーツの状況
<英> p.231 l.1　　<米> p.314 l.1

euphoria (delight) 幸福感
sultry (pleasantly humid) 蒸し暑い
pints 約568ml
propel itself (swim) 進む、泳ぐ
bully (force) 痛めつける、酷使する
enticing (tempting) 誘いかけるような
wafts (fragrant breezes) 香りのいい風
O.W.Ls (= Ordinary Wizarding Levels) 標準魔法レベル試験　＊owlは「ふくろう」の意味。▶▶*p.140*
N.E.W.Ts (= Nastily Exhausting Wizarding Tests) めちゃくちゃ疲れる魔法テスト　＊newtは「イモリ」の意味。▶▶*p.140*
edgy (nervous) ぴりぴりした、気が立った、イライラする

グリフィンドール寮の談話室で
<英> p.231 l.21　　<米> p.315 l.6

liable (likely) ……しやすい、……しがちな
executioner (person who carried out the death sentence) 死刑執行人
subdued (restrained) おとなしい、しゅんとした
regain (recover) 取り戻す
retrieve (collect) 取りにいく

ホグワーツの試験期間
<英> p.233 l.5　　<米> p.317 l.1

hush (silence) 静けさ
ashen-faced (pale) 血の気の失せた、青白い
bemoaning (complaining about) 嘆く、不平を言う
tasks (jobs) 課題
willow-patterned 柳模様の（磁器によく用いられている模様）
revising (cramming) (試験に備えて)猛勉強する
presided over (took charge of) 監督した
preoccupied air (distracted manner) 心ここにあらずという状態
flourished (thrived) 元気がいい
own devices (look after themselves) 好きなようにさせる、放っておく
pretence (false excuse) ふり、見せかけ
cooped up (confined) 閉じこめられた
unqualified (unprecedented) これまでにない、まったくの
Concoction (potion) 混ぜ合わせて作った薬
scribbled (wrote quickly) 走り書きした
baking hot (very hot) 焼けつくほど暑い
compiled (prepared) 作りあげた、準備した
potholes (holes in the ground) 地面の穴
squish (splash) (ぬかるみなどを)進む
marsh (bog) 沼
hung around (stayed) その場に残っていた
quagmire (marsh) 泥沼
averted (avoided) 避けられた

正面玄関の階段で
<英> p.234 l.36　　<米> p.319 l.17

mission (objective) 使命、目的
step in (participate) 参加する、立ち会う
stoutly (firmly) 頑として
withering (deteriorating) しなびて消える
strapping (strong) 頑強な、がっしりした
gathered (assumed) 推測した

138

大広間で
<英> p.235 l.30　<米> p.320 l.23

keeps his head (remains calm) 冷静でいる

占い学の試験
<英> p.236 l.8　<米> p.321 l.12

fraud (fake) ペテン師
sagging (hanging loosely) だらりと垂れた
roll (move up into her head) 回転する
seizure (convulsion) 発作
aid (help) 助け
far-fetched (difficult to believe) 信じがたい、現実とかけ離れた

グリフィンドール寮の談話室で
<英> p.239 l.8　<米> p.325 l.18

legible (readable) 判読できる
sentence (words) 文、言葉
flattered (pleased as if complimented) (ほめ言葉などを言われて) うれしがって、おだてられている

ハグリッドの小屋へ向かう途中
<英> p.240 l.4　<米> p.326 l.26

skulked (hung around) 人目を忍んでコソコソ歩いた
gilding (colouring in gold) 金色に染めながら

ハグリッドの小屋で
<英> p.240 l.17　<米> p.327 l.10

overrule (change the rule) くつがえす
pal (friend) 友だち
shred (small piece) かけら
purple-tinged (purplish) 紫がかった
stay put (remain where you are) じっとしていない
berserk (struggling crazily) 狂ったように暴れて
jumble (mixture) 混ざりあったもの
indistinct (not clear) 不明瞭な
swish (sound of something moving swiftly through the air) (何かが空を切る) シュッという音

▶▶ **情報**

O.W.Ls (Ordinary Wizarding Levels) /
N.E.W.Ts (Nastily Exhausting Wizarding Tests)

　　ホグワーツの教育制度は、イギリスの実際の教育制度を忠実に反映しています。イングランドとウェールズの子どもたちは、ホグワーツの生徒たちと同じように、O.W.LsやN.E.W.Tsとよく似た試験を在学中に受けます。

　　イギリスの義務教育の期間は、5歳から16歳までの11年間。生徒たちはみな、その最後の年である16歳のときに、中等教育修了共通試験General Certificate of Secondary Education (GCSE)を何科目も受けなければなりません。この試験は通称O-Levels (Ordinary Levels) と呼ばれ、ホグワーツのO.W.Lsに相当します。その後も学業の継続を希望する生徒は、GCSEで一定以上の成績を収めなければなりません。

　　GCSEの結果、学業の継続を許可された生徒は、さらに2年間の総合教育を受けることになりますが、必須科目は2～4教科（ふつうは3教科）に減り、専門的な勉強をすることができます。大学進学を希望する生徒は2年間必死に勉強し、GCSEの上級試験A-levels (Advanced Levels) に備えます。この試験の結果は、進学する大学を決めるバロメーターとなります。このA-levelsが、ホグワーツのN.E.W.Tsに相当します。

What's More 16

大イカ

　現代の生物学者たちは、ホグワーツの湖に棲む大イカ (giant squid) を観察してみたいと思うにちがいありません。大イカの存在はかなり昔から知られていますが、その詳細を研究する機会はほとんどありません。大イカは死ぬとたちまち腐ってしまい、研究のあいだ、それを観察できる状態に保っておくことができないのです。

　大型イカ類には250ほどの種類があると考えられていますが、中でもよく新聞などに登場するのは、ダイオウイカ (Architeuthis) とダイオウホウズキイカ (Mesonychoterthis) です。というのも、ダイオウイカは10メートル、ダイオウホウズキイカは13メートルという、とびきり大きな体をしているからです。

　大イカがそれほど希少な生き物ならば、学者たちはその体長をどのように測るのでしょうか。大イカの大きさは、その口（オウムのくちばしのような形をした固い部分で、消化器官の入り口にあたる）から推測することができます。また、クジラの胃の中から見つかる残骸からも、推測が可能です。研究者たちによれば、ダイオウイカの体重は300キロ、ダイオウホウズキイカの体重は350キロほど。こうしたイカは1,000メートルを越える深さの海中に棲んでいるため、生きている大イカを見ることは至難のわざです。大イカの2大生息地としては、ニュージーランド沖とスペインのアストゥリアス沖が知られています。

　大イカの成長の早さには、驚異の目を見張らずにはいられません。大イカの寿命は約15カ月。生まれたときはたった2、3ミリしかない大イカが、1年数カ月で10メートル以上にもなるのです。まさに信じがたいほどの成長ぶりですが、その理由のひとつは、大イカが、食べたものを片っ端から自分の体重に変えてしまう生き物だからです。何しろ体重を2キロ増やすのに、獲物を2キロ食べるだけでいいのですから。ほかの食肉動物ならば、体重を1キロ増やすのに、ふつう4、5キロの獲物の肉を必要とします。もうひとつの理由は、大イカがひたすら成長しつづける、世にも珍しい生き物だからです。たいていの生き物は、成熟しきると成長が止まりますが、大イカの場合は死ぬまで体重が増えつづけるのです。

　それにしても、ホグワーツの湖に棲む大イカは、いったい何を食べて生きているのでしょうね。

第16章について

第17章について

基本データ		
語数		4193
会話の占める比率		25.5%
CP語彙レベル1、2 カバー率		79.1%
固有名詞の比率		8.9%

Chapter 17　Cat, Rat and Dog
──暴れ柳の木の下で

章題

Cat, Rat and Dog

このタイトルは、これまで本の中にたびたび登場してきた3匹の動物を指しています。この猫とネズミについては、すでによく知っていますが、犬についてはまだ謎に包まれていますね。この章を読めば、たぶんもっとはっきりするでしょう。

章の展開

いよいよ物語のクライマックスにさしかかります。この章のできごとは、これまで謎に包まれていたいくつかのことを解き明かしてくれます。また、これから起こるできごとに関わる、非常に大切な章でもあります。どうか一字一句、丁寧に読んでください。軽く読み流してしまうと、あとで話がわからなくなってしまいますよ。ここでは次の点に注目しましょう。

1. クルックシャンクスとスキャバーズが暴れまわっているときに登場した動物。
2. ロンの行方。
3. ロンを追って、ハリーとハーマイオニーがたどり着いた場所。
4. ロンと一緒にいた人物。その人物に対するハリーの反応。
5. 新たにそこへやって来た人物。その場の状況を目にした彼の態度。
6. ルーピン先生についてハーマイオニーが下した結論。
7. それに続いて語られたこと。スキャバーズについての説明。

語彙リスト

ホグワーツの校庭で
<英> p.244　l.1　<米> p.332　l.1

blank (empty) 空っぽの
turn back (return the way he had come) 引き返す
full out (at top speed) 全速力で
hurtled (ran swiftly) すばやく駆けた
Gotcha (= Got you) つかまえた！
sprawled (laid out) 投げ出されて
brute (beast) 獣
groped (felt) 手探りした
lethally (murderously) 人も殺しかねないほどに
blows (hits) 強打
slithered (slid) すり抜けた
battering (banging / pummeling) 殴りかかる

トンネルの中
<英> p.247　l.11　<米> p.336　l.21

ends up (finishes) ……で終わる、……に達する
bobbed (danced) すばやく上下(左右)に動いた
edging (moving slowly) じりじりと移動する

叫びの屋敷で
<英> p.248　l.1　<米> p.337　l.23

creak (noise of pressure applied to wood) 木材などがきしむ音
crumbling (breaking) 崩れ落ちそうな
Nox ▶ p.143
Animagus ▶ p.75 ▶ 第6章
Expelliarmus (spell used for disarming an opponent) 敵の武器を取り去る呪文 ▶ 第2巻11章
habit (custom) 習慣
slaughtering (murdering) 殺す
whimpered (cried) 泣き声で言った
wasted (thin) やせこけた
askew (out of position) 斜めに
convulsively (obsessively) 発作的に
embraced (hugged) 抱きしめた
valiant (courageous) 勇気のある
symptoms (signs of an illness) 症状
lunar (moon) 月の
malfunctioning (not working properly / defective) ちゃんと動かない、故障した

第17章について

▶▶ 呪文

Nox

> *Lumos*と逆の働きをする呪文。魔法の杖の先に灯った明かりを消し、あたりを暗くします。*nox*という語は「夜、暗闇」を意味するラテン語。

What's More 17

猫

　「ハリー・ポッター」シリーズには、猫がたびたび登場します。イギリスでは15世紀以来、猫は魔法と関係の深い動物と考えられてきました。中でも黒猫は邪悪な動物であるとされ、飼い主である魔女とともに処刑されたという話も残っています。猫がふたたび人気を集めたのは、19世紀に入ってからのこと。ヴィクトリア女王は愛猫家として知られ、2匹の猫を飼っていました。また、家の中のネズミ退治に役立つことから、一般の家庭でもよく飼われるようになりました。

　それにしても、現在わたしたちが目にする猫、つまりイエネコは、もともとどこから来たのでしょうか。イエネコは、アフリカの野生の猫の子孫であると考えられています。アフリカの野生の猫は縞模様のあるトラ猫で、現在わたしたちがペットにしている猫よりやや大きめです。猫は4千万年ほど昔から存在しますが、マグルのそばで暮らすようになったのは、ここ5千年ほどのことにすぎません。最初に猫を屋内に入れたのは古代エジプト人で、倉庫に蓄えた穀物をネズミから守るためでした。これが非常に有効だったため、紀元前1000年ごろまでに、猫は神聖な動物とみなされるようになり、ミイラにして人間と一緒に葬られるようになりました。またエジプト人は、子猫たちに囲まれた、猫の頭部を持つ女神バステトの崇拝も行っていました。

　イエネコはエジプトから貿易船で運ばれ、約2、3千年前からヨーロッパや東アジアに広がりはじめました。日本の場合、猫に関する最も古い記録は999年のもので、それ以後、猫はたびたび絵画に描かれるようになりました。アメリカに猫が入ってきたのは、それよりずっと後の1749年のことですが、現在では国内に55,000,000匹いると推定されています。

　イギリスには2千年ほど前、当時イギリスを支配していたローマ人によって持ちこまれたのが最初です。ローマ人たちが猫を連れてきたのは、エジプト人と同じ理由、つまり、倉庫の穀物を守るためでした。14世紀にペストが大流行したときも、猫はペスト菌を媒介するノミを運ぶネズミを退治し、大活躍しました。

　わたしたち人間は、このように何かと猫の恩恵をこうむっているのです。ですから、スキャバーズを脅かすクルックシャンクスを、もっと温かい目で見てやるべきなのでしょうね。

第18章 について

基本データ	
語数	2287
会話の占める比率	67.0%
CP語彙レベル1、2 カバー率	79.5%
固有名詞の比率	9.3%

Chapter 18　Moony, Wormtail, Padfoot and Prongs ——4人の親友

章題

Moony, Wormtail, Padfoot and Prongs

どこかで見覚えのある名前——そう、この章のタイトルとなっているのは、Marauder's Map（忍びの地図）を作った4人の名前です（第10章で初登場）。こんな才覚のある人々の名前にしては、ずいぶん変な名前だと思うかもしれませんね。でも、この章を読めば、すべてが明らかになります。

章の展開

　非常に短い章ではありますが、興味をそそる重要なことがぎっしり詰まっています。会話の部分が多いので、ふつうの地の文より理解しやすく、容易に読めるのではないかと思います。以下のポイントに注目してみましょう。

1. スキャバーズが危機にさらされている理由。
2. Animagi（動物もどき）の登録簿について、ハーマイオニーが調べたこと。
3. ルーピン先生が語った説明。
4. ホグワーツの敷地にWhomping Willow（暴れ柳）が植えられている理由。
5. ハリーの父親が他人に漏らさずに黙っていた秘密と、その背後にある理由。
6. ダンブルドア先生が少年時代のルーピン先生のために決めたこと。
7. スネイプが嗅ぎつけたこと。
8. Shrieking Shack（叫びの屋敷）に新たに登場した人物。

語彙リスト

Moony [ムーニー] ▶▶*p.146*
Wormtail [ワームテイル] ▶▶*p.147*
Padfoot [パッドフット] ▶▶*p.147*
Prongs [プロングズ] ▶▶*p.159* ▶▶第21章

叫びの屋敷で

<英> *p.256* *l.1* 　　<米> *p.349* *l.1*

absurdity (strangeness) 突拍子のなさ
squealing (crying) キーキー鳴く
out of their minds (crazy) 気が狂った
keeps tabs (maintains records) 記録する
register (log book) 登録簿
marvel inwardly (silently wonder) 心の中で驚く
own accord (without any help) ひとりでに
foolhardy (foolish) 向こう見ずな、無謀な
sober (rational) 理性的な、正気の
preceding (before) ……に先立つ、……より前の
wane (decline) (月が) 欠ける
Wolfsbane Potion トリカブト系脱狼薬 ▶▶*p.147*
fully fledged (complete) 成長しきった、完全な ＊もともとは、ひな鳥の「羽が生えそろった」という意味。
smuggled (taken secretly) ひそかに運び出された
coming across (discovering) 出くわす、たまたま発見する
desert (abandon) 見捨てる
best part of... (almost) ……の大部分、ほぼ
influence (guidance) 影響
wolfish (wolf-like) 狼のような
given...the slip (escaped from...) ……の目をくらませて逃げる
shunned (avoided / rejected) 遠ざけられて
prod (poke) 突く

▶▶ **名前**

Moony

　リーマス・ルーピン先生のニックネームMoonyは、彼が狼人間であることを考えると、まさにぴったりの名前です。狼人間は、満月の晩に狼の姿に変身するのですから。そう、Moonyという名前はmoon (月) に由来するのです。
　このほかにも、ルーピン先生の名前からは狼人間が連想されます。Lupinは「狼」を意味するラテン語*lupus*に由来し、英語のlupineは「狼のような」を意味する形容詞。これだけではありません。ルーピン先生の名Remusは、ローマ神話に登場する双子からとられました。この双子は狼によって育てられ、のちにローマを建国したとされています。その双子の名前が、RomulusとRemusというわけです。

Wormtail

　ピーター・ペティグリューのニックネームWormtailは、worm（這い虫）とtail（尻尾）をつなげたもの。くねくねと動くネズミの尻尾を連想させる名前ですね。

　Peter Pettigrewという名前は、わたしたちに何の情報も与えてはくれませんが、Wormtailの別名Scabbersからは、いくつかのことがわかります。scabとは「かさぶた」のこと。また俗語scabbyは、「汚らしい」「不健康に見える」を意味します。このほか、scabには「ストライキ破り」の意味もあります。組合の指示に逆らい、他の労働者たちがストライキをしているときに仕事をする人、つまり裏切り者（traitor、betrayer）です。それこそは、この本の中でのPeter Pettigrewの役割と言えるでしょう。

Padfoot

　シリウス・ブラックのニックネームPadfootは、これまでに描かれている彼の役柄にぴったりです。魔法の黒い犬はヨーロッパや北アメリカ各地の伝説に登場し、さまざまな名前で呼ばれています。そしてPadfootは、イングランドのStaffordshireでの呼び名です。

　しかし、これだけではありません。名のSiriusの由来はギリシャ語の*serios*。夜空の星の中で最も明るい星、おおいぬ座のシリウスです。Blackは英語で「黒」のことですから、Sirius Blackという名前は文字どおり「黒い犬」を意味するというわけです。まさに、シリウス・ブラックがAnimagus（動物もどき）に変身するときの姿ですね。

▶▶ **魔法の道具**

Wolfsbane Potion

　wolfsbane（トリカノト）は、イギリスに生える植物のうち最も毒性の強い植物。monkshood、aconiteとも呼ばれ、ヨーロッパ各地に自生しています。ヨーロッパの伝説で、この植物は狼人間になった人を癒すと伝えられており、だからこそこの本の中でも用いられているのですが、実際に効き目があったという記録は残っていませ

ん。13、14世紀には、狼を毒殺し、その数を減らすために使われていました。それでwolfsbaneと呼ばれているのです。また、矢の先にこの汁を塗りつけて、狼狩りにも用いられました。

　wolfsbaneは魔法と結びつけられることの多い植物です。中世の魔女たちは、敵に投げつける目的で、この汁を塗りつけた石を所持していたと言われています。この石を投げつけられた人は、かすり傷を受けただけと思っているうちに具合が悪くなり、やがて死んでしまうのです。こうした石はelf-boltと呼ばれていました。

What's More 18

ネズミ

　イギリスでは、世界のほかの国々と同様、ネズミ (rat) が忌み嫌われています。この本の中のスキャバーズも、あまりいい役柄を与えられているとは言えませんね。ネズミが嫌われているおもな理由のひとつは、1348年から1350年にかけてイギリスで大流行したペストの原因が、ネズミにあったためにちがいありません。Black Plague（黒死病）とも呼ばれるこのペストは、当時のヨーロッパの人口の4分の1を死に追いやり、ロンドンの約50万の住人の命を奪いました。

　ペストをひき起こすのは、Yersinia pestis（ペスト菌）と呼ばれる細菌です。このときのBlack Plagueは、まずペスト菌が血中とリンパ腺に侵入して敗血性ペストが起こり、次に肺に侵入して肺ペストを起こすというタイプのものでした。この病気は、ペスト菌に感染したネズミの血を吸ったノミが、人間の血を吸うことで広がります。ネズミはそんなノミを体につけて運んでくるのです。

　1320年代、モンゴルのゴビ砂漠で発生したこの病気はきわめて感染力が強く、貿易路に沿ってアジア大陸の広範囲に広がりました。当時、ヨーロッパの商人たちが、アジアから大量の香料や絹を輸入していたことを考えれば、ペストがヨーロッパに広がるのは時間の問題でした。

　1348年、商船の船員によって、イギリスに初めて肺ペストが入りこみました。最初の犠牲者が出たのは、イングランド南部の町Melcombeです。しかし、ペストはその町から急速に広がり、まもなく、ほぼ国中の町や村に広がりました。イギリス中で猛威をふるったこの病気は、2年後、ついに収まりました。おそらく、病気を蔓延させるもととなったネズミを大量に殺したおかげでしょう。

　イギリスでペストが次に流行したのは、約300年後のことです。1665年から1666年にかけて2年間流行したこのペストは、前回とは異なり、腺ペストという型でした。この腺ペストの流行は、Great Plagueと呼ばれています。このときも、ペストがイギリスに入りこんだ経路は、300年前の肺ペストのときと同じでした。

　ああ、本当にネズミってやつは……！
　スキャバーズ君、どうか気を悪くしないでほしい。でも、イギリスの物語や小説の中で、ネズミはいつも悪役なのです。

第19章について

基本データ	
語数	5160
会話の占める比率	56.0%
CP語彙レベル1、2カバー率	79.6%
固有名詞の比率	9.2%

Chapter 19　The Servant of Lord Voldemort
──現れた旧友

章題

The Servant of Lord Voldemort

この章のタイトルは説明するまでもありませんね。He-Who-Must-Not-Be-Named（名前を呼んではいけないあの人）、すなわちLord Voldemort（ヴォルデモート卿）は、これまであまり衝撃的に描かれてはいませんでした。でも、それが章のタイトルに入っているということは、ついに本人が登場するという意味なのでしょうか。それとも……？

章の展開

　この章は、場面も内容も前章からの続きであり、さらに多くのことが明らかになります。この段階にさしかかった今、気を抜くわけにはいきません。どうか注意を集中させて読んでください。おもなポイントは次のとおりです。

1. 部屋の中にいる人々に対して、スネイプ先生がしようとしていること。
2. その計画に対する、ハーマイオニーとハリーの反応。
3. スネイプ先生の陥った状況。
4. スキャバーズの前足。
5. もうひとりの元ホグワース生の登場。
6. シリウス・ブラックの脱獄のいきさつ。
7. ペティグリューの弁解と告白。
8. 部屋の中にいる人々がこれから向かう場所。

語彙リスト

叫びの屋敷で——スネイプ先生の登場
<英> p.263　l.1　　<米> p.358　l.1

triumph (victory) 勝利
tame (not wild / domesticated) 飼いならされた
paralysed (unable to move) 麻痺したようになって、動けなくなって
suspension (temporary removal) 停学処分
out of bounds (in a forbidden place) 境界線を越えて
convicted (proven) 有罪の判決を受けた
hold your tongue (be quiet) 黙れ
Vengeance (revenge) 復讐
on bended knee (kneeling before me) ひざまずいて
oozing (trickling) 流れ出る
arc (semi-circle) アーチ型、半円形
on the loose (at liberty) 逃亡中で
struggle (fight) 争い

叫びの屋敷で——スキャバーズの変身
<英> p.268　l.40　　<米> p.366　l.13

cringing (pulling back cowardly) 後ずさりする
wringing his hands (rubbing his hands together in anxiety) 両手をもみ合わせる
colourless (light blonde) 色あせた
unkempt (untidy) 乱れた、くしゃくしゃの
grubby (dirty) 薄汚い
pasty (pale) 青白い
fathomless (expressionless) 不可解な、無表情な
sorted a few things out (discussed a few things) 話し合って整理する
mirthless (without humour) 陰気な
double-crosser (traitor) 裏切り者
double-crossed (betrayed) 裏切った

biding their time (waiting patiently) 辛抱強く待ちながら
seen the error of their ways (are in full remorse) 自分のやったことを悔いる
contorted (changed into a scowl) ゆがんだ
venomously (maliciously) 毒をこめて、激しく
bluff (plan to deceive) 目くらまし、偽装
distractedly (absent-mindedly) 心ここにあらずという状態で
lunacy (stupidity) 気が狂っていること
ashen (pale) 青ざめた
courteously (politely) 礼儀正しく
maimed (injured) (指などの) 欠けた
in it for you (for your own benefit) 自分の得になる
wreck (broken-down) 残骸
Keeping an ear out (listening) 聞き耳を立てる　▶▶*p.151*
protector (guardian) 保護者
regained (recovered) 取り戻した
pondering (thinking about) 考える
sane (mentally stable) 正気の
hypnotised (in a trance/mesmerized) 催眠術をかけられた
allies (people on his side) 味方
obsession (mania) 妄執
grovelling (crawling) 這いつくばる
recoiled (pulled back) 後ずさりした
imploringly (pleadingly) 哀願するように
ghost of a grin (fleeting smile) 一瞬の笑み
flitted (moved swiftly) すばやく通り過ぎた
utmost (total) このうえない
revulsion (disgust) 嫌悪
boast (gloat) 自慢する
mercy (forgiveness) 情け、赦し

叫びの屋敷で――ネズミの告白
<英> p.274 l.31　<米> p.374 l.19

vermin (pest) 人間のクズ
without turning a hair (without showing any remorse) なんの良心の呵責もなく、平然と
gagged (mouth covered to prevent him speaking) 猿ぐつわをはめられて
pitiful (pathetic) 哀れな
strap (tie) 縛る
Ferula [フェルーラ] 副え木をあて、包帯を巻く呪文　▶▶*p.151*
splint (piece of stiff material to prevent movement) 副え木
gingerly (carefully) 恐る恐る
prone (motionless) うつ伏せの、動かない
out cold (unconscious) 意識のない、気絶した
revive (bring back to life) 生き返らせる、意識を回復させる
Mobilicorpus [モビルコーパス] 意識のなくなった人の体を動かす呪文　▶▶*p.152*
grotesque (deformed) グロテスクな、異様な
puppet (doll on strings) 操り人形
conjured (used magic to create) 魔法でつくりだした
manacles (shackles) 手錠
set (expressionless) 無表情な

▶▶ せりふ

Keeping an ear out

　　keep an ear out とは「聞き耳をたてる」こと。keep の代わりに have を用い、have an ear out と言うこともできます。また、keep（または have）an eye out という表現もあります。こちらは、周囲に注意を払い「目を光らせる」こと。

　　日本にいる外国人のあいだでよく知られている、こんな話があります。ある外国人が道路を横断しようとしたとき、車の左側通行に慣れていなかったため、右手を確認せず、うっかり道路に足を踏み出してしまいました。そばにいた日本人が「危ない！」と叫ぶと、その人はあわてて足をひっこめました。日本語がまったくわからないのに、なぜ言葉がわかったのでしょうか。あとでそのようにたずねられて、彼は答えました。「Have an eye! と言われたかと思ったんだよ」

▶▶ 呪文

Ferula [フェルーラ]

　　骨の折れた腕や脚を固定させるために、副え木をあてて包帯を巻く呪文です。*ferula* は「棒、杖」を意味するラテン語。たしかに副え木は木の棒ですね。英語の ferule も同じ意味です。

Mobilicorpus ［モビルコーパス］

> 意識を失っているか、なんらかの理由で動けなくなってしまった人の体を動かす呪文。「動かすことのできる」を意味するラテン語 *mobilis* と、「死体」を意味するラテン語 *corpus* からの造語で、それぞれ英語のmobile、corpseにあたります。

What's More 19

犬

　犬の祖先が狼であるといっても、誰も驚きません。犬は、狼、コヨーテ、キツネなどを含むイヌ科の動物で、600万年ほど昔、狼から進化して枝分かれしました。

　しかし、イヌのDNAを調べた結果、現在、世界中で飼われている犬の97％が、1万5千年前に中国周辺部で飼いならされた、たった3匹の雌犬の子孫であるときけば、これは驚かずにはいられません。

　わたしたちが現在知っているさまざまな種類の犬は、さまざまな祖先から生まれたわけではなく、人工的に繁殖プログラムを繰り返した結果、生まれたものなのです。つまり500年ほど前、人間が犬を人工的に交配させ、狩りや捜索など、用途に合わせた姿と性質の犬をつくりだすようになる以前は、1種類の犬しか存在しなかったのです。

　この情報は、犬の繁殖に関わっている人々に、かなりの衝撃を与えました。最近まで、犬の起源は中東であると考えられていたのです。これは、飼いならされた犬の世界最古の記録が、エジプトで発見されたことから導き出された結論でした。紀元前2100年ごろの古代エジプトの墓から、サルキーという種類の犬の存在が確認され、この犬は聖書でも言及されていると考えられています。ピラミッドの中からは、エジプトのファラオとともに、この犬のミイラがしばしば発見されています。古代ギリシャ・ローマも、グレイハウンド、マスチフ、ブラッドハウンドなど、さまざまな種を開発したことで知られています。

　しかし、スウェーデン王立科学技術研究所が、アジア、ヨーロッパ、アフリカ、アメリカ大陸北極圏の犬から採取したDNAを分析した結果、ほとんどの犬が共通の遺伝子プールを持っていることがわかりました。つまり、祖先が同じであるということです。

　また、この研究の結果、最も多様な遺伝子が見られる地域は、東アジアであることがわかりました。つまり、東アジアこそ、犬が最も古くから飼いならされてきた地域であるというわけです。さらに、犬のミトコンドリアDNAの遺伝子配列を分析した結果、すべての犬はたった3匹の祖先に元をたどることができ、そのDNAは中国周辺部の犬のDNAと一致することがわかりました。ミトコンドリアDNAは母体から直接受け継がれることから、ほとんどの犬は同じ3匹の雌犬の子孫であると、科学者たちは結論づけたのです。

　次にペットのミニュチュア・ダックスフントの頭をなでてやるときは、この犬はシリウス・ブラックと近い親戚同士なんだな、と思い出してくださいね。

第20章 について

基本データ		
語数		2202
会話の占める比率		10.6 %
CP語彙レベル1、2 カバー率		76.3 %
固有名詞の比率		10.1 %

Chapter 20　The Dementor's Kiss
──逃げ去ったネズミ

章題

The Dementor's Kiss

Dementor's Kiss（吸魂鬼のキス）については、すでに第12章で触れられていますので、それが彼らの最も恐ろしい武器であることを、わたしたちは知っています。さてDementorたちはこの章の中で、その武器を登場人物の誰かにふるおうとしているのでしょうか。

章の展開

　これもまたとても短い章で、読むのにそれほど時間はかかりません。しかし、これまでのできごととこれから起こるできごとをつなぐ、非常に大切な章なのです。読んでいるときにはその重要性がわかりませんが、あとになってわかるはずです。次の点にはとくに注意して読みましょう。
1. トンネルを抜けるあいだに、シリウス・ブラックがハリーに申し出たこと。
2. ルーピン先生に生じた問題。それに対してシリウスがとった行動。
3. その機会を利用して、ピーター・ペティグリューがとった行動。
4. 湖のほとりでハリーが見たもの。
5. ハリーが用いた呪文とその結果。
6. ハリーの陥った窮地。
7. 湖の向こう岸にハリーが見たもの。

語彙リスト

ホグワーツに戻る途中
<英>*p.277* *l.1*　　<米>*p.378* *l.1*

contestants (participants) 参加者
six-legged race ▶▶*p.155*
creepily (spooky) 不気味に
brought up the rear (came last) 最後尾になった
edging (moving slowly) じりじりと進む
single file (straight line) 一列
drift (float) 漂う
Turning Pettigrew in (giving Pettigrew to the authorities) ペティグリューを引き渡す
appointed (assigned) 指名した
my name's cleared (I have been proved innocent) 汚名が晴れる、無実が証明される
pit (bottom) くぼみ、底
cracking (hitting) ぶつけながら
scraping (coming into contact with) こする
evidently (apparently) 明らかに
clambered (climbed) のぼった
savaging (dangerous) 狂暴な、危険な

ホグワーツの校庭で
<英>*p.278* *l.22*　　<米>*p.380* *l.5*

buzzing (busy contemplating many thoughts) さまざまな思いが渦巻く
dazed (amazed) 驚きで目がくらんだ
snarling (noise an angry dog makes) (犬などが怒って) うなり声をあげる
hunching (bending over / contracting) 弓なりに曲がる
reared (stood on its hind legs) 後ろ足で立った
alerted (warned) 危険を知らせた
scurrying (rustling) あわてて走る音
taking flight (running away) 逃げる
muzzle (snout) 鼻づら
pounded away (ran away) 走り去った
whining (noise a distressed dog makes) (犬が) 哀れっぽく鳴く声
indecision (hesitation) ためらい
all fours (hands and knees) 四つん這い
obscure (hinder) ぼんやりさせる、曇らせる
encircling (forming a circle around) 取り囲む
chant (repeat an incantation) 唱える
fought (battled) 戦った、必死に……しようとした
formless (shapeless) 形のない
considering (examining) 見つめる
gaping (wide) 大きく開いた
putrid (rotten) 腐った
ebbing (gradually moving) 徐々に退く
amidst (in the middle of) ……の真ん中に
make out (see) 見極める
canter (trot) ややゆっくりした駆け足をする

▶▶ **地の文**
six-legged race

　これは実際の状況を表すために、想像上のイメージを用いた表現です。そのため、多少、混乱を招くかもしれません。six-legged raceとは「五人六脚」のこと。つまり、二人三脚の人数を多くしたものです。J.K.Rowlingはこのsix-legged raceという語を、イメージをかきたてる目的のためだけに用いています。ここの場合、ルーピン先生、ペティグリュー、ロンの3人は、脚を結わえつけられているわけではありません。ですから実際には、脚がちゃんと6本あるわけですね（ただし、ロンは片脚が折れているため、片脚しか使えません）。彼らがまるで互いに脚を結わえつけられているようにぎこちなく歩いているようすを表わすために、J.K.Rowlingはこの語を用いたのです。

What's More 20

マーメイド・インの幽霊

　ホグズミード村にThree Broomsticksがあるように、イギリスの村には必ずinnがあり、地元の人たちには飲み物を、旅行者には泊まる場所を提供しています。East Sussex州Ryeの町にあるMermaid Innも例外ではありません。ただし、幽霊がたくさん棲みついている点だけは、ほかのinnと異なっているかもしれません。

　イギリスでは幽霊に取り憑かれたinnの話を耳にすることがよくあり、そこにわざわざ出かけていく人も大勢いますが、ひとつの建物の中に、これほどたくさんの幽霊が出るというのは、珍しいことです。Mermaid Innで起こったことを、ここでご紹介しましょう。

■**16号室 (The Elizabethan Chamber)**
　ある晩のこと、この部屋に泊まっていた女性が目を覚ますと、そこで決闘が行われていました。短い上着と半ズボンに長靴下という昔風の服装をした男たちが、細身の剣で闘っていたのです。闘いに勝った男は、打ち負かした男の死体を、その部屋の隅にあった地下牢の入り口に投げ入れました。どうやらその死体は秘密の通路の階段をすべり落ち、バーのある位置に落下したようです。数年後、バーテンダーが暖炉の火をおこしていると、部屋の反対側にあった棚が倒れ、そこに並べてあった酒瓶がなだれ落ちてきました。

■**19号室 (The Hawkhurst Suite)**
　このスイートルームの寝室で寝ていたあるアメリカ人女性によれば、古めかしい服装の紳士が、夜中にベッドにすわっていたということです。

■**5号室 (The Nutcracker Suite)**
　白い服を着た女が、寝室から居間を通り抜け、ドアから出ていったと伝えられています。途中、ベッドの足元で一瞬立ち止まったとのこと。

■**1号室 (James)**
　白またはグレーの服を着て暖炉のそばの椅子にすわっている女の姿が、何度も目撃されています。また、この部屋に泊まった客の何人かが、夜のあいだ椅子に服をかけておいたら、朝起きたとき、その服が湿っていたという同じ話を語っています。ちなみに、椅子のそばには窓も配水管もありません。

■**10号室 (Fleur de Lys)**
　洗面所の壁をすり抜け、部屋を横切り、突然消えた男の姿が目撃されています。

■**17号室 (Kingsmill)**
　この部屋はときどき凍りつくように寒くなり、理由もなくロッキングチェアが揺れだすことがあります。部屋の掃除は、いつもメイドふたりでやっています。ひとりでは怖くてできませんからね。

第21章 について

基本データ		
語数		7235
会話の占める比率		41.4%
CP語彙レベル1、2 カバー率		79.9%
固有名詞の比率		8.6%

Chapter 21　Hermione's Secret
── 3回ひっくり返す？!

Hermione's Secret

これまで書かれていたことをふり返ってみても、ハーマイオニーの秘密が何なのか、そう簡単にはわからないにちがいありません。でも、ハーマイオニーが何か秘密を持っていることは確かです。とても役に立つ秘密を。その秘密の内容がわかれば、これまでもずっとそれを目にしていたことに気づくでしょう。

章の展開

　この章と次章で展開されるクライマックスに、いよいよたどり着きました。この章は創意工夫に富む章で、まったく思いがけないどんでん返しが待っています。物語の中で起こっていることを十分に味わうために、この先は決して流し読みしないように。

1. 章の冒頭の、医務室の廊下で交わされた会話。
2. ハリーとハーマイオニーがコーネリアス・ファッジに対し、必死に訴えようとしたこと。
3. ダンブルドア先生の登場。
4. ダンブルドア先生がハリーとハーマイオニーに話して聞かせたこと。最後に彼がハーマイオニーに与えた指示。
5. 玄関ホール脇のほうき置き場でハーマイオニーが告白したこと。
6. ハグリッドの小屋に向かう途中の校庭の場面。
7. ハグリッドの小屋で手続きが行われているあいだに、ハリーとハーマイオニーが実行したこと。
8. ハリーとハーマイオニーがWhomping Willow（暴れ柳）の周囲を見張っている場面。
9. Dementor（吸魂鬼）たちに襲われたときに起こったことについて、ハリーがハーマイオニーに説明したこと。
10. ハリーとハーマイオニーがハグリッドの小屋に戻った理由。
11. ハリーが湖の向こう岸に見たもの。それに対するハリーの反応。
12. ハリーとハーマイオニーが西の塔まで行くのに使った手段。
13. 西の塔でハリーとハーマイオニーが果たした役割。

語彙リスト

医務室で
<英>p.283　l.1　　<米>p.386　l.1

Shocking business (terrible affair) 衝撃的なできごと
the like (anything like it) 似たようなこと
by thunder (my God) ほんとうに、まったく　＊驚きを示す表現。
wangle (arrange)（人を丸めこんで）手に入れる
Confundus Charm 錯乱の呪文 ▶▶p.159
blind spot (willingness to overlook his problems) 見て見ぬふりをする点
consorting with... (in the company of...) ……と連れだって
groggy (weak and confused) ふらつく
retreat (withdraw) 退却する
gnawing (biting) かみつくような、食いこむような
ward (hospital room) 病室
block (lump) 塊
boulder (rock) 岩
agitated (worried) あわてふためいて、興奮して
ordeal (bad experience) 試練
Confunded (afflicted with the Confundus Charm) 錯乱の呪文をかけられて
fairy tale (untrue story) おとぎ話、作り話
stem the flood (halt the flood) 洪水をせき止める
overturning (reversing) 覆す
sentence (punishment) 判決
didn't have a clue (had no idea) 何がなんだかわからなかった
hour-glass (waisted tube of glass containing sand used for measuring time) 砂時計
dissolved (melted) 溶けて消え去った

玄関ホールで
<英>p.289　l.2　　<米>p.394　l.19

rule out (dispense with) 除外した
glued (pressed up against) ぴったり押しつけた
upturned (upside down) 逆さにした
model student (perfect student) 模範生

ホグワーツの校庭で
<英>p.290　l.33　　<米>p.397　l.6

determinedly (resolvedly) 決然と
working out (trying to understand) 理解しようとしながら
fervently (with passion) 熱心に、夢中で
meddled (interfered) 干渉した
procedure (official method) 手続き
reedy (thin) か細い
grudging (reluctant) いやいやながらの
bowl (knock) 倒す
weaving (moving from side to side) 左右に揺れる
straining (fighting) 力をふりしぼりながら
meander (walk casually) ぶらぶら歩く
tipsily (drunkenly) ほろ酔いで
vanished (disappeared) 消えた
sanity (mental wellbeing) 正気

ハグリッドの小屋で
<英>p.299　l.18　　<米>p.409　l.16

quieten (silence) 静かにさせる

ホグワーツの校庭で
<英>p.299　l.35　　<米>p.410　l.7

irresolute (undecided) 決心がつかない状態で

glimmers (flashes) ちらちらする光
scattering (dispersing) 散り散りになる
stag (male deer) 牡鹿
antlered (fitted with antlers) 枝角のある
Prongs [プロングズ] ▶▶*p.*159
ferreting (searching) 漁る、探す
leg up (helped her up) ▶▶*p.*159
reins (bridle) 手綱

ホグワーツの上空
<英>*p.*302　*l.*16　<米>*p.*413　*l.*26

flanks (sides) 脇腹
Whoa (the word for halting a moving horse) どうどう　＊馬などを止めるときの掛け声。
Alohomora (spell that opens locked doors and windows) 鍵のかかったドアや窓を開く呪文　▶▶第1巻9章
battlements (parapet of a tower) 胸壁
tossing (shaking) 振りながら
out of it (unconscious) 気を失った

▶▶ 地の文

leg up

　両手の指を組み、足をのせる鐙（あぶみ）のようにして、相手が高いところにのぼれるように手助けすることを、leg upといいます。馬や大きな動物の背に乗るときだけでなく、高い塀などをよじのぼるときに、こうやって手を差し出すのです。

▶▶ 名前

Prongs [プロングス]

　ハリーの父親がanimagus（動物もどき）に変身しているときのニックネームです。その姿はstag（成熟した牡鹿）。prongとは「先の尖ったもの」を意味し、ここでは、成長した牡鹿に生える、立派なantlers（枝角）を指しているのです。

▶▶ 呪文

Confundus Charm [コンファンダス・チャーム]

　人や物を惑わし、自分の知っている状況がまちがっているのではないかと思わせる呪文。英語confuseの語源となったラテン語*confundo*（混乱させる）に由来します。

What's More 21

2階建てバス

　Knight Busのような3階建てバスは実在しませんが、イギリスの首都ロンドンの有名なシンボルといえば、なんといってもdouble-decker bus（2階建てバス）です。ロンドンの絵はがきや観光用ポスターに、double-decker busは欠かせません。

　double-decker busはまるで大昔からあったように思えますが、このバスが最初にロンドンの街を走ったのは1954年。実は比較的最近のことなのです。50年代の初め、ロンドンの地上の公共交通機関は、老朽化した路面電車とトロリーバスに限られていました。どちらも道路に線路や架線が必要です。

　ロンドンの交通機関の運営は、もともと別々の会社によって行われていたのですが、ひとつに統合されることになり、1933年にLondon Passenger Transport Board（ロンドン旅客交通公社（LPTB））が設立されました。LPTBが委託された仕事のひとつは、ロンドンの道路を整理し、渋滞を緩和することです。そのためには、バスを使うことがぜひとも必要でした。やがて1階建てバスがロンドンの街を走るようになり、1952年には路面電車が廃止されることになりました。しかしトロリーバスは、移行期のあいだ人々に十分な交通手段を提供するために残され、1962年まで使われていました。

　しかし、そこにはもうひとつ問題がありました。1台のバスに乗れる人数は、路面電車やトロリーバスの乗客数よりも少なかったのです。

　この問題を解決するべく登場したのがRoutemaster。つまり、double-decker busと呼ばれている2階建てバスです。

　当時の状況と技術を考えると、Routemasterの斬新なデザインは、交通界においてまさに画期的なものでした。車体に軽量な合金を用いることにより、それまでの1階建てバスと同じ重量の範囲内で64の座席を設けることに成功しました。そのほかの特徴として、前輪の独立懸架サスペンション、パワー・ステアリング、オートマチックの変速装置、強力な油圧ブレーキなどがあげられます。このデザインは60年代に改善され、1965年に造られた72席のRoutemasterが、それ以後の最も標準的な型となっています。約7.25トンのこのRoutemasterは、同じ座席数を持つ、最近造られたほかの2階建ての車と比べても、約2トンも軽いのです。

　50歳の誕生日を迎える現在も、600台以上のRoutemasterが、約1,580平方キロメートルにわたってロンドンの街を走りまわり、大活躍しています。

　もしも2階建てバスに乗る機会がありましたら、運賃は必ず、イギリスのマグルのお金で支払ってくださいね。シックル銀貨は使えませんよ……！

第22章 について

基本データ	
語数	4723
会話の占める比率	41.1%
CP語彙レベル1, 2 カバー率	78.4%
固有名詞の比率	9.1%

Chapter 21　Owl Post Again
―― 名付け親からの手紙

章題

Owl Post Again

ついに最終章にたどり着きました。本の最初から注意を払って読んできた読者の方は、この章のタイトルを見て、何かを思い出すにちがいありません。そう、Againという語を取れば、これと同じタイトルを以前見かけたことがあるはずです。ふくろうの届けてくれる手紙が、最初の章と同じように、ハリーにとってうれしい手紙であるといいですね。

章の展開

　これまで「ハリー・ポッター」シリーズの最終章はいつも、未解決のできごとに決着をつけ、主人公たちがマグル界に戻っていく、という内容でした。しかしこの巻の場合は、少々異なります。前章のクライマックスが、この章まで続いているのです。まだ書くべきことがたっぷり、一章分以上も残っているように思われますが、J.K.Rowlingはいつもながらの巧みな書きかたで、細部に気を配りつつまとめあげています。とはいえ、くつろぎながらロンドンに戻る汽車の旅を楽しんでいる場合ではありません。まだいろいろなできごとが起こるのですから、十分な注意が必要です。

1. 医務室に戻る途中で、ハリーとハーマイオニーが耳にした会話。
2. 医務室の外で交わされた会話。
3. 戻ってきたスネイプ先生の、ハリーとハーマイオニーに対する態度。
4. Dementorについてコーネリアス・ファッジが決めたこと。
5. ハリーたちが湖のほとりでハグリッドと交わした会話。
6. ルーピン先生の研究室でのできごと。彼がハリーに返したもの。
7. ハリーがダンブルドア先生と交わした会話。とくにトレローニー先生について、ハリーが語ったこと。
8. 試験結果の発表。
9. House Championship（寮杯）を獲得した寮。
10. ハリー、ロン、ハーマイオニーがホグワーツ特急の中で交わした会話。ロンがハリーを家に招待したこと。
11. ふくろうが届けてくれた手紙と、同封されていたもう一枚の羊皮紙。
12. ロンの新しいペット。
13. キングズ・クロス駅でハリーがバーノンおじさんに言ったこと。

語彙リスト

医務室に戻る途中
<英>p.304　l.1　　<米>p.417　l.1

cackling (hysterical laughter) 甲高い笑い声
tearing spirits (high spirits) 上機嫌で

医務室で
<英>p.305　l.27　　<米>p.418　l.14

dormitory ここの場合、医務室のこと
nerves jangling (very anxious) 神経がぴりぴりして
Disapparated 姿くらまし ▶▶p.163
gets out (becomes known) 漏れる、外部に知られる
unbalanced (unstable) 精神不安定な
have a field day ▶▶p.163
laughing stock (ridiculed) 物笑いの種、ばかにされる対象
notify (inform) 知らせる

ホグワーツの校庭で
<英>p.307　l.32　　<米>p.421　l.17

sweltering heat (extremely high temperature) うだるような暑さ
tentacles (arms) 触手
Resigned (quit his job) 辞任した

ルーピン先生の研究室で
<英>p.308　l.33　　<米>p.423　l.3

final straw (limit of his patience) 我慢の限界
wryly (ironically) 皮肉をこめて、自嘲的に
soberly (seriously) 厳粛に
vacated (empty) 空になった
glumly (unhappily) ふさぎこんで
pay rise (salary increase) 昇給

aghast (horrified) 愕然として
diverse (far-reaching) 多様な
in your debt (owes you loyalty) 君に借りのある
bond (close relationship with.../affinity) 絆
impenetrable (incomprehensible) 不可解な
extraordinarily (remarkably) 驚くほど

ホグワーツの状況
<英>p.312　l.22　　<米>p.428　l.14

outwitted (deceived) 出し抜かれた、裏をかかれた
weighing (adding a load) 重くのしかかる
sought (found) 見つけた
sanctuary (protection) 安全な隠れ家、避難所
prospect (thought) 見通し、考え
itching (wanting) (……したくて) むずむずする
scraped a handful (managed to pass a few) なんとか数科目だけ合格した

ホグワーツ特急に乗って
<英>p.313　l.38　　<米>p.430　l.13

drop (give up) 捨てる、やめる
handed it in (given it back) 返した
fellytone telephoneをまちがって言ったもの
buffeted (blown) 打ちのめされて
accomplishing (successfully completing) やり遂げて
task (job) 任務
nibbled (bitten) 噛んだ
affectionate (loving) 愛情をこめた

▶▶ **せりふ**

have a field day

> field dayとは、運動会など、「学校で行われる野外活動の日」のことですが、一般的には「特別な野外活動の行われる日」のこと。慣用句として用いられる場合、have a field dayは「お祭り気分を楽しむ」という意味で使われます。ここの場合、「日刊予言者新聞」の記者たちが魔法省の批判記事を書き、得意になって騒ぎたてるということです。

▶▶ **呪文**

Disapparated ［ディサパレーテッド］

> すでに第9章で簡単に説明したように（→p.97）、この呪文はapparate（姿現わし）の反対の呪文です。apparateという語の由来は、「現れる」を意味するラテン語*appareo*。Disapparateは、そこに否定の接頭辞dis- をつけて「姿くらまし」の意味にしたものです。

第**22**章
について

What's More 22

おわりに

　ついに読み終えましたね。Congratulations! もしも以前に「ハリー・ポッター」シリーズを英語で読んだことがあれば、読み終えた満足感がふたたびこみあげてくるのを感じるにちがいありません。一方、もしもこれが初めてならば、これまで経験したことのない達成感を初めてわ味うことになるでしょう。

　しかし、どちらの場合であっても、今晩はやることが急になくなってしまって、ちょっとさびしい気持ちもするのではないでしょうか。でも、がっかりすることはありません。まだ他の巻がありますし、もう一度（あるいはさらに何度も）読み直してもいいのですから。「ハリー・ポッター」シリーズのすばらしいところは、何度読んでも新たな発見があることです。

　*Harry Potter and the Prisoner of Azkaban*には、第1巻、第2巻と比べて、少し変化した点があります。まず、これまでよりも読みごたえのある、入り組んだ筋になりました。最も好きな巻として第3巻をあげる読者が多いのは、このためではないかと思われます。

　第二に、対象とする読者の年齢層がやや上がっています。これは使われている語彙によるのではなく、それぞれの場面の描き方によるものです。

　言い換えれば、これまでの2冊では、年少の読者にもわかるように、ほとんどのできごとが細かい点までくわしく説明されていたのですが、この巻では、読者の想像にまかせる部分が増えています。これは一般に、やや年齢が上の子どもたちや大人向けの書き方であると言えます。ところが不思議なことに、そのために年少の読者に敬遠されるようなことはなく、むしろ彼らの読書力のレベルを上げ、読書への意欲をかきたてる結果になりました。これは非常にすばらしいことだと思います。

　いずれJ.K.Rowlingは、「ハリー・ポッター」シリーズの作者としてだけではなく、世界中の子どもたちに読書の楽しみを教えたという点でも賞賛されるようになるのではないでしょうか。この賞賛こそ、世界中の作家たちが切に願っているものです。

第三の変化に、わたしは非常に驚きました。この変化は、軽く読んだだけでは気づかないでしょう。しかし、じっくりと読めば、ハグリッドの話し方が変化しはじめたのに気づくはずです。もちろん彼のなまりは変わりません。けれども、いくつかの点で、ふつうの話し方に近づいてきているのです。

たとえば、ハグリッドは第1巻では、meと言うべきところをusと言ったり、didn'tと言うべきところをneverと言ったりしていました。ハグリッドが以前に使っていた語は文法的にまちがってはいるのですが、それはハグリッドのせりふに欠くことのできない特徴でしたし、わたしはその独特の個性を楽しんでもいました。

そのほか、言葉を強調するときにつけ加える語の数々も消えつつあります。これまでハグリッドがよく使っていたruddyという語が、*Prisoner of Azkaban*では1回しか登場しません。crikeyやthumpingに至っては、まったく登場しません。

また、物語にある種独特の味わいを添えていた、ハグリッド独特の言いまわし"Galloping Gorgons"や"Gulpin' gargoyles"（どちらも"Oh, my God!"と同じ意味）も、残念なことに姿を消してしまいました。

とはいえ、先ほども申しましたように、これはさらりと読んだだけで気がつくようなことではありません。独特の表現が減ってしまったからといって、物語が損なわれたわけではないのです。ハグリッドは今も変わらずあのハグリッドなのですから、どうかご安心ください。

さて、いよいよ本の最後にたどり着きました。最後まで読み通した努力を、ここでもう一度たたえたいと思います。そしてシリーズの他の巻もどうぞお忘れなく。第4巻 *Harry Potter and the Goblet of Fire*でまたお目にかかれることを、楽しみにしています。

なまり

［スタン＆アーニーのなまり］

　*Harry Potter and the Prisoner of Azkaban*で初登場するStan ShunpikeはKnight Bus（夜の騎士バス）の車掌、Ernie Prangは運転手です。ふたりはcockney（コックニー）、つまり、ロンドン東部East Endをはじめとする地域で使われているcockney accent（コックニーなまり）で話す人たちです。生粋のcockneyとは、St Mary-le-Bow教会の鐘の音が聞こえる範囲内に生まれた人を指すと言われています。しかし、"lazy" English（「怠け者の」英語）とも呼ばれるこの英語は、ロンドンの北部や南部の一部でも使われています。

　cockney特有の話し方のひとつに、rhyming slang（押韻俗語）があります。これについては、*p.*49に詳しく書きましたので、そちらをご覧ください。

　StanとErnieが「ハリー・ポッター」シリーズの中で使っているのは、rhyming slangではなく、言葉を短く縮めた "lazy" Englishのほうです。それを活字にした場合は、文字が省略されたり、彼らの発音を真似た綴りに書き換えられたりしています。文字で見ると、Hagridの話し方に似ていると思う方もおられるかもしれませんが、耳で聞けば、まったくかけ離れているのがわかるはずです。Hagridの話し方の特徴であるイングランド南西部のなまりは母音が丸みを帯びていますが、cockneyなまりは母音を短く切って発音するので、だいぶ響きがちがうのです。

　cockneyなまりのおもな特徴を以下にあげてみましょう。例文はすべて第3章から引用しました。

① 語の頭にあるhを発音しない。
　'ad (had), 'alf (half), 'Arry (Harry)

② 語尾のt、dを発音しない。
　an' (and), jus' (just), didn' (didn't)
　　ふたつの語がつながって末尾がt、dの発音になるときも同様。たとえばwhat isなど。

(ア) <u>Woss</u> that on your 'ead?
(イ) <u>Woss</u> your name?

③ ふたつかそれ以上の語をつなげて、ひとつの語であるかのように発音する。
■ **'choo** (what did you / what are you)
(ア) <u>'Choo</u> fall over for?
(イ) <u>'Choo</u> looking at?
■ **didja** (did you)
(ウ) What <u>didja</u> call Neville, Minister?

④ 代名詞を省略することがある。
(ア) Stuck out your wand 'and, dincha?
(**You** stuck out your wand hand, didn't you?)
(イ) Scary-lookin' fing, inee?
(**He is a** scary-looking thing, isn't he?)

⑤ 動詞 were と was を混用する。
(ア) This is where we <u>was</u> before you flagged us down.
(イ) ... anyway, when little 'Arry Potter put paid to You-Know-Oo—all You-Know-Oo's supporters <u>was</u> tracked down, wasn't they, Ern?

⑥ th を f と発音する。
(ア) Can't do <u>nuffink</u> (= nothing) underwater.
(イ) Eleven Sickles, but for <u>firteen</u> (= thirteen) you get 'ot chocolate, and for fifteen you get an 'ot-water bottle an' a <u>toofbrush</u> (= toothbrush) in the colour of your choice.

⑦ 語尾の g を k と発音する。
(ア) Never notice <u>nuffink</u> (= nothing), they don'.
(イ) An' when reinforcements from the Ministry of Magic got there, 'e went wiv 'em quiet as <u>anyfink</u> (= anything), still laughing 'is 'ead off.

⑧ whoの代わりにwhatを用いる。
　(ア) ...an' so did a dozen Muggles <u>what</u> got in the way.

そのほか、cockneyの表現としてよく使われる語やフレーズをあげてみます。

⑨ Here
　文頭のhereは、相手の注意をひくheyと同じ意味で使われます。
　(ア) <u>'Ere</u>, you did flag us down, dincha?

⑩ Here you go
　here you are（着きましたよ）の意味。
　(ア) <u>'Ere you go</u>, Madam Marsh.

⑪ Right then
　文頭で用い、all rightやokayと同じ意味。これから大切な質問をするときなどによく使います。rightoも同じ。
　(ア) <u>Right then</u>, Neville, whereabouts in London?
　(イ) <u>Righto</u>. 'Old tight, then...

⑫ Best
　「Best + 動詞」はit is better to、it is a good idea toを略した形で、「……したほうがいい」という意味。ついでながら、次の例文のAbergavennyはウェールズの町の名。
　(ア) <u>Best go</u> wake up Madam Marsh, Stan. We'll be in Abergavenny in a minute.

⑬ How come
　whyと同じ意味。cockneyに限らず、イギリスのほかの地域でも広く使われています。
　(ア) <u>'Ow come</u> you di'n't tell us 'oo you are, eh, Neville?

StanとErnieが使っている、辞書にない語彙をリストにしてみました。右側が標準の英語です。

Stan and Ernie's Vocabulary

'ad	had	fing	thing
'alf	half	firteen	thirteen
an'	and	goin'	going
'and	hand	inee	isn't he
anyfink	anything	'is	his
'appened	happened	jus'	just
ar	yes	long's	as long as
'Arry	Harry	meself	myself
'as	has	nuffink	nothing
'ave	have	'old	hold
'choo	what did you	'ole	whole
'cos	because	'oo	who
'course	of course	'orrible	horrible
didja	did you	'ot	hot
din'	didn't	'ot-water	hot-water bottle
dincha	didn't you	oughta	ought to
dinnit	didn't it	outa	out of
di'nt	didn't	'ow	how
don'	don't (doesn't)	papers	newspapers
'e	he	Righto	all right
'ead	head	scary-lookin'	scary-looking
'ear	hear	toofbrush	toothbrush
'eard	heard	tryin'	trying
'eart's	heart is	wiv	with
'e'd	he would	Woss	what's
'em	them	Woz	was
'er	her	Yeah	yes
'ere	here	Yep	yes
'e's	he is	You-Know-'Oo	You-Know-Who

［ハグリッドのなまり］

　Rebeus Hagridはおもな登場人物のひとりで、本の中にたびたび登場します。ですから、物語のおもしろさをとらえ、それを最大限に味わうためには、Hagridのせりふを理解することがぜひとも必要です。

　Hagridのなまりは、イングランド南西部、すなわちSomerset、Cornwall、Devon、Gloucestershireやその周辺のなまりに由来します。イングランド南西部のなまりは、丸みのある母音が特徴で、アメリカの母音の発音にそっくりです。Founding Fathers of Americaとも呼ばれる清教徒たちがメイフラワー号で旅立ったのは、Devon州のPlymouth港。ヨーロッパ人で初めて北米大陸に渡った彼らのイングランド南西部のなまりと、アイルランドのなまりとが混ざりあって、アメリカ英語の母音になったとも言われています。Hagridがyで始まる語を話すとき、その丸母音が最も顕著に現れます。たとえば、youはyeh、yourはyerのように聞こえます。

　なまりを理解する助けとなるように、辞書にない単語のリストをこの章の最後に載せましたが、読み進むうちに、Hagridのせりふには一定のパターンがあることに気づかれるでしょう。このパターンは一貫しているので、一語一語確かめるよりも、その話し方の規則を憶えてしまったほうが簡単かもしれません。以下に、その規則を記します。（　）内が標準の英語です。

① 語尾のt、d、gは発音しない。
　・abou'（about）
　・an'（and）
　・anythin'（anything）

② ふたつかそれ以上の語をつなげて、ひとつの語であるかのように発音する。
　・more'n（more than）
　・gotta（got to）
　・shoulda（should have）

③ 代名詞を省略することがある。
　・Got a real treat for yeh today!〔Chpt.6〕
　　(**I've** got a real treat for yeh today!)

④ were と was を混用する。
　・They was all sittin' there in black robes...〔Chpt.15〕
　　(They **were** all sitting there in black robes...)

⑤ my の代わりに me を使う。
　・But I'd had me orders from Dumbledore...〔Chpt.10〕
　　(But I'd had **my** orders from Dumbledore...)
　・I've not bin meself lately...〔Chpt.11〕
　　(I've not been **my**self lately...)

　以下はイングランド南西部のなまりとは関係ありませんが、Hagridの性格をよく表しています。

⑥ ruddy
　Hagridは言葉を強調したいとき、ruddyという語をよく使います。ruddyはbloodyのあらたまった形。bloodyは罵倒語なので、子どもの本で使うわけにはいかないのです。英語ではこうした語が非常によく用いられるのですが、他の言語に必ずしもうまく置き換えられるとは限りません。その目的は、単に次に来る語を強めること。言葉による感嘆符（！）のようなものです。
　・...make me feel <u>ruddy</u> terrible an' all.〔Chpt.11〕

　Hagridのしゃべる英語は理解しにくいけれども、「ハリー・ポッター」シリーズの中での彼の役柄をとてもよく表しています。心の温かい田舎の青年が、もごもごと話しているといった感じでしょうか。しかし同時に、Hagridは物語の筋の中で重要な役割も果たしているので、そのせりふをどれも注意深く追っていく必要があります。これまで述べたような話し方の特徴に注意をはらいつつ、以下の語彙リストを参照すれば、Hagridのせりふも楽に読めるにちがいありません。右側が標準の英語の綴りです。

Hagrid's Vocabulary:

'cause	because	ev'ry	every
'em	them	ev'rythin'	everything
's	it's	exac'ly	exactly
'spect	I expect	feelin'	feeling
abou'	about	fer	for
an'	and	firs'	first
anythin'	anything	floodin'	flooding
aren'	aren't	flyin'	flying
beau'iful	beautiful	forgettin'	forgetting
bein'	being	Gawd	God
bes'	best	givin'	giving
bin	been	goin'	going
blamin'	blaming	gonna	going to
breakin'	breaking	gotta	got to
can'	can't	gov'nors	govenors
can't've	can't have	happenin'	happening
celebrating'	celebrating	hasn'	hasn't
Chris'mas	Christmas	he'd've	he would have
c'min	come in	hidin'	hiding
c'mon	come on	I'd've	I would have
comin'	coming	i'n't	isn't
couldn'	couldn't	inter	into
diff'rence	difference	interestin'	interesting
doesn'	doesn't	isn'	isn't
doin'	doing	it'd	it would
don'	don't	jus'	just
droppin'	dropping	keepin'	keeping
dunno	don't know	kep'	kept
d'yeh	do you	las'	last
dyin'	dying	leavin'	leaving
escapin'	escaping	lettin'	letting
everyone'd	everyone would	likin'	liking
everythin'	everything	livin'	living

lurkin'	lurking	sittin'	sitting
me	my	somethin'	something
me'll	me will	stinkin'	stinking
meself	myself	summat	something
migh'	might	ta	thank you
mighta	might have	takin'	taking
moanin'	moaning	talkin'	talking
more'n	more than	ter	to
mornin'	morning	tha's	that is
murderin'	murdering	tryin'	trying
musn'	must not	two'd	two would
musta	must have	walkin'	walking
musta	must have	wan'	want
nothin'	nothing	wanderin'	wandering
o'	of	wasn'	wasn'
on'y	only	watchin'	watching
oughta	ought to	wha'	what
outta	out of	won'	won't
packin'	packing	wouldn'	wouldn't
practisin'	practising	wouldn't've	wouldn't have
righ'	right	yeh	you
sayin'	saying	yeh'll	you will
shakin'	shaking	yeh're	you are
shoulda	should have	yeh've	you have
shouldn'	shouldn't	yer	your
shouldn've	shouldn't have		

日常生活で使える例文集

　読者のみなさんのご要望にお応えし、日常生活で使えるさまざまな例文を集めてみました。このまま使える場合もあれば、状況に合わせて少し変えて使ったほうがいい場合もあるでしょう。

　以下の例文は、「ハリー・ポッター」シリーズに出てくるせりふをそのまま引用したものではありませんが、登場人物たちがよく口にするせりふのスタイルを真似たものです。このようなパターンを覚えれば、会話で非常に役立ち、より自然で流暢に聞こえる英語が話せるようになるでしょう。

① **What's for dinner?**
　夕食の献立はなに？

② **Where's my red coat?**
　私の赤いコートはどこ？

③ **I can't believe you like broccoli!**
　ブロッコリーが好きだなんて、信じられないよ！

④ **What do you think of my new bicycle?**
　僕の新しい自転車、どう思う？

⑤ **Will you please stop talking and listen to me?**
　おしゃべりをやめて私の話を聞きなさい。

⑥ **What do you mean, you are not going to the party?**
　パーティーに行かないなんて、いったいどうして？

⑦ **Your hair is a terrible mess.**
　君の髪、くしゃくしゃだよ。

⑧ **I can't wait for dinner!**
　夕食が待ちきれないよ。

⑨ **How dare you speak to me like that?**
　私にそんな口のききかたをするなんて、いったいどういうつもりだ？

⑩ **This cake is as hard as a rock.**
　このケーキ、岩みたいにガチガチだね。

⑪ **I'm going to send a Christmas card to my friend.**
　友だちにクリスマス・カードを送るんだ。

⑫ Don't you think you should wash your face?
　顔を洗ったほうがいいんじゃないか？

⑬ Is that what I think it is?
　僕がそう考えてるとでも思うわけ？

⑭ You go first, and I'll follow.
　君が先に行ってくれよ。僕はあとからついていくから。

⑮ What time does the next class start?
　次の授業は何時から？

⑯ I wouldn't eat your cooking if you paid me.
　君の作ったものは、お金をもらっても食べたくないよ。

⑰ His new car is so cool!
　彼の新しい車、すごくかっこいいな！

⑱ I bet you don't pass the exam.
　君は絶対、試験に合格しないよ。

⑲ You've got to be joking!
　冗談でしょ？

⑳ What on earth is that?
　いったい、それはなに？

㉑ Hurry up, or we'll be late.
　急がないと遅れちゃうわよ。

㉒ I hate having my photograph taken.
　写真を撮られるのが嫌なんだ。

㉓ I'd better telephone the school to tell them we'll be late.
　僕たち、遅れるって学校に電話したほうがいいね。

㉔ I'd rather walk than take the bus.
　バスに乗るより歩きたい。

㉕ Are you serious?
　本気なの？

㉖ The park looks so beautiful this morning!
　今朝の公園はすごくきれい！

㉗ But I can't afford a new jacket.
　でも、新しいジャケットを買うお金がないんだ。

㉘ Don't eat with your mouth open. It looks gross!
　口をあけたままものを食べるな。下品に見えるよ。

㉙ Can I get you something to drink?
　何か飲み物を持ってこようか？

㉚ Close the window. It's freezing!
　窓をしめて。すごく寒いわ。

㉛ I can't wait for the weekend to start.
　週末が待ちきれないよ。

㉜ Why do you always look so scruffy?
　どうしてあなたはいつもそんなにむさくるしいの？

㉝ Oh, come on. Give me a break!
　えーっ、そんな！　ひと休みさせてよ。

㉞ What's your problem?
　どうしたんだ？

㉟ This ice-cream sundae is absolutely delicious!
　このアイスクリーム・サンデーはほんとに最高！

㊱ I'm going home now. I'm exhausted!
　もう家に帰るよ。疲れちゃった。

㊲ What makes you say that?
　どうしてそんなことを言うわけ？

㊳ I think you should tidy your room up.
　部屋をきちんと片づけなさい。

㊴ Let's forget work and go to the movies instead.
　仕事のことなんか忘れて、映画に行こうよ。

㊵ If I don't eat soon, I'll starve to death.
　すぐに食事ができなければ、お腹がすいて死にそう。

　以上、いろいろと使いまわせる40の例文をあげてみました。次はちょっと遊んでみましょう。次ページからは「ハリー・ポッター」の登場人物たちが絶対に言いそうにないせりふを集めたものです。どうぞ自由に、ご自分でも使ってみてください。

ハリー・ポッターが絶対に言わない10のせりふ

① Shall I help you with your homework, Draco?
ドラコ、宿題を手伝おうか？

② Ron, you are so clever!
ロン、君ってほんとに頭がいいね！

③ Quidditch? No thank you. I hate sports.
クィディッチ？　やめておくよ。僕、スポーツは嫌いなんだ。

④ I can't wait for the summer holiday to start.
夏休みの始まるのが待ちきれないよ。

⑤ When I grow up, I want to be just like you, Uncle Vernon.
バーノンおじさん、僕、大人になったらあなたのようになりたいです。

⑥ My favourite teacher at school is Professor Snape.
大好きな先生はスネイプ先生。

⑦ I'm sorry, I'm busy tonight. I promised to help Mr. Filch clean the corridors.
ごめん、今晩は忙しいんだ。フィルチさんを手伝って廊下掃除をすることになっているんだよ。

⑧ Wow, Dudley, you're so cool!
うわぁ、ダドリー、すごくかっこいいじゃないか！

⑨ Hogsmeade? No, I'll just stay here and read a book.
ホグズミードだって？　いや、僕はここで本を読んでいるよ。

⑩ I wish I was a normal boy.
僕がふつうの男の子だったらいいのにな。

ハーマイオニー・グレンジャーが絶対に言わない10のせりふ

① I wish I was as clever as you, Ron.
ロン、私があなたぐらい賢かったらいいのに。

② Let's go and sit by the lake instead of doing our homework.
宿題なんかやめて、湖のほとりでくつろぎましょうよ。

③ I'd rather have a party than sit in the library.
図書館にいるより、友だちとにぎやかにすごすほうがいいわ。

④ I think I'm in love with Vincent Crabbe.
私、ビンセント・クラップのことが好きになっちゃったみたい。

⑤ I hate Transfiguration. It's so difficult!
変身術なんて大嫌い。すごくむずかしいんだもの！

⑥ Let's play truant today!
今日はずる休みしましょうよ！

⑦ Neville, can you show me how to cast this spell?
ネビル、この呪文のかけかたを教えてもらえない？

⑧ I think school is a waste of time.
学校なんて、時間の無駄だわ。

⑨ Relax, Harry! You work too hard!
ハリー、もうちょっと気を抜いたら？　勉強のしすぎよ！

⑩ I'm sorry, but I didn't finish my homework.
すみません、宿題をやっていないんです。

> ロン・ウィーズリーが絶対に言わない10のせりふ

① My mum knits the most beautiful sweaters.
うちのママは最高のセーターを編んでくれるんだ。

② I wish I had hair like you, Professor Snape.
スネイプ先生、僕があなたみたいな髪だったらよかったのにと思います。

③ Please, Professor McGonagall, can I have extra homework today?
マクゴナガル先生、今日の僕の宿題を、どうかもっと増やしてもらえませんか。

④ Dinner already? But I'm not hungry.
もう夕食？　まだお腹がすいていないよ。

⑤ My brother Percy is the best brother in the whole world.
パーシー兄さんは世界一の兄貴だ。

⑥ I'm really looking forward to today's Potions lesson.
今日の魔法薬の授業、すごく楽しみだな。

⑦ A chocolate frog? No, thank you.
蛙チョコレート？　せっかくだけど、いらないよ。

⑧ Hogsmeade is so boring!
ホグズミードってほんとに退屈だね！

⑨ Being rich can sometimes be so tiresome.
金持ちだとうんざりすることもあるだろうな。

⑩ **Would you like me to carry your books for you, Hermione?**
　ハーマイオニー、君の本を運んであげようか？

> ダンブルドア先生が絶対に言わない10のせりふ

① **Shut up, Harry, you noisy little git!**
　黙れ、ハリー、このやかましいガキめ！

② **I really wanted to be a racing driver when I was young.**
　わしは若いころ、レーサーになりたかったんじゃ。

③ **Lord Voldemort? Don't say that name. It scares me!**
　ヴォルデモート卿？　その名前を言ってはいけない。恐ろしくなってしまうからのう。

④ **Five hundred points for Slytherin!**
　スリザリンに500点！

⑤ **How about a little kiss, Minerva?**
　ミネルバ、ちょっとキスをしてくれないかな？

⑥ **'Choo lookin' at?**
　いってぇ、なに見てやがる？

⑦ **Don't ask me, Harry. I don't know.**
　聞かないでくれ、ハリー。わしは知らないんじゃ。

⑧ **I would like you to be the new Defence Against the Dark Arts teacher, Serverus.**
　セルプス、今度、君に「闇の魔術に対する防衛術」の教師になってもらいたいのじゃが。

⑨ **How dare you speak to me like that, Professor McGonagall. You're fired!**
　マクゴナガル君、わしに向かってよくもそんな口がきけるな。即刻、クビじゃ！

⑩ **Has anybody seen my razor?**
　わしの髭剃りがどこにいったか知らないかね？

ハグリッドが絶対に言わない10のせりふ

① I do wish people would speak more clearly.
ほんとにみんな、もっとはっきりしゃべってくれたらいいんだがな。

② You'll never catch me going into the Forbidden Forest. It's really frightening!
俺が禁じられた森に行くとこなんか、誰も見るはずがない。あそこはほんとにおっそろしいからな！

③ Get that dog away from me! I hate dogs!
その犬を追っぱらってくれ。俺は犬が大嫌いでな。

④ Wouldn't it be wonderful if Professor Snape was elected headmaster of Hogwarts.
スネイプ先生がホグワーツの校長に選ばれなすったら、さぞすばらしいだろうよ。

⑤ Me? Drink alcohol? Never!
俺が、酒を飲むって？　とんでもねえ！

⑥ I always read books on philosophy before I go to bed.
寝る前にはいつも哲学書を読むんだ。

⑦ Don't go near that creature. It might be dangerous!
あいつには近づくな。あぶねえぞ！

⑧ I think Professor Dumbledore is an old fool for allowing Harry Potter into the school.
ハリー・ポッターを入学させたとは、ダンブルドア先生もまったくばかなやつだ。

⑨ I think I need to go on a diet.
ダイエットを始めなくちゃな。

⑩ If I don't get a pay rise, I'm going to hand in my resignation.
給料を上げてもらえないなら、俺は辞表を突きつけてやる。

> スネイプ先生が絶対に言わない10のせりふ

① Excuse me, but I need to go and wash my hair.
ちょっと失礼して、髪の毛を洗ってくる。

② Well done, Harry. Two hundred points for Gryffindor!
よくやった、ハリー。グリフィンドールに200点！

③ Your father and I were best friends, Harry.
ハリー、君の父親と我輩は親友だったのだ。

④ This potion will make you all learn to love each other.
この魔法薬を飲めば、みな互いに愛しあうようになる。

⑤ You haven't finished your homework? Well, don't worry, it wasn't important.
宿題をやっていない？　なに、心配することはない。あれは重要ではないから。

⑥ I wish I could be the head of Hufflepuff.
我輩がハッフルパフの寮監ならよかったのだが。

⑦ My hobby is reading romance novels.
我輩の趣味はロマンス小説を読むことだ。

⑧ Hermione, my dear. You look absolutely beautiful!
おや、ハーマイオニー。たいそうきれいじゃないか。

⑨ Professor Dumbledore is the best thing that ever happened to this school.
ダンブルドア先生こそは、この学校に与えられた最高の賜物だ。

⑩ I think I'll go to the pub for a drink with my good friend Hagrid.
親友のハグリッドと一杯飲みに、パブに出かけてくるよ。

イギリス版とアメリカ版の語彙の差は？
Harry Potter and the Prisoner of Azkaban の語彙分析から

長沼君主＜清泉女子大学講師＞

総語数は10万7583語

　「ハリー・ポッター」シリーズもいよいよ3作目。少しずつ長くなるこのシリーズも、この巻で総語数10万7583語と10万語台に突入です（総語数や以下の異なり語数とは、数字や間投詞のたぐい、また、途中で言いかけてやめたりなどの、語を形成していないゴミなどを省いたもので、あくまでも目安です）。しかしながら、4巻や5巻の厚みと比べるとまだまだ。

　この巻を読み終わると、これまでに約27万語を読んだ計算となり、ずいぶんとたくさん読んできたように思えるのですが、何せこれでも5巻の約26万語を少し上回った程度なのです。ですから、1巻や2巻とあまり長さの変わりのないこの巻を読んでいる間に、長い分量を読み通す自分なりのテンポをつかんでおくことが大事となります。

　単語の種類を表す異なり語数に目を移すと、5,181語とこれまた少し増えています。1巻から2巻にかけて687語増えていましたが、今回も2巻と比べて620語と、同じくらい増えているようです。ただ、総語数は1巻から2巻で7,375語の増加だったのに対して、今回の3巻にかけては22,590語ほど増えています。前回は総語数の増加率（9.5%）に対して、語彙数（異なり語数）の増加率（17.7%）のほうが高かったですが、今回は総語数が26.6%の伸びなのに対して、語彙数は13.6%と逆になっています。

　語彙の異なり語数（タイプ）を総語数（トークン）で割って割合で表したものを、タイプ／トークン比と呼びますが、これは語彙の密度を表し、値が低いほど繰り返しが多いことを表します。値を逆にして計算をすると、ひとつの単語が平均して何回でてくるかとなりますが、それぞれの巻で見てみると、1巻でタイプ／トークン比が4.99、平均20.0回、2巻ですこし繰り返しが少なくなって5.37で18.6回、3巻では1巻と同じか、すこし多いくらいで4.82で20.8回となっています。こうしてみると、長くなった分だけ、また、語彙も単純に増えているというわけでもなく、逆に繰り返しもその分多くなり、読みやすくなっているとも言えるでしょう。

高校1年レベルまでの語彙＋固有名詞で85％のカバー率

　それでは基本語の比率はというと、中学レベルで習う単語、約500語（中学校学習指導要領平成3年版別表の必修語彙リスト）と高校1年生レベルで習う単語、約1000（平成12年度版の英語Iの教科書48社分のテキストをデータベース化して作成された既存の語彙リスト－杉浦リスト－をベースに、頻度上位の語彙から中学必修語彙や不規則変化形をのぞいたリスト）を基本語として、3巻全体で占める割合を見てみると、中学レベルの語彙で64.0％、高校1年生レベルの語彙まで含めて76.7％と、2巻の78.6％と比べてもやや低い値となっています。この巻では固有名詞などが8.6％とこれまでと比べて多いため、あわせると2巻と同じくらいの85％くらいになりますが、レベル的に見るとあまり楽観視していられません。参考までに、JACET8000の語彙リストでみてみると、1巻では2000語レベルで81.6％、3000語レベルで84.1％、2巻では2000語レベルで79.6％、3000語レベルで82.6％、3巻では2000語レベルで79.5％、3000語レベルで82.3％のカバー率となっています。こちらでみても、語彙レベル的には2巻と同じくらいというのがわかります。

　会話文の比率の推移もみてみると、2巻から3巻にかけて、全体で地の文が64.8％から68.9％、会話文が35.2％から31.2％と、1巻の32.7％と比べてもやや低くなっています。地の文と会話文では、基本語の比率にして5％ほど（75.1％と80.3％）、語彙の種類で1900語ほど（4502語と2630語）の開きがありますが、地の文が多い章ではやや堅苦しく、難しめに感じるでしょう。

　今回、足をひっぱっているのは、1章の2.5％と20章の10.6％のところでしょうか。1章は会話文が極端に少ないですが、フクロウ便（Owl Post）の章ということで、ロンやハーマイオニーからの手紙もあり、その部分は口語的な書き方ですので、少しは助かっています。手紙なので会話文とはまた少しスタイルが違いますが、長いセリフと思えば似ていますし。

　20章は話もクライマックスになり、盛り上がるところですが、その分、会話文も少なく読みづらくなっています（あまり話してしまうと内容にふれてしまいますので控えますが）。ただ、章自体の長さも2000語くらいと、他の章と比べても半分以下ですので、場面の緊張感とともに、一気に読んでしまうとよいでしょう。あと注意が必要なのは3章でしょうか。数値的にも口語表現の比率がやや高くなっており、なまりの強いキャラクターが登場しますので、心の準備をしておいてください。

イギリス英語とアメリカ英語の違いは？

　さて、全体の傾向としては、このようなところですが、今回は付け加えて、イギリス版とアメリカ版の語彙の違いについてもふれてみたいと思います。イギリス版と比べて、アメリカ版では、表紙が違っているのはともかくとして（世界各国で違いますので）、目次があったり、章の最初に挿し絵があったりする点でも違います。ただ、実は違いはそれだけでなく、文章のほうでも少し違っているところがあります。

　いわゆる、イギリス英語とアメリカ英語といわれるような違いで、アメリカの子どもたちになじみのないような表現は直されているのです。その顕著な例が、1巻のタイトルでしょう。イギリス版ではphilosopher's stoneということで、金属を金や銀に変える力があると信じられていた「賢者の石」をさすわけですが、アメリカ版ではsorcerer's stone「魔法使いの石」となってしまい、ちょっとニュアンスが違ってきます。

①綴りの違い

　何はともあれ、そういった異なった語彙が使われている部分を分析してみましたので、紹介したいと思います。まずは単語というよりは綴りの違うものですが、towards (133) やbackwards (20) があります。アメリカ版ではtowardやbackwardといったように-sをつけない形が使われています（かっこ内は出現回数です）。

　同じように規則的な変化のものには、colour (20) がcolorに、parlour (10) がparlorに、favourite (10) がfavoriteに、behaviour (7) がbehaviorに変わります。アメリカ版では-ourが-orと綴られるわけです。

　他にもrealise (25) はrealizeに、recognise (12) はrecognizeへと、-seが-zeへと変わります。上の-ourから-orへの変化もそうですが、アメリカ版のほうが発音と近い綴りで合理的なのがわかります。

　他にもdefence (29) がdefenseへと-ceが-seと変わっているのもあります。一方でまた、practise (9) がpracticeへと変わっている例もあります。イギリスでも名詞はpracticeと綴るのですが、動詞ではpractiseとなります。そこをどちらもアメリカ版ではpracticeとしているわけですが、この-ceと-seの違いは奥が深そうで、単純な一般化はできそうにありません。あとはcentre (3) がcenterへと、-reが-erへと変わるというのもでてきていました。この-reを見るとイギリス英語っぽさを感じます。

　綴りの一種にはいるでしょうが、複合語を1単語とするか（またはハイ

フンでつなぐか) でも差があります。例えば、イギリス版ではgoalpost (10) やgoodbye (8) となっているところを、アメリカ版ではgoal postやgood-byeとしています。逆に、イギリス版でany more (8) やfor ever (5)、hour-glass (4) やstaff room (4) としているところを、アメリカ版では、anymore、forever、hourglass、staffroomとしています。それぞれ慣習に従ってるところが多いのでしょう。

　もう少し綴りの違いであげると、イギリス版のOK (45) がokay、grey (17) がgray、Hallowe'en (7) がHalloween、moustache (5) がmustache、pyjamas (3) がpajamas、unmistakeable (3) がunmistakableとなります。pyjamasなどは一見どう発音していいかわかりませんが、パジャマとわかれば何てことはないですね。それが最初からpajamasなら確かに少しわかりやすいかなという気もしてきます。

②単語そのものの違い

　こういった綴りの違いは見慣れてしまえば何てことはないですし、なまりと同じで推測でもなんとかなってしまうところが大きいですが、単語そのものが変わってくるとだいぶ印象も違ってきます。例えば、pitch (40) がfieldとなっていますが、クィディッチのグラウンドのことですね。更衣室のchanging room (6) もlocker roomとなっています。他にもいくつか拾ってみると、時間割のtimetable (11) がscheduleに、掲示板のbulletin board (2) がnotice boardになっています。また、食べ物や飲み物のワゴンのfood/tea trolley (3) がfood/tea cartに、セーターのjumper (2) がsweaterとなっています。他にも、解雇するのsack (5) がfireに、列のqueue (3) がlineにと、全般的にアメリカ英語では、耳慣れたやさしめの単語となっています。

　ただ、最初は単語が耳慣れなくても、文脈からなんとなくわかってくることも多いですし、それに慣れてしまうと、ロンのお母さんが編んでくれるのはjumper以外の何ものでもなくなります。アメリカ英語に慣れていると、イギリス版はちょっと慣れない単語や綴りが多く、奇異に映る部分もあるかもしれませんが、それも含めてハリー・ポッターの世界ですので、ぜひ語感とともに楽しんでください。また、アメリカ版しか読んでいない人は、機会があれば、ぜひイギリス版も見てみるといいと思います。単語が少し違うだけですが、ずいぶんと印象が違ってくると思います。

＜分析表１＞会話の比率
Vol.3全体と各章における会話文の占める比率を表したものです

表の縦の列は全体と第1章から第22章までを表します。othersは分析不可能だったもの、frgは「出現回数」です。横の覧のtypeは「異なり語数＜語の種類＞」、tokenは「総語数」、その下のnrt (narration)の下の数字は「地の文の総語数」、cnv(conversation)の下は「会話文の総語数」です。

Each Chapter		type			token			type/token		
		all	nrt	cnv	all	nrt	cnv	all	nrt	cnv
All	frq	5181	4502	2630	107583	74085	33581	4.8	6.1	7.8
without Others	%	-	86.9	50.8	-	68.9	31.2	20.8	16.5	12.8
Ch01	frq	969	959	69	3708	3617	91	26.1	26.5	75.8
	%		99.0	7.1		97.5	2.5	3.8	3.8	1.3
Ch02	frq	973	778	390	3873	2708	1165	25.1	28.7	33.5
	%		80.0	40.1		69.9	30.1	4.0	3.5	3.0
Ch03	frq	1061	845	454	4364	2952	1412	24.3	28.6	32.2
	%		79.6	42.8		67.6	32.4	4.1	3.8	3.1
Ch04	frq	1160	980	491	5122	3460	1662	22.6	28.3	29.5
	%		84.5	42.3		67.6	32.4	4.4	3.5	3.4
Ch05	frq	1305	1086	534	6581	4677	1904	19.8	23.2	28.0
	%		83.2	40.9		71.1	28.9	5.0	4.3	3.6
Ch06	frq	1343	1003	656	6704	4259	2446	20.0	23.6	26.8
	%		74.7	48.8		63.5	36.5	5.0	4.2	3.7
Ch07	frq	988	779	468	4252	2727	1525	23.2	28.6	30.7
	%		78.8	47.4		64.1	35.9	4.3	3.5	3.3
Ch08	frq	1192	1004	473	5055	3490	1565	23.6	28.8	30.2
	%		84.2	39.7		69.0	31.0	4.2	3.5	3.3
Ch09	frq	1101	869	531	5262	3444	1818	20.9	25.2	29.2
	%		78.9	48.2		65.5	34.5	4.8	4.0	3.4
Ch10	frq	1472	1089	796	7120	3963	3157	20.7	27.5	25.2
	%		74.0	54.1		55.7	44.3	4.8	3.6	4.0
Ch11	frq	1236	982	542	5584	3618	1966	22.1	27.1	27.6
	%		79.4	43.9		64.8	35.2	4.5	3.7	3.6
Ch12	frq	984	766	491	4790	2869	1921	20.5	26.7	25.6
	%		77.8	49.9		59.9	40.1	4.9	3.7	3.9
Ch13	frq	997	818	398	4258	3086	1172	23.4	26.5	34.0
	%		82.0	39.9		72.5	27.5	4.3	3.8	2.9
Ch14	frq	1194	926	580	5535	3487	2048	21.6	26.6	28.3
	%		77.6	48.6		63.0	37.0	4.6	3.8	3.5
Ch15	frq	1187	1000	459	5482	4084	1398	21.7	24.5	32.8
	%		84.2	38.7		74.5	25.5	4.6	4.1	3.0
Ch16	frq	1074	927	381	4356	3270	1086	24.7	28.3	35.1
	%		86.3	35.5		74.5	24.9	4.1	3.5	2.9
Ch17	frq	867	724	302	4193	3125	1068	20.7	23.2	28.3
	%		83.5	34.8		74.5	25.5	4.8	4.3	3.5
Ch18	frq	591	298	444	2287	755	1532	25.8	39.5	29
	%		50.4	75.1		33.0	67.0	3.9	2.5	3.5
Ch19	frq	963	633	579	5160	2269	2891	18.7	27.9	20
	%		65.7	60.1		44.0	56.0	5.4	3.6	5
Ch20	frq	573	537	99	2022	1808	214	28.3	29.7	46.3
	%		93.7	17.3		89.4	10.6	3.5	3.4	2.2
Ch21	frq	1137	824	622	7235	4240	2995	15.7	19.4	20.8
	%		72.5	54.7		58.6	41.4	6.4	5.1	4.8
Ch22	frq	1050	779	536	4723	2780	1943	22.2	28	27.6
	%		74.2	51.0		58.9	41.1	4.5	3.6	3.6

＊type/tokenは厳密には、タイプ／トークン比(type/token ratio)と書かれるべきものであり、異なり語数を総語数で割ったものです。上段に示したのは、それに100をかけて％表記としたもの。この値は語彙の密度を表すことになり、値が低いほど、繰り返しが多く、逆に値が高いほど、種類の多い、繰り返しの少ないテキストであると言えます。

<分析表2>基本語彙の比率

Vol.3と各章の高校2年以下のレベルの語彙の占める比率を表しています

表の縦の列は全体と第1章から第22章までを表します。横の欄のJHSはJunior High Schoolの省略で、中学レベルで習う単語「中学校学習指導要領」平成3年度版別表の必修語彙リスト、HSはHigh Schoolを省略したもので、英語Iの教科書48社分のテキストをデータベース化して作成された既存の語彙リスト[杉浦リスト]です（p.183参照）。

Each Chapter		type				token				type/token		
		all	JHS	HS	J/HS	all	JHS	HS	J/HS	JHS	HS	J/HS
All	frq	5181	448	740	1188	107583	68855	13682	82537	0.7	5.4	1.4
without Others	%	-	8.6	14.3	22.9	-	64.0	12.7	76.7	153.7	18.5	69.5
Ch01	frq	969	303	249	552	3708	2423	479	2902	12.5	52.0	19.0
	%		31.3	25.7	57.0		65.3	12.9	78.2	8.0	1.9	5.3
Ch02	frq	973	297	222	519	3873	2538	429	2967	11.7	51.7	17.5
	%		30.5	22.8	53.3		65.5	11.1	76.6	8.5	1.9	5.7
Ch03	frq	1061	286	255	541	4364	2773	481	3254	10.3	53.0	16.6
	%		27.0	24.0	51.0		63.5	11.0	74.5	9.7	1.9	6.0
Ch04	frq	1160	319	296	615	5122	3302	615	3917	9.7	48.1	15.7
	%		27.5	25.5	53.0		64.5	12.0	76.5	10.4	2.1	6.4
Ch05	frq	1305	320	307	627	6581	4145	852	4997	7.7	36.0	12.5
	%		24.5	23.5	48.0		63.0	12.9	75.9	13.0	2.8	8.0
Ch06	frq	1343	326	307	633	6704	4248	889	5137	7.7	34.5	12.3
	%		24.3	22.9	47.2		63.4	13.3	76.7	13.0	2.9	8.1
Ch07	frq	988	275	247	522	4252	2669	571	3240	10.3	43.3	16.1
	%		27.8	25.0	52.8		62.8	13.4	76.2	9.7	2.3	6.2
Ch08	frq	1192	313	284	597	5055	3174	680	3854	9.9	41.8	15.5
	%		26.3	23.8	50.1		62.8	13.5	76.3	10.1	2.4	6.5
Ch09	frq	1101	298	285	583	5262	3492	685	4177	8.5	41.6	14.0
	%		27.1	25.9	53.0		66.4	13.0	79.4	11.7	2.4	7.2
Ch10	frq	1472	334	378	712	7120	4560	918	5478	7.3	41.2	13.0
	%		22.7	25.7	48.4		64.0	12.9	76.9	13.7	2.4	7.7
Ch11	frq	1236	302	292	594	5584	3536	681	4217	8.5	42.9	14.1
	%		24.4	23.6	48.0		63.3	12.2	75.5	11.7	2.3	7.1
Ch12	frq	984	303	245	548	4790	3149	594	3743	9.6	41.2	14.6
	%		30.8	24.9	55.7		65.7	12.4	78.1	10.4	2.4	6.8
Ch13	frq	997	278	236	514	4258	2664	562	3226	10.4	42.0	15.9
	%		27.9	23.7	51.6		62.6	13.2	75.8	9.6	2.4	6.3
Ch14	frq	1194	307	319	626	5535	3501	752	4253	8.8	42.4	14.7
	%		25.7	26.7	52.4		63.3	13.6	76.9	11.4	2.4	6.8
Ch15	frq	1187	303	279	582	5482	3318	726	4044	9.1	38.4	14.4
	%		25.5	23.5	49.0		60.5	13.2	73.7	11.0	2.6	6.9
Ch16	frq	1074	281	259	540	4356	2726	551	3277	10.3	47.0	16.5
	%		26.2	24.1	50.3		62.6	12.6	75.2	9.7	2.3	6.1
Ch17	frq	867	256	218	474	4193	2686	559	3245	9.5	39.0	14.6
	%		29.5	25.1	54.6		64.1	13.3	77.4	10.5	2.6	6.8
Ch18	frq	591	228	158	386	2287	1517	280	1797	15.0	56.4	21.5
	%		38.6	26.7	65.3		66.3	12.2	78.5	6.7	1.8	4.7
Ch19	frq	963	275	262	537	5160	3406	632	4038	8.1	41.5	13.3
	%		28.6	27.2	55.8		66.0	12.2	78.2	12.4	2.4	7.5
Ch20	frq	573	199	133	332	2022	1254	244	1498	15.9	54.5	22.2
	%		34.7	23.2	57.9		62.0	12.1	74.1	0.3	1.8	4.5
Ch21	frq	1137	301	298	599	7235	4774	902	5676	6.3	33.0	10.6
	%		26.5	26.2	52.7		66.0	12.5	78.5	15.9	3.0	9.5
Ch22	frq	1050	311	282	593	4723	3045	605	3650	10.2	46.6	16.2
	%		29.6	26.9	56.5		64.5	12.8	77.3	9.8	2.1	6.2

＜分析表3＞固有名詞の比率

Vol.3全体と各章に占める固有名詞の比率を表したものです

表の縦の列は全体と第1章から第22章までを表します。without others のothersは分析不可能だったものを表します。横の覧の固有名詞は人名・地名・呪文・事物などの総語数を示します。

Each Chapter		type				token				type/token		
		all	固有名詞	口語	派生語	all	固有名詞	口語	派生語	固有名詞	口語	派生語
All	frq	5181	247	123	677	107583	9256	407	1662	2.7	30.2	40.7
without Others	%	-	4.8	2.4	13.1	-	8.6	0.4	1.5	37.5	3.3	2.5
Ch01	frq	969	47	2	50	3708	261	4	71	18.0	50.0	70.4
	%		4.9	0.2	5.2		7.0	0.1	1.9	5.6	2.0	1.4
Ch02	frq	973	26	4	56	3873	295	6	77	8.8	66.7	72.7
	%		2.7	0.4	5.8		7.6	0.2	2.0	11.3	1.5	1.4
Ch03	frq	1061	36	30	59	4364	350	42	82	10.3	71.4	72.0
	%		3.4	2.8	5.6		8.0	1.0	1.9	9.7	1.4	1.4
Ch04	frq	1160	61	5	67	5122	418	7	90	14.6	71.4	74.4
	%		5.3	0.4	5.8		8.2	0.1	1.8	6.9	1.4	1.3
Ch05	frq	1305	65	7	81	6581	591	7	104	11.0	100.0	77.9
	%		5.0	0.5	6.2		9.0	0.1	1.6	9.1	1.0	1.3
Ch06	frq	1343	53	29	90	6704	492	77	142	10.8	37.7	63.4
	%		3.9	2.2	6.7		7.3	1.1	2.1	9.3	2.7	1.6
Ch07	frq	988	47	3	49	4252	392	4	76	12.0	75.0	64.5
	%		4.8	0.3	5.0		9.2	0.1	1.8	8.3	1.3	1.6
Ch08	frq	1192	73	7	65	5055	466	12	90	15.7	58.3	72.2
	%		6.1	0.6	5.5		9.2	0.2	1.8	6.4	1.7	1.4
Ch09	frq	1101	66	4	53	5262	400	7	63	16.5	57.1	84.1
	%		6.0	0.4	4.8		7.6	0.1	1.2	6.1	1.8	1.2
Ch10	frq	1472	66	27	78	7120	549	52	114	12.0	51.9	68.4
	%		4.5	1.8	5.3		7.7	0.7	1.6	8.3	1.9	1.5
Ch11	frq	1236	66	29	64	5584	523	53	78	12.6	54.7	82.1
	%		5.3	2.3	5.2		9.4	0.9	1.4	7.9	1.8	1.2
Ch12	frq	984	52	2	51	4790	415	2	75	12.5	100.0	68.0
	%		5.3	0.2	5.2		8.7	0.0	1.6	8.0	1.0	1.5
Ch13	frq	997	72	2	45	4258	425	3	59	16.9	66.7	76.3
	%		7.2	0.2	4.5		10.0	0.1	1.4	5.9	1.5	1.3
Ch14	frq	1194	57	22	55	5535	502	40	73	11.4	55.0	75.3
	%		4.8	1.8	4.6		9.1	0.7	1.3	8.8	1.8	1.3
Ch15	frq	1187	69	10	52	5482	545	14	86	12.7	71.4	60.5
	%		5.8	0.8	4.4		9.9	0.3	1.6	7.9	1.4	1.7
Ch16	frq	1074	45	17	48	4356	329	35	65	13.7	48.6	73.8
	%		4.2	1.6	4.5		7.6	0.8	1.5	7.3	2.1	1.4
Ch17	frq	867	34	3	30	4193	373	4	49	9.1	75.0	61.2
	%		3.9	0.3	3.5		8.9	0.1	1.2	11.0	1.3	1.6
Ch18	frq	591	31	1	23	2287	212	2	30	14.6	50.0	76.7
	%		5.2	0.2	3.9		9.3	0.1	1.3	6.8	2.0	1.3
Ch19	frq	963	35	5	50	5160	473	5	67	7.4	100.0	74.6
	%		3.6	0.5	5.2		9.2	0.1	1.3	13.5	1.0	1.3
Ch20	frq	573	20	0	32	2022	204	0	43	9.8	-	74.4
	%		3.5	0.0	5.6		10.1	0.0	2.1	10.2	-	1.3
Ch21	frq	1137	43	8	52	7235	623	13	80	6.9	61.5	65.0
	%		3.8	0.7	4.6		8.6	0.2	1.1	14.5	1.6	1.5
Ch22	frq	1050	67	15	40	4723	428	20	50	15.7	75.0	80.0
	%		6.4	1.4	3.8		9.1	0.4	1.1	6.4	1.3	1.3

＜分析表4＞イギリス版とアメリカ版の語彙の比較

イギリス版とアメリカ版のVol.3の中で使われた語彙の比較をしたものです。

ukはイギリスのBloomsbury社版、amはScholastic社版を表します。frqは出現の頻度を表します。つまり、頻度を表す数字の左側がイギリス式の綴りや語彙、右側がそれに対応するアメリカ式の綴りや語彙になっています。

uk	frq	am	uk	frq	am
towards	133	toward	pitch	40	field
backwards	20	backward	timetable	11	schedule
upwards	9	upward	changing room	6	locker room
downwards	5	downward	sack	5	fire
			torchlight	4	flashlight
afterwards	4	afterward (2)	food/tea trolley	3	food/tea cart
		afterwards (2)	fringe	3	bangs
			newsreader	3	reporter
amongst	5	among (10)	queue	3	line
among	5		bulletin board	2	notice board
			jumper	2	sweater
colour	20	color			
parlour	10	parlor	cupboard	3	closet＊
favourite	10	favorite	crazy	2	mad＊
behaviour	7	behavior	holidays	2	vacation＊
armour	5	armor			
rumour	3	rumor	OK	45	okay
honour	3	honor	grey	17	gray
neighbour	2	neighbor	hallowe'en	7	halloween
favour	2	favor	moustache	5	mustache
flavour	2	flavor	pyjama	3	pajamas
			unmistakeable	3	unmistakable
realise	25	realize			
recognise	12	recognize	goalpost	10	goal post
criticise	2	criticize	goodbye	8	good-bye
			hotline	3	hot line
defence	29	defense	midair	2	mid air
practise(v)	9	practice	any more	8	anymore
practice(n)	12		for ever	5	forever
			hour-glass	4	hourglass
centre	3	center	staff room	4	staffroom
			lop-sided	2	lopsided

＊ 一部の単語

189

INDEX

ここにある語句のリストは、各章の登場人物、語彙リスト、そのあとの語句解説で説明を加えた語句を中心に、アルファベット順に並べています。興味のある語句を調べるのに使うもよし、辞書がわりに使うのもよし、さまざまに工夫してお使いください。

0-150 miles an hour	52

A

Abandoning	36
abashed	94
Aberdeen	45
Abergavenny	44
abnormality	36
abroad	43
abruptly	37
absent	27
absently	27
absent-mindedly	46
absurdity	146
abysmally	123
Accidental Magic Reversal Department	46
accidentally let something slip	36
accomplishing	162
Acid Pops	102, 107
acorn	72
admirably	80
adopted	87
advisable	102
aerodynamic perfection	52
affectionate	27, 162
afford	38
affording	111
affronted	111
after him	55
after my blood	117
aggressively	52
aghast	110, 162
agitated	158
agreed with him	53, 56
aid	139
Aids	101
airily	46, 72
ajar	55
alarm	26
Alas	102
Albus Dumbledore	51
alert	63
alerted	154
Alicia Spinnet	84
all fours	154
all sorts	86
alleyway	43
allies	150
Alohomora	159
amazed	53
amber	36
ambled	70
amidst	154
Ancient Runes	53
and all that	53
Angelina Johnson	84
Anglesea	45
anguished	96
Animagi	72, 75
Animagus	75, 143
animatedly	72
annual	28
anonymously	111
anti-clockwise	72
antlered	159
apologetically	45
apoplectic	38
apothecary	52
Apparate	94, 97
apparition	129
applause	64
appointed	94, 154
apprehensively	62
arc	150
argue his case	85
Arithmancy	53
armed	35
array	71
arrested	43
arrogant	129
Arthur Weasley	25
ashen	150
ashen-faced	138
askew	143
assembled	71
assumed	80
assurance(s)	45, 110
astonishment	70, 101
Astounded	101
Astronomy	51
at bay	118
AT LARGE	44
at liberty	110
at stake	38
attic	71
Aunt Petunia	25
auntie	36
authorise	123
averted	118, 138
avidly	86
awkward	46
awkwardly	133
Azkaban fortress	45

B

babble	100
backside	101
Bad blood will out	38
bad egg	38

badgering	118		100, 103	boast	150
baking hot	138	Best	168	bobbed	143
balaclava	51	Best go	44	bobbing	80
bald	54	best part of...	146	Boggart	78, 80, 81
balding	28	bet	123	bogs	100
BANG	44	betrayed	102	boldly	95
Bang	54	beware	71	Bole	133
bangles	71	bewildered	118, 133	bollards	45
banshee	80	bewitch	16	bolt upright	95
bared	36	bewitched	43	bombshell	87
Barely alive	27	bid	100	bond	162
bargained for	73	biding their time	150	bonfire	117
barking mad	94	Bill Weasley	25	bonnets	55
basking	122	billowing	61	bony	35
bated breath	123	Binky	84	boomed	37
Bath buns	128, 130	bins	44	bordering on...	84
Bathilda Bagshot	25	birch	52	boring	35, 129
battered	54	bird entrails	52	boring into	38
battering	143	bitch	37	borne	134
battlements	159	Bitten off more 'n she can		botched	86
battling	95	chew	128	boulder	158
be off to	36	bizarre	27	bound	28, 36
beady	72	black-bound	52	bout	63
Beaky	133	blank	44, 143	bowl	158
beaming	46	blasted	45	bow-legged	54
bearing	27, 46	bleary	27	bowling along	44
beast	55	blended	101	bracingly	70
beat yourself up	96	Blimey	45	brackets	44
Beaters	84, 90, 91	blind spot	158	branches	72
Beats me	45	blinked	38	brandishing	70
beckoned	46	blob	72	brand-new	35
bedlam	52	block	158	break his word	51
bedpans	95	bloodshot	38, 96	breaking-point	134
bedsteads	44	blossom	101	breakneck speed	129
beefy	35	blotchy	61	breakout	45
been through the mill	54, 56	blows	143	breezy	128
befriend	29	blubber	133	brilliant	28, 122, 124
befuddled	64	bludgeon	84	briskly	55
behave yourself	36	Bludgers	84, 91	bristly	62
beheading	79	bluff	150	brittle	86
Belch Powder	86, 89	blundered	128	Broad daylight	45
bellowed	26	blurted out	35	broadly	29
bemoaning	138	blush	84	broke down	133
bequeath	101	boarding up	128	brood	37
berating	110	boarhound	72	broodingly	102
berserk	139	boarding school	58	broomstick	26, 59
beside himself with glee		boars	63	Broomstick Servicing Kit	

191

	28, 31	Charlie (Weasley)	133	cloak	16, 44
brought back to earth	35	charm	16	club	72
brought up the rear	154	Chasers	84, 90, 91	clucked	64
Brutality	134	chat	53	clunk	29
brute	73, 143	chatter	101	clutched	37
Buckbeak	70, 73, 75	chattering	102	cluttered	118
buckled	29, 54	checked	27, 62	cobbled street	51
buffeted	162	Cheering Charms	133, 135	Cockroach Cluster	101, 106
bulged	38	Cheers	128, 130	cocky	70
bullclips	72	chest of drawers	29	Coincidence	72
bully	138	chestnut	73	cold feet	129
bullying	84	chilly	84	Colin Creevey	84
bump	35	china	71	collapse	134
burden	27	chintz	71	collapsed	43
burly	84	chipolatas	111	collapsing	64
burped	38	chipped	86	collided	134
burst out of	38	Cho Chang	122	collywobbles	45
bury the hatchet	123, 125	Chocoballs	62, 66	Colonel Fubster	35
bushy	37	Chocolate Frog	117	colourless	150
bustling	64	chomping	110	combing	117
Butterbeer	86, 89	chortling	72	Comet Two Sixty	122
buzzing	85, 154	chorused	94	comical	80
by thunder	158	chucked	134	coming across	146
		chucking	122	commentary	95
C		chuckled	38	committed	64
cackling	86	chunks	86	Committee for the Disposal	
cackling	162	churned	44	of Dangerous Creatures	110
came round	96	chute	128	common knowledge	64
canter	154	Circumstances	46	common or garden	54
Care of Magical Creatures	52	civil tongue in your head	36	common room	58, 64
carefree	101	clairvoyant	133	compartments	61
cartwheeled	134	clambered	154	compiled	138
cascade	46	clambering	129	complex	86
Cassandra Vablatsky	51, 57	clammy	64	complicated	94
cast around	96	clamped	29	composedly	53
cauldron	16, 26, 59	clanked	70	computerised	35
Cauldron Cakes	62, 67	clap	95	comrades-in-arms	71
cautiously	62	clap this loon in irons	118	conceal	72
caved in	101	clapped	36	concocted	86
cavernous	63	clapping	64	Concoction	138
Cedric Diggory	94	clatter	64	conduct	94
celebrity	128	cleaned us out	101	conductor	44
Century	26	Cleansweep Sevens	118	Confiscated	101
chambers	118	clear off	36	Confunded	158
chant	154	cleared	64	Confundus Charm	158, 159
chaos	61	clearing	123	conjure	117, 151
Charing Cross Road	45	clench	38	consented	64

considerably	95	
considered	86	
considering	154	
consorting with...	158	
consulting	53, 72	
contemptuously	44	
contentedly	54	
contestants	154	
contorted	129, 150	
contract	63	
contrary	100	
convict	35	
convicted	150	
convincing	36	
convulsively	143	
cooed	61	
cooking up	73	
cooped up	138	
cope with	86	
cords	27	
corking	54	
Cornelius Fudge	43	
cornered	45	
corpse	80	
coursing	110	
courteously	150	
coverin' it up	45	
coward	86	
cowering	79	
Crabbe	61	
crack	62	
cracked up to be...	85	
Crackers	111	
cracking	84, 154	
cracking up	133	
crackling	46	
cradling	87	
crammed	71	
craning	128	
crater	103	
crates	101	
creak	94, 143	
creepily	154	
creepy	84	
crest	27	
crestfallen	72	
criminal	43	
crimson	71	
cringing	150	
crinkled	73	
crinolines	71	
criss-crossed	101	
criticising	37	
croaked	63	
crone	101	
cronies	62	
crooked	64	
Crookshanks	51	
crossed his mind	55	
crosses	45	
crossly	64, 94	
crouching	55	
crucial	123	
crumbling	117, 143	
crumpets	46	
crumpled	63	
crunch	37	
crystal balls	52	
culminating	134	
cur	95	
currently	28	
curse	17, 27	
curse breaker	28	
cursing	79	
curtly	37	
Customs	28	
cut above the rest	129	
cutting	27	
C'min	73	
C'mon	62	

D

Daily Prophet	27	
damn good	37	
dangling	27	
dank	128	
dapple-grey	70	
daring	37	
darned	62	
darted	63	
dash	79	
dashed	27	
Davey Gudgeon	100	
Davies	122	
dawn	95	
dazed	154	
dazedly	53	
dazzling	43	
dead of night	26, 30	
deadened	62	
Dean Thomas	51	
debris	123	
decayed	63	
deceiving	46	
deciphering	84	
Decree for the Restriction of Underage Wizardry	43	
Defence Against the Dark Arts	45	
defiantly	53	
dejectedly	85	
deliberate	134	
deliberately	80	
Dementor	60, 63, 66	
Dementor's Kiss	153	
demurred	102	
dense	102	
deny	46	
Department of Magical Catastrophes	103	
depositing	54	
deranged	55	
Derek	110	
derisively	133	
Derrick	133	
Dervish and Banges	62, 65	
descended	45	
desert	146	
deserted	43	
despair	117	
desperate	55	
desperation	84	
detention	26	
determination	85	
determined	80	
determinedly	158	
detour	117	
devoid	111	
devoted	103	
devoted to...	52	
dewy	133	

Diagon Alley	17, 45	double act	102	dusk	86
didn't have a clue	96, 158	double Potions	79	dwarfs	51
dignified	55	double-crossed	150	dwell	100
dilapidated	63	double-crosser	150	dwelling	128
dincha	44	doubled back	86		
dinnit	45	double-ended newts	53	**E**	
dipped	26	downcast	73	earshot	95
Disapparated	162, 163	downfall	102	earwiggy	100
disapproving	96	downtrodden	26	eavesdroppers	102
disapprovingly	64	Draco Malfoy	61	ebbing	85, 154
disarray	123	dragging	43	ecstatic	73
disembowelment	101	drained	35	edging	143, 154
disgruntled	61	dramatically	72	edgy	138
disguises	26	draped	71	eerie	96
Disgusting	86	draught	128	egged him on	85
dislodged	111	Draw	28, 70	elbowing	54
dismantling	55	draw nearer	63	eludin	45
dismissively	128	drawl	62	embarrassed	54
Disorientated	123	dreading	71	emblazoned	29
dispatched	46	dregs	71	Emboldened	73
dispersed	118	drenching	73	embraced	143
dispiritedly	86	drew the hangings	110	emerged	53
disquiet	128	drift	154	enchanted	63
disrupted	71	drifted	38	enchantment	17
Dissendium	101, 104	dripping	38, 61	encircling	154
dissolved	158	Droobles Best Blowing Gum		enclosed	29
dissolving	117		101	encouraged	37
distinction	95	drool	37	ended up...	55
distinctly	43	droop	53	ends up	143
distinguish	95	drop	162	endure	85
distracted	85	dropped me off	53	engulf	63
distractedly	150	dropping	44	engulfed	123
distressed	94	ducked	101	enmity	134
diverse	162	ducking	95	enormous	27
diversion	101	Dudders	36	enraged	122
divided	64	Dudley Dursley	25	entangled	80
Divination	52	due	95, 133	enthusiastically	111, 134
divulge	102	duels	94	enticing	138
dizzier	71	dull	84	entirely	29
do his nut	122, 124	dully	73	erected	52
do Malfoy's bidding	62	Dumbledore	51	Ern	44
doddery	133	dumbstruck	129	Ernie McMillan	117
dodging	87	dumped	37	Ernie Prang	43, 48, 166
doggedly	128	Dungbomb	101, 104	Errol	25
done the trick	95	dungeon	73	erupted	123
don' give a damn	110	Dunno	54	euphoria	138
dormitory	54, 58, 162	Dursley-free	46	evasively	103

eventual	103	faultlessly	122	fled		27, 102
Every Flavour Beans	101	favouritism	111	Fleetwood's High-Finish		
eve—	44	feast	63	Handle Polish		28
evidence	122	feasting on	53	flexing		73
evidently	154	feeble	27	flight		83
evil-tempered	37	fellow wizard	26	flinch		27
exasperatedly	95, 111	fellytone	162	Flint (Marcus)		94
exclaiming	118	ferociously	85	flipped		29
executed	129	ferreting	159	flitted		150
executioner	138	Ferula	151	flitting		123
exhaustion	70	fervent	122	Flobberworms		73, 76
expecto patronum	117, 119	fervently	158	flop		70
expelled	43	festive cheer	100	Florean Fortescue		51
Expelliarmus	143	festivities	123	Florean Fortescue's Ice-		
expertise	129	fez	28	Cream Parlour		51
Exploding Snap	128	Fidelius Charm	102, 104	flourish		85
exploring	51	fierce	73	Flourish and Blotts		52
exposing	73	fifty feet	96	flourished		138
expulsion	38	Filch	78	flowering shrub		94
extensive	117	filthy	35	flu		63
extracted	44	final straw	162	fluffy		54
extraordinarily	162	finest hour	122	flump		27
extreme	37	fing	45	flung		43
extricate	123	finish him off	62	flurry		102
exuberant	134	Firebolt	52, 109	fond of		46
eyed him	36	Firs'-years this way	63	foolhardy		146
		firteen	44	foot		26
		fishy	102	forbid		26
F		fit	63	Forbidden Forest		55
fainted	63	fit of	110	foreboding		64
faintest trace	54	fix	43	forefinger		72
fair and square	96	fixed	35	forge		85
fairies	100	Fizzing Whizzbees	101, 106	formidable		53
fairy tale	158	flabbergasted	133	formless		154
faking	73	flag us down	44	fortune		43
falcon	72	flagon	112	fortune-telling		52
fancy	38	Flame-Freezing Charm	26	fought		64, 154
fancy 'is chances	45	flaming	28	Foul		52
Fang	70	flanked	62	foulest		100
fanned	101	flanks	159	four-poster beds		64
Farewell	71	flapped	29	fraction		94
far-fetched	139	flapping	27	fragments		103
fascinating	28	flashing	28	frail		100
Fat Lady	83, 90	flat out	123	frantic		43
fate	111	flatten	29	frantically		53
fates	133	flattened	44, 100, 139	fraud		139
fathom	117	flecked	37	frayed		84
fathomless	150					

195

freckly	53	
Fred Weasley	51	
fridge	35, 44	
Frog Spawn Soap	128	
frowning	26	
fruitless	71	
fry-up	38	
Fudge Flies	123, 125	
fulfil	128	
full out	143	
fully fledged	146	
fumbled	39	
fuming	111	
funny jolt	27	
funny stuff	36	
furballs	53	
furious	36	
furiously	28	
furrowed brow	61	
furtive	61	
fury	26	
fuss	38	

G

gagged	151
gaggle	123
galaxy	51
Galleon	28
galloping	123
gallows	80
gamekeeping duties	64
gangling	28
gape	38
gaping	154
gargoyle	79
gash	73
gather round	79
gathered	138
gathered up	36
gaunt	35
gauzy	71
gaze	36
Gazing	27
Gee up	73
George Weasley	51
get a few things straight	35
Get a grip	110

get it	63
Get the door	37
get the feel of it	118
get you down	28
gets out	162
ghost of a grin	150
gilding	139
gingerly	151
Ginny Weasley	25
git	70
give her a break	123
give 'em a run fer their money	102
giveaway	129
given...the slip	146
giving off	71
glanced	28
glared	80
glaring	37
glazed	38
gleamed	43
gleaming	28
gleefully	46
glided	63
glimmers	159
glimpsed	29
glistening	63
gloat	129
gloom	37
gloomily	36
glorious	111
glory	100
glossy	54
glued	158
glumly	162
gnawing	158
go mad	70
goblets	64
Gobstones	51, 57
godfather	102
goggling	46
going on about...	117
going to the dogs	73, 74
gold-embossed	52
Golden Snitch	84, 91
gone to pieces	63
goodness knows	94, 96

goosebumps	46
gorgeous	54
Got enough on his plate	110
got her heart in the right place	128
got it in for...	85
got me?	36
got wind	38
Gotcha	143
Goyle	61
grabbed	26
grappled	52
grate	46
grave	54
gravel	37
grazing	70
Great Greys	128
Great Hall	63
greater heights	134
Gregory Goyle	61
grief	102
grim	93
Grim	72, 75
grimaced	61
grin	28
Grindylow	86, 88
Gringotts Wizarding Bank	28
gritted	36
groggy	158
groped	143
grotesque	151
grovelling	150
grubby	150
grudge	128, 127
grudging	158
grumpy	54
grunting	27
Gryffindors	53, 58
guard of honour	122
guardian	29, 94
gulp	27
gulped	71
gutter	43

H

habit	143
Habits	123

hag	51	highly charged	134	Hurling Hex	118, 119
Hagrid Rebeus	25	highly unusual	26	hurtled	123, 143
half a foot	73	high-pitched	73	hush	138
half-heartedly	85	hindquarters	73	hushed	79, 84
half-moon	64	Hinkypunks	95, 97	hustle and bustle	71
hallucinations	129	hippo	72	hypnotised	150
hallucin'	129	Hippogriff-baiting	110, 112		
hand it in	72	Hippogriffs	73, 76	**I**	
Handbook of Do-It-Yourself Broomcare	29	hired	128	I bet...	28
		hissed	37	I daresay...	86
handed it in	162	hissing	53	Ice Mice	101, 106
handsome	27	hitched up	46	ignored	27
Hang on	35	hoarse	63	ill-assorted	73
hanging	35	Hogsmeade	29, 30	illuminating	44
harassed	133	Hogwarts Express	28	imitated	61
hard time	28	Hogwarts School of Witchcraft and Wizardry	26	immensely	94
hard-wearing	54			impair	134
haring	54	hoisted	73, 134	impassive	129
Harry Potter	25	hold your tongue	150	impenetrable	162
hastily	45, 70	hold-up	86	impersonation	101
haughtily	73	holly	102	*Impervius*	95, 97
haunted	62	honed	52	imploringly	150
have a field day	162, 163	Honestly	53	imprecise	72
haywire	62	Honeydukes	62	imprinted	96
He-Who-Must-Not-Be-Named	149	hoot	27	in a bit	36
		hooves	123	in a row	118
head	61	hopeless	37	in awe	86
Head Boy	28	horn-rimmed glasses	28	in hand	95
headlong	54, 118	horrified trance	36	in it for you	150
heap	61, 111	hotline	35	in league with...	102
Hear, hear	102, 103	hour-glass	158	in Lucius Malfoy's pocket	110
hearing	110	house	29, 58		
heartily	54	House Championship trophy	58	in pursuit of...	123
heave	37			in the bag	85
Hedwig	25	house-elf	46	in the charge	70
henceforth	102	How come	168	in their league	102
Herbology	85	Howler	128	in touch	27
Here	168	howling point	94	in your debt	162
Here you go	168	huddled	63	incantation	17, 117
Hermes	61	huffily	61	inches	27
Hermione Granger	25	Hufflepuff	58	incident	35
heroic	79	hug	37, 61	inconvenient	100
hex	17, 62	hulking	43	indecision	154
Hiccough Sweets	128	humming	53	indignation	100
hiccoughed	38	Humungous	55	indistinct	118, 139
hid	27	hunching	154	inee	45
hide nor hair	55	hung around	71, 138	inexplicably	95

197

inexpressible	38		jowls	86		levitate	62
infamous	45		jumble	139		liable	138
infest	100					lie low	45
inflating	38		**K**			life buoy	38
influence	79, 146		Kappas	84, 88		light-hearted	94
infuriating	61		Katie Bell	84		Like	36, 39
ingredients	52, 79		keeled right over	27		like wildfire	84
inherited from	43		keen	26		likely story	86
injured	73		keenly	62		likely-looking	26
innkeeper	46		Keeper	84, 90, 91		Lily Potter	25
Innumerable	71		Keeping an ear out	150, 151		limbs	64
Inseparable	102		keeping an eye	46		linger	94
insolent	38		keeps his head	139		list	122
inspired	122		keeps tabs	146		listlessly	86
institution	37		King's Cross	29		littered	86
insufferable	95		knaves	70		living daylights	72, 74
Insulate	52		knobbly	52		loads	28
intent on	100		knotted	62		loathing	64
intently	35		know-it-all	95		lobbed	129
InterCity 125	61		Knuts	51		lockjaw	95
interjected	110					lodged itself	80
International Federation of			**L**			loftily	54
Warlocks	45		laden	54		logically	85
interpret	71, 133		ladling	79		looked forward to	27
interrupted	61		landlord	46		looking after	37
intrigued	111		lapping	37		looking daggers	85, 87
Invisibility Cloak	17, 43		last-ditch	122		Loony	79
Irish International Side	52		laughing his head off	111		looping him	95
irresolute	158		laughing stock	162		loopy	79
irritable	45		Lavender Brown	70		lop-sided	27
isolated	110		law unto himself	129		Lord Voldemort	25
itching	27, 162		law-abiding	35		lost her temper	122
			layabout	35		lost his thread	73
J			Leaky Cauldron	45, 50		lost track of things	133
jabbering	53		leaping	44		Lucius Malfoy	110
James Potter	25		leather-bound	26		ludicrous	102
jammed	86		leathery	29		lukewarm	64
jauntily	28		Lee Jordan	122		luminous	27
jealous	28		leech	79, 110		Lumos	43
Jelly Slugs	101, 106		leg up	159		lunacy	150
jerked	38		legible	139		lunar	143
jet-black	27		lenient	55		lunascope	51
jewel-encrusted	53		lesser mortals	129		Lunatic	35
jinx	18		lethally	143		luncheon	111
jinxed	62		lettering	44		Lupin	61
jogging	73		letting Buckbeak go	111		lurched	72
jovially	37		let's face it	45, 47		Lures	100

M

Macnair (Walden)	137
Madam Hooch	94
Madam Malkin's Robes for All Occasions	52
Madam Marsh	43
Madam Pomfrey	61
Madam Rosmerta	100
Maddened	102
made a lunge	85
made of stronger stuff	61, 65
Magical Law Enforcement Squad	103
Magical Menagerie	53, 57
magnificent	52
magnified	71
maimed	150
make it	28
make out	154
Malfoy	61
malfunctioning	143
malice	129
maliciously	63
manacles	151
mangy	95
maniac	35
manic	84
mantelpiece	71
Manticore	111, 113
MARAUDER'S MAP	101, 105
marauding	111
Marge	35
Marge'll	35
margin	96
Marjorie	46
mark my words	54
maroon	111
marsh	138
marvel inwardly	146
Marvellous	54
massacre	45
massive	44
materialise	86
matted	35
matter-of-fact	72

McGonagall	25
mean	36
meander	158
meaningful	61
meant well	117
meddled	158
medieval times	26
megaphone	134
mental	71
mentally subnormal	38
mercy	96, 150
mess things up	73
Messrs	101
miaowed	63
midst	122
might	70
milk it	73
mingled	26
Ministry of Agriculture and Fisheries	35
Ministry of Magic	28
minuscule	101
minute	101
mirthless	150
Mischief-Makers	101
miserable	37
misgivings	73
misjudged	111
mislaid	53
mismatched	79
mission	138
mistletoe	111
misty	71
Misuse of Muggle Artefacts Office	28
moaning	122
Mobiliarbus	102, 104
Mobilicorpus	151, 152
mock	79
model student	158
modified	46
Molly	25
monitor	36
monstrous	38
Montague	133
Moony	146
Moony, Wormtail, Padfoot	

and Prongs	101
mopping	38
morsels	64
mortally	101
motionless	27
mould	63
mounting	44, 72
mouthed	72
mouthpiece	26
Mr (Argus) Filch	78
Mrs Norris	100
Mrs Weasley	25
muck	128
muffled	55
Muggle(s)	18
Muggle Studies	53
mulled mead	102, 107
mullioned	102
mummy	80
mundane	71
murmur	71
muscly	62
musical statues	35, 40
muster	133
mutant	28
mutilating	79
muttered under his breath	54
muzzle	154
my name's cleared	154
m'dear	102

N

N.E.W.Ts	138
namby-pamby	37
near-fatal	100, 134
Nearly Headless Nick	84
neffy poo	37
nerves jangling	162
nervously	29
nettled	62
Neville Longbottom	44, 51
next to no time	37
nibbled	162
nicked	102
Nimbus Two Thousand	29
nip	27
no fewer than...	26

199

no laughing matter	110	
no-account	38	
nonchalantly	70	
Nose-Biting Teacup	128	
nosh	38	
nosiest	35, 39	
nostrils	72	
Not at all	86	
not bin meself	110	
nothing less than...	117	
notify	162	
novelty had worn off	86	
Nox	143	
nudged	71	
nuffink	44	
numb	95, 133	
number four	37	
nutter	62	

O

O.W.Ls	138, 140	
oaf	73	
obscure	154	
obscured	117	
obsession	150	
occupant	62	
occupants	53	
odd	46	
off by heart	101	
off-colour	54	
offended	73, 101	
offhand	62	
off-putting	80	
ogling	53	
ogre	86	
oily	87	
Oliver Wood	84	
Omens	52	
ominous	29	
on about	134	
on bended knee	150	
on the lookout	117	
on the loose	62, 150	
on the run	53	
on the verge of...	79	
oozing	53, 150	
opaline	100	

orb	80, 133	
ordeal	158	
Order of Merlin, first class	103	
Ordinary Wizarding Level	117	
orphanage	37	
out cold	151	
out of bounds	150	
out of it	117, 159	
out of the question	112	
out of the running	100	
out of their minds	146	
out of turn	95	
outcast	43	
outcome	123	
outlawed	43	
outraged	94	
outset	71	
outstripped	122	
outwitted	162	
overbalance	70	
Overcome	64	
overrule	139	
oversee	94	
overslept	134	
over-taxing	95	
overturning	158	
Owl Post	24	
Owlery	86	
owlish	46	
owl-order	28, 32	
own accord	146	
own devices	138	

P

packed	51	
paddock	72	
Padfoot	146, 147	
pail	85	
pairs	61, 133	
pal	79, 139	
pallid	62	
palmistry	52	
panes	36	
panic-stricken	55	
Pansy Parkinson	70	

panting	43	
parade	111	
paralysed	150	
parchment	18, 26	
parlour	46	
Parvati Patil	70	
passed out	64	
pasted	110	
pasty	150	
pathetic	133	
patience	72	
Patronus	116	
Patronus Charm	117, 119	
paving slabs	52	
paw	35	
pay rise	162	
pebble-dashed	43	
peeling	62	
peered	35	
Peeves	78	
pelted	134	
pelting	96	
Penelope Clearwater	61	
penetrate	71	
Penny	123	
pensively	95	
Pepper Imps	62, 66	
Peppermint Toad	110, 114	
Perce	55	
perceive	72	
perchance	70	
perched	28	
Percy Weasley	25	
perish	70	
permission form	29	
permitted	29	
persisted	44	
persuade	29	
pervaded	111	
Peter Pettigrew	100	
petrified	100	
Petunia Dursley	25	
pewter tankard	73	
phenomenal	122	
picked	29	
picked the lock	26	
piercingly	62	

piggy	35
pines	37
pinged	38
pinned	28
point system	58
pinpoint	52, 122
pints	138
pirouette	129
pit	154
pitch	26
pitched	102
pitiful	151
pity	27
pixies	79
placidly	71
plain	64
plainly	62
plaque	71
plastered	37, 134
platters	64
playing cards	71
pleading	63
plinth	117
plotting	73
plummeted	129
Plump	28
plunged	63
plunged recklessly on	86
Pocket Sneakoscope	28
podium	52
Pointless	26
poisonous	26
poked	29
pompously	54
pondering	150
pony	70
poor	129
poorly	95
pop my clogs	72
popping up	134
Poppy	64
poring over...	118
porky	36
portents	133
portly	46
portrait	64
potholes	84, 138
potion	18
Potions	52
Potty and the Weasel	62
pouffes	71
pounced	85
pounded away	154
pounding	35
praise	27
precaution	102
preceding	146
precious	35
Precisely	80
Predicting	52
prediction	137
prefect	18
prejudiced	122
pre-match pep talk	95
preoccupied air	138
present climate	46
presents his compliments	129
presided over	138
pretence	138
prey	100
prickling	43
procedure	158
proceeded	52
procession	63
proclaimed	101
prod	146
prodded	63
Professor Binns	25
Professor Flitwick	61
Professor Kettleburn	61
Professor Minerva McGonagall	25
Professor Remus (R.J.) Lupin	61
Professor Snape	25
Professor Vector	117
Professorhead	87
profile	62
projection	117
promptly	37
prone	151
Prongs	146, 159
pronouncement	71
propel itself	138
propelled itself	54
propped	26
proprietor	52
prospect	43, 162
prospects	94
Protagonist	25
protector	150
protest	129
prototype	52
protruding	44
provoke	129
prowling	94
Psst—	100
puce	36
pudding-basin haircut	62
puffing	46
pug	70
pull himself together	71
punctured	46
puppet	151
purple-tinged	139
purring	54
pursed	85
pursuits	134
Purveyors	101
pushover	94
put out	128
put paid to	45
putrid	154
putting it through its paces	123
puzzled	72, 79

Q

Quaffle	84, 91
quagmire	138
qualified	64
Quality Quidditch Supplies	51
quest	70
Quidditch	29, 84. 90
quieten	158
quill	18, 26
quiver	29

R

racket	27
rage	39, 70

ragged		101	repossessed		100	rotten	37
rammed		44	reproachful		36	rounded on...	80, 112
rapidly		29	reprovingly		72	roving	111
rapt		94	resemblance		129	row	26
rare		26	resentfully		62	rowdy	102
raspberry		79	resentment		94	rubbish	28
rationally		103	Resigned		100, 162	ruddy	36, 38, 171
rattling		63	resolution		51	ruffled	27
Ratty		38	resolved		85	rule out	158
raucous		51	resonances		72	rumble(d)	84, 94
Ravenclaw		58	rest of the street		26, 30	rummaged	44
Ravenclaw, Hufflepuff		64	restore(d)		94	runty	38
ravenous		64	restrain		95		
ravens		53	resuming		84	**S**	
raw		117	retaliation		134	sabotage	123
reached		26, 54	retorted		55	sack	73
reared		154	retreat		158	sacrifice	129
rebellion		62	retrieve		138	sagging	139
rebounded		27	reverence		84	saintly	129
receptivity		72	revising		138	salamanders	117
reckless		39	revive(d)		95, 151	sallow	64
reckons		28	revolted		54	sanctuary	162
recoiled		150	revulsion		150	sane	150
recollection		46	rickety		133	sanity	158
Red Caps		84, 88	riddikulus		80, 81	sank down	117
redoubled		110	Right		36	sarcasm	63
reedy		158	right flap		46	sarcastically	54
re-enactment		86	Right on cue		129	saucer	37
refined		133	Right then		168	savagely	79, 129
reflected glory		123	Right you are		123	savaging	154
regain		138	right-hand man		55	scabbard	70
regained		150	Righto		45	scabbed	63
region		123	rigid		63	Scabbers	25
register		29, 146	rim		46	scalding	71
regrettable		110	Ringleaders		102	scales	79
rehearsed		110	ripped		27	scalped	54
reins		159	Ripper		35	scaly	73
rekindled		117	roan		73	scampered	117
relevant		111	roared		26	scandalised	118
re-match		96	robe		18, 59	scanned	27
remedies		64	rogue		70	scar	27
remnants		85	roll		139	scarlet	61
remote		55	Ron Weasley		25	scarpered	54, 128, 130
Remus		61	Ron'll		36	scattering	45, 159
rent		52	room		95	scoff	100
repel(s)		80, 95	rooted to the spot		26	scooped	128
replenish		52	rosettes		134	SCOOPS	28

Scops owls	128	sheepishly	72	single file	154
scorn	70	shepherding	61	sinister	71
scowled	54	shield	44, 117	sip	86
scrambled	29	shifting	63, 101	sipping	38
scraped a handful	162	shimmering	62	Sir Cadogan	70
scraping	46, 154	shins	35	Sirius Black	35
scrawl	29	shirty	117	sit it out	38
screeched	44	shock	64	sitting-room	102
scribbled	138	Shocking business	158	six-legged race	154, 155
scrounger	38	shooed	64	skeletons	28
scrub	95	Shooting Star	100	skidding	38
scuffled	54	short-cut	70	skin and bone	85
scuffles	134	shot	35, 46, 84	skinned	79
SCUM	134	shouldered	122	skinny	27
scurrying	154	Shove off	63	skip	38
scurvy braggart	70	shoved	44	skulked	139
scuttled	29	shown his true colours		skull	72
scam	79		102, 104	slam	27
Seamus Finnigan	51	Show-offs	54	slashed	86
second-hand	54	shrank back	71	slashing	85
see reason	117, 119	shred	139	slaughter	111
Seeker	62, 90, 91	shredding	79	slaughtering	143
seen the error of their ways		shrewdly	62	sleek	28
	150	shriek	26	slimeball	129
Seers	72	Shrieking Shack	62, 65	slimy	63
seething	79	shrilly	55	sling	79
seized	26	Shrinking Potions	26	slit	29
seizure	139	Shrivelfig	79	slithered	143
semi-transparent	118	shuddered	29	slithering	80
sensible	110	shuffled	29	slogans	134
sentence	139, 158	shuffling	85	slouching	134
sequined	111	shunned	146	sludge	128
serve him right	110	shunting	63	slumped	46
Serves him right, mind	45	Sickles	44	Slytherin	58, 62
sessions	85, 118	sickly	71	smacking her lips	38
set	151	side with Ron	122	smart	36
set foot	29	sidelong	95	smarting	134
set much store	129	significantly	79, 102	smashed	46, 100
set off	45, 63	silenced	128	smattered	110
settlement	62	Silhouetted	27	smirked	36
Severus	25	silkily	95	smithereens	103
shabby	62	sill	27	smudged	133
shabby-looking	45	silly	44	smug	28
shaggy	96	Silver Arrows	122	smuggled	146
Shards	38	simmers	79	snap	29, 63
sharpish	73	simpered	79	snapped	28, 29, 117
shattered	100	sinew	71	snapping	52

203

snarled		35	splendid		54	stealthily	29
snarling		154	splint		151	steed	134
snatched up		44	splintered		96	steely	46, 71
sneak		29	split second		27, 63	steered	46
sneaking		62	spluttered		38	steering wheel	44
sniggered		44, 53	sports		52	stem the flood	158
snorted		35	spot of bother		101	step in	138
snout		95	spots		26	stern	64
snowy one		27	spotted		54	sticking to that story	36
snuff it		122	spout		86	stifle	72
soaring		27	sprawled		143	stiflingly	71
sob		63	spraying		26	Stink Pellets	85, 89
sober		146	sprouting		134	stirred	62
soberly		162	spurred on		134	stitch	129
sodden		96	spurt		134	stone cold	111
soggy		71	squabble		85	stood his ground	36
solemnly		54	square meals		79	stooping	46
solitary		85, 111	squash		26	stopped dead	73
sombre		86	squashy		94	stormed	61
sopping		73	squat		70	stout heart	71
Sorcery		62	squealed		38	stoutly	138
sorely tempted		51	squealing		146	stowed	61
sorted a few things out		150	squelch		95	strain	117
sought		117, 162	squinted		43	strained	54
soulless		100	squinting into next door's			straining	158
sour		79	runner-beans		35, 39	stranded	43
souvenir		27	squish		138	strap	151
spangled		71	St Brutus's Secure Centre for			strapping	138
sparkled		43	Incurably Criminal Boys		36	stray	51
spattered		96	St Whatsits		36	streaked	85
speak ill		72	stack		118	stream	100
specks		37	stacked		52	streamers	86
spectacular		134	stag		159	streaming	85
spectral		72	stagecoaches		63	streamlined	52
speech bubble		101	staggered		73	stretcher	96
spell		19	stalked off		62	strike	29
Spellotape		72	stamped		44	strip it down	112
spiffing		54	stamped on that one		85	stripping	52
spindly		71	Stan Shunpike		43, 48, 166	striving	129
spine		72	stand		100	strode	46
spinning		62	started on him		38	stroke	72
spinning top		28	startled		64, 71	strolled	61
spiral		64	starving		62	struck	29
spit		27	state-of-the-art		52	struggle	150
splattered		73	stationing		55	Strutting	129
splay-legged		54	stations		100	stubbornly	27
spleen		79	stay put		139	stubs	71

stunned	44	tail coat	111	*The Monster Book of*	
stupid great furball	111	tailing	94	*Monsters*	29, 32
subdued	138	Tail-Twig Clippers	29	the stuffing knocked out of	
subjects	70	take into account	46	you	36
succulent	101	take sides	118	theory	94
sufficient	133	take the consequences	123	There's no 'arm in 'im	128
sugar quills	62, 67	Take 'er away	44	thick	62
suit of armour	70	taken aback	86	thin air	44
sullen	95	taken refuge	54	thin on the ground	111, 112
sultry	138	taken to...	84	thirty, forty, fifty feet	122
summarise	80	taking flight	154	this neck of the woods	102
summat	45	taking his pulse	64	thrashing	37
sumptuous	55	taking in	111	threateningly	35
sundaes	51	tally	46	threshold	37
superbly	122	talons	69, 73	throbbing	36
suppressed	101	tame	150	thrust	37, 137
surging	43	tampered	112	thud	55
surly	128	tangle	35	thumping	43
surveying	46	tarnish	85	thundering	44
suspension	150	tartly	111	thunderstruck	62
suspiciously	36	task(s)	138, 162	tidy	53
swaggered	79	tasks	138	tie	128
swapped	71	tattered	54	tight bun	64
swarming	63	tatters	39	tilting	72
swear to me	61	tatty	79	time of their lives	86
swearing	27	taunt	87	timetable	64
sweeping over	72	tawny one	27	timidly	85
swelling	38	tea leaves	69, 77	tinkle	71
sweltering heat	162	tearing his eyes away	52	tinny	62
swerve	95	tearing spirits	162	tinsel	111
swig	38	tell them apart	95	tipped him off	102
Swill	71	telling people off	94	tipped off	129
swipes	85	temple	36	tips	95
swirling	63	tempt	38	tipsily	158
swish	122, 139	tense	38, 71	tip-toe	86
swivelled	26	tentacles	162	tirade	95
swooning	70	term	28	tirelessly	101
swooping down	43	terrifying	52	To cap it all	94
swore	134	terror	26	to speak of	134
Sybill Trelawney	70, 74	tersely	134	toed the line	36, 40
sympathetic	85	testily	46	told off	53
symptoms	143	tethered	73	Tom	43
		Thank heavens	52	tombs	28
T		thatched	102	tone	37
Ta	102	Three Broomsticks	87	tongue-tied	133
tabby cat	72	Knight Bus	44, 48	Tonic	54
tactics	84, 134	the like	158	too thick to string two words	

205

together	94, 96	tug	134	unkempt			150
toofbrush	44	tugged	70	unmistakeable		73, 133	
Toothflossing Stringmints		tumultuous	64	unnerving			103
	100, 105	turbulent	95	unprovoked			134
topics	95	tureen	111	unqualified			138
toppled	29	turn back	134, 143	unravelled			80
tore	38	turncoat	102	unrestrainedly			134
torment	102	turned on her heel	112	unscrewed			26
torture	64	turned tail	129	unseated			95
tossed	46	turned up	28	untrustworthy			28
tossing	159	turning back	72	unzipping			28
tottered	44	Turning Pettigrew in	154	up to		62, 86	
tottering	117	turquoise	102	up to no good			101
touched their hats	61, 67	turrets	63	upturn			100
towering rage	95	tutted	54	upturned			158
track	63	twelve inches	128	use the cane			37
tracked down	45	twelve-foot	73	ushered			64
traitor	102	twenty-pound note	37	utmost		123, 150	
tramped	53	twig	52	utter(ed)		111, 123	
Transfiguration	53	twilight	73				
Transfiguration Today	51	twitching	63	**V**			
transfixed	72			vacancy			62
transformed	72	**U**		vacated			162
trapdoor	101	unaware	71	valiant			143
Trelawney	70	unbalanced	162	vampire			45
trembling	27	unbiased	134	vanished		63, 158	
tremendous	44	Unbidden	55	vast		38, 54	
tremulously	71	uncanny	101	vault(ed)		43, 122	
trench	110	Uncle Bilius	70	veered			123
trials	72	unconscious	27	veiled			71
tribute	122	uncorked	38	vein		36, 122	
trifles	95	Undaunted	94	venerable			51
"Tripe, Sybill"	111, 113	under her eye	37	Vengeance			150
triple-decker	44	underage	38	venomously			150
tripped	43	Underbred	38	vented			123
triumph	129, 150	Underground	55	vermin			151
trodden	35	undertone	73	Vernon Dursley			25
trollishly	62	unearthly	80	very taken with			54
trolls	128	unease	44	vibrations			133
trooped	37	Unemployed	38	vicious			29
trotting	73, 134	unenthusiastic	64	viciously			86
trundled	63	uneven	101	villains			70
trunk	38	Unfogging	52	Vincent Crabbe			61
Tuck in	111	unfurled	44	vindictive			84
tucked	37	ungrateful	37	violently			44
tucked into	55	unhinged	103	visor			70
tucking	79	unicorn	53	vividly			35

voicing	38	
volumes	52	

W

wad	79	
Waddiwasi	79, 81	
waddling	37	
wafts	138	
waged	79	
wailed	85	
wailing	80	
Wales	44	
walloping	102	
wand	19, 59	
wane	146	
wangle	158	
ward	158	
wardrobe	37, 78	
warlock	19	
Warrington	133	
wary	63	
wasted	143	
wastepaper bin	54	
wasting away	122	
wastrel	38	
water-dwellers	84	
waxy	45	
wearily	55	
weaving	122, 158	
weighing	162	
weird	29	
well groomed	35	
Wendeline the Weird	25	
werewolves	95	
wet himself	70	
whacked	35	
What were you doin' down there?	44	
wheeled around	36	
wheezy	53	
Which Broomstick	100, 107	
whiled away	95	
whimpered	143	
whining	154	
whipped around	35	
whiskers	53	
Whizzing Worms	86, 89	

Whoa	159	
whole-heartedly	55	
Whomping Willow	96	
whoop	111	
wickerwork basket	61	
Widely acknowledged	134	
wilder	62, 94	
willow	53	
willow-patterned	138	
wince	37	
wind	37	
winded	134	
windfall	72	
winding me up	101	
window-latch	27	
winged armchair	71	
wishy-washy	37	
wisps	80	
witch	19	
Witch-Burning	26, 31	
witchcraft	19	
with a start	122, 133	
with the air of...	87	
withdrew	36	
withering	138	
without turning a hair	151	
witnesses	45	
witty	73	
wizard	19	
wizardry	19	
wizened	46	
wobbling	35	
woebegone	54	
wolfish	146	
Wolfsbane Potion	146, 147	
wonky	71	
won't hear a word against it	128	
Won't say no more here	29	
woolly	72	
working out	158	
wormed his way out of	134, 135	
Wormtail	146, 147	
Woss	44	
wreck	150	
wreckage	86	

wrench(ed)	38, 101	
wriggled	38	
wriggly	134	
wringing his hands	150	
writhed	80	
writhing	134	
wrong-foot	94	
wrought-iron	63	
wryly	162	

Y

yell	44	
yelled	36	
yelling	26	
yellow-bellied	110	
yelp	63	
yelped	45	
yeomen	118	
Yep	44	
You outta your tree?	45	
You-Know-'Oo	45	
Your Headship	87	
Yours in fellowship	110	

Z

zombie	128	
Zonko's	85	
zoomed	79, 87	

'Arry	45	
'cause	53	
'Choo	44, 47	
'phoned	79	
'Spect	62	

207

著者紹介
クリストファー・ベルトン　Christopher Belton

1955年ロンドンに生まれる。1978年に来日して以来、帰国した4年間を除き、日本在住。1991年以降には、フリーランスのライターおよび翻訳家として活躍。

1997年には処女作、Crime Sans Frontieres（ブッカー賞ノミネート作品）が、英国で出版され、作家としてのデビューを果たす。

2003年、テクノスリラー3部作のうち、日本を舞台にした第1作目、Isolation を米国で出版。

翻訳家としてもフィクションおよびノンフィクションの幅広い分野で多数の翻訳を手がける。2000年には翻訳家のためのガイドブック『ビジネス翻訳データブック』(DHC)を出版。ハリー・ポッターに関しては『「ハリー・ポッター」が英語で楽しく読める本』『「ハリー・ポッター」Vol.5が英語で楽しく読める本』『「ハリー・ポッター」Vol.1が英語で楽しく読める本』『「ハリー・ポッター」Vol.2が英語で楽しく読める本』（いずれもコスモピア刊）に続いて4冊目。

現在は日本人の妻とビーグル犬と横浜に在住。

「ハリー・ポッター」Vol.3が英語で楽しく読める本

2004年3月10日　第1版第1刷発行

著者／Christopher Belton
翻訳／渡辺順子

語彙データ分析・記事／長沼君主

英文校正／ガイ・ホープス、サマンサ・ロウントリー
編集協力／薬師神有希、野田ゆうこ、前澤　敬

装丁／B.C.（稲野　清、見留　裕）
表紙イラスト／仁科幸子

DTP／アトム・ビット（達　博之）

発行人／坂本由子
発行所／コスモピア株式会社
〒151-0053　東京都渋谷区代々木4-36-4　MCビル2F
TEL：03-5302-8377 email：editorial@cosmopier.com

WEBサイト
Enjoy Harry Potter
in English
http://e-teststation.com/hp/

http://www.cosmopier.com/
http://www.e-teststation.com/

印刷・製本　　朝日メディアインターナショナル株式会社

©2004　Christopher Belton／渡辺順子

通信講座　　　　　　　　　　　　　　　CosmoPier

TOEIC®テスト
計画的にスコアアップ実現!

ハイスコアGet!シリーズ
TOEIC®テスト スーパー入門コース
TOEIC®テスト GET500コース
TOEIC®テスト GET600コース

いま、なすべきことは？

TOEICテストで確実にスコアを伸ばすには、やみくもにテスト問題に挑戦するのではなく、明確なカリキュラムに沿った計画的学習が必要です。それも現時点での英語レベルに合った課題に取り組み、無理やムダをしないことが大切です。コスモピアの通信講座、ハイスコアGet!シリーズは、目標スコア別に「その段階では何を重点的に攻略すべきか」を研究した末に開発されました。1日20分〜30分、週4日のわずかな時間で継続的な積み重ね学習ができるように、綿密なプログラムが準備されています。

キーワードは「チャンク」!

2時間で200問が課されるTOEICテストで、次々に流れるリスニング問題について行き、制限時間内にリーディングの最終問題までたどり着くには、スピード強化が欠かせません。そこで、単語レベルで英語をとらえるのではなく、ひとつの意味のかたまりである「チャンク」を学習の単位とすることが有効となります。ハイスコアGet!シリーズでは常に意味の切れ目を意識して、TOEICテストのリスニング対策もリーディング対策も「チャンク」単位で行っていきます。

詳細は次ページを!

TOEIC is a registered trademark of Educational Testing Service (ETS).
This product is not endorsed or approved by ETS.

主催　コスモピア株式会社

通信講座

ハイスコアGet!シリーズ　目標スコア別3コース
TOEIC®テスト スーパー入門コース
TOEIC®テスト GET500コース
TOEIC®テスト GET600コース

英語は「苦手」と考えている方へ

監修者より

もう「英語を使える人は特別な人」である時代は終わり、「英語を使えない人が特別な人」になる日も遠くないという実感があります。しかし、多くの企業人にとって、英語学習の再スタートは制約を伴います。仕事と英語学習を天秤にかければ優先順位は明白です。そこで、ハイスコアGetシリーズは、時間的制約のある皆さんが1日20分～30分、週4日のわずかな時間を使って確実に知識やスキルを身につけ、確実にステップアップできるように工夫しています。これまでの教材では歯が立たなかった方でも気楽に始められるように、学習スタイルは「リスニング中心」です。皆さんは英語学習者としては別々のレベルにあっても、仕事のプロとしての知識はもっているはずです。そんな「大人の学習者」を対象に、すぐに役立つ現実的な内容を心がけて構成しました。このシリーズが仕事の場にいながら学習にチャレンジする皆さんのお役に立てることを願っています。

監修　田中 宏昌
明星大学助教授
NHKラジオ「ビジネス英会話」2003年度講師

ハイスコアGet!シリーズ の特長1
リスニングが学習の中心
多忙な企業人にとって、帰宅後に机に向かうのは困難なもの。そこで通勤時間を有効利用できるよう、リスニングを学習の中心に据え、テキストもハンディなA5サイズです。

ハイスコアGet!シリーズ の特長2
「チャンク」を学習の単位に
スピード感を養い、実践力を高めるには、英語を単語単位でとらえるのではなく、意味のかたまりである「チャンク」単位でとらえることが極めて有効。英語を「大きくつかむ」ことが、本シリーズ共通のトレーニング課題です。

ハイスコアGet!シリーズ の特長3
「チャンツ」で楽しく定着させる
一定のリズムに乗せて英文を繰り返し聞き、実際に口に出す「チャンツ」学習で英語の自然な音に慣れるとともに、学んだ内容を定着させます。

ハイスコアGet!シリーズ の特長4
「教える現場」のプロが執筆陣
監修者の田中宏昌先生をはじめ、執筆陣は第一線の「教える現場」あるいはTOEICテストのプロ。制作スタッフは語学出版の20年のキャリアを生かし、「学ぶ過程を楽しみながら効果を実感する」コースに仕上げています。

主催　コスモピア株式会社

TOEIC®テスト スーパー入門コース
"耳から始める"英語やり直し

対象者 英語から長く離れている人
基礎からやり直したい人

学習時間は1日20分×週4日。まずは400点台のスコアを確実に獲得するため、リスニングセクション攻略をメインにし、「聞くこと」を通して、英語の基礎固めとTOEICテスト対策の2つを両立させるコースとして開発しました。

受講期間：3ヵ月
受講料：14,700円（14,000円＋税700円）

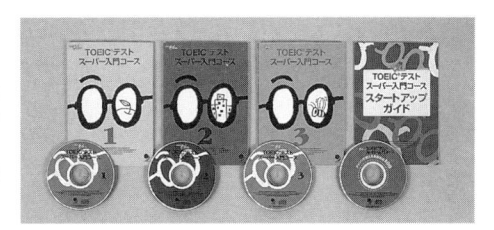

TOEIC®テスト GET500コース
チャンクでつくる"英語の回路"

対象者 400点前後のスコアから、
短期間で500点突破をめざしたい人

学習時間は1日20分×週4日。英語を日本語に訳さずに、聞こえた順、読んだ順に理解するトレーニングを積みます。この段階で絶対おさえ直しておきたい英文法は、毎日の具体的学習の中で少しずつやり直します。

受講期間：3ヵ月
受講料：20,790円（19,800円＋税990円）

TOEIC®テスト GET600コース
"スピード対策"で実践力アップ

対象者 海外部門配属の目安ともなる
600点超をめざす人

学習時間は1日30分×週4日。600点を超えるには時間との闘いがカギ。ビジネスの現場でも必須となるスピード対策を強化し、さらにTOEICテスト頻出語彙を丸暗記に頼らずに、例文の中で使い方ごと覚えます。

受講期間：4ヵ月
受講料：29,400円（28,000円＋税1,400円）

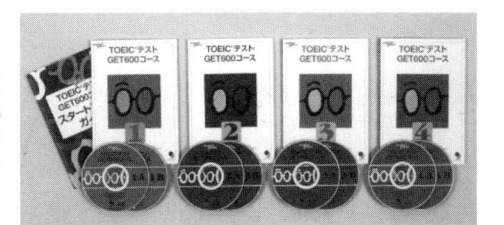

まずは詳しい無料パンフレットをご請求ください！

資料急送！

[請求方法]

■ハガキ
本書はさみ込みのハガキを
ご利用ください。

■TEL
03-5302-8378
（平日10:00〜19:00）

■FAX
03-5302-8399
（24時間）

■Eメール
mas@cosmopier.com

①氏名（フリガナ）②〒住所
③電話番号 ④生年月日
⑤職業をご記入の上、
「TOEICパンフレット係」
まで送信してください。

コスモピア株式会社
〒151-0053　東京都渋谷区代々木4-36-4　www.cosmopier.com

出版案内

CosmoPier

TOEIC®テスト パーフェクト模試200

弱点がわかれば得点があがる！

CD付き

リスニング、リーディング別に予想得点がわかる！

TOEIC®テスト初挑戦の方も本書の予想得点でセクション別に実力の目安がわかり、「レベル別学習法」を参考に効率的な学習を進めることができます。

スコアアップを目指す、レベル別学習法

自分の弱点が見えてきたら今度は自分のレベルに合った学習法でスコアアップを目指すのが最も効果的です。

重要表現を一気に直前チェックできる例文100

本書の模擬試験の中から100の重要表現を集めそれぞれに例文をつけ用法を再確認。

模擬試験パートIの解答解説例

一問ごとに詳しい解説
モニターテストの正解率 問題難易度の目安にしてください
正解
問題番号
正解選択肢の訳

監 修：田中 宏昌
（NHKラジオ「ビジネス英会話」講師・明星大学助教授）

問題作成：Amy D. Yamashiro
（米国ミシガン大学）

解 説：辻 由起子

CD付書籍　A5判192ページ+CD70分

定価本体780円+税

発行　コスモピア株式会社

出版案内　CosmoPier

TOEIC®テスト パーフェクト英文法攻略

「何となく正解っぽいものを選ぶ…」は卒業! パート6(間違い探し)を確実な得点源にする。

75分ノンストップのリーディングセクションに突入し、パート5の穴埋め問題を終えるとパート6の誤文訂正問題。何となくどれも正しそうに見えたり、どれも間違っているように見えたり、つい次のパート7の長文読解問題や経過時間が気になって、あせることが多いものです。

実はパート6の出題パターンには、かなり強い傾向が見い出されています。"徹底的かつ丹念に"何年間もTOEIC®テストを分析した著者が、その傾向と対策を大公開。これであなたも次の試験からパート6のエキスパートになれます。

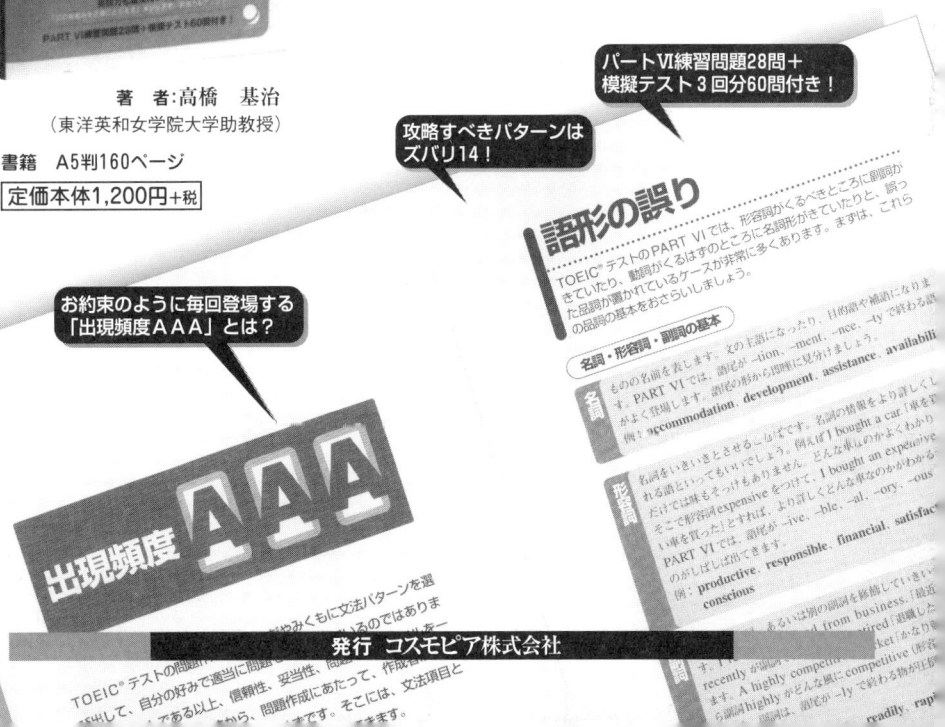

著者:高橋 基治
(東洋英和女学院大学助教授)

書籍　A5判160ページ
定価本体1,200円+税

パートVI練習問題28問＋模擬テスト3回分60問付き!

攻略すべきパターンはズバリ14!

お約束のように毎回登場する「出現頻度ＡＡＡ」とは?

発行　コスモピア株式会社

出版案内　CosmoPier

さっと使える英語表現1100

大好きな映画は最高の英語教材！

映画から選んだトコトン使える日常会話の表現辞典

延べ2万人に支持されてきたメルマガ「TangoTango!!」が本に!

ある日、映画大好き人間の著者の耳に入ってきた英語のセリフ "I don't buy it."ところが字幕は「信じられねぇ」…。なんで？と辞書を引いてみると、確かにbuyには「信じる」「納得する」という意味があった

大の映画好きが高じて「映画で英会話／TangoTango!!」のメルマガ配信を始めてしまった著者が、コツコツと拾い続けてきた日常表現集がついに単行本になりました。日々の生活で頻繁に使われるものから、ちょっとひねったものまで、1,100の英語表現を収録。取り上げた表現が含まれるセリフと日本語訳、表現の解説のほかに、映画のタイトルとミニ解説、セリフが言われた状況説明もついており、映画の場面を思い浮かべながらニュアンスごと覚えることができます。話し言葉感覚のイキのいい解説は、パラパラと拾い読みするだけでも楽しさいっぱい。英語学習という堅苦しさなしに、いつの間にか英語に、そして映画にグーンとお近づきになれます。

I'm game. 私はゲーム？　→いいよ

This is it. これがそれ？　→さあ、いよいよだ

Did you have a beef with your wife today? お肉を食べた？　→口げんかをしませんでしたか

【本書のおもな内容】
- 変幻自在なフレーズたち
- 使ってみたいフレーズ20
- なるほどフレーズ203
- 見慣れた単語の意外な意味編
- 危険なスラング編
- 由来で知るから簡単イディオム編

佐藤　砂流　著
書籍　A5判368ページ
定価本体1,800円+税

<Ⅱ> Chapter 10 恋愛編

■プロポーズする
pop the question

★メリーに首ったけ (1998)
大人になっても初恋のメリーのことが忘れられないサエない男が大奮闘！ エッチでキュートなラブコメ。

手のかかる弟もうまくやっていける人だと思っていたのにあんまりよ！と恋人のことばに憤るメリー(キャメロン・ディアス)

Mary: He said that if Warren wasn't in my life, he would've popped the question a lot earlier.
彼ったら、弟がいなければ、もっと早く結婚するっていうのよ。

間接的な話しの中で使われてることが多い表現です。直接申し込むならやはり、Will you marry me? ですね。

発行　コスモピア株式会社

出版案内　CosmoPier

チャンク英文法

めざすは「自動的に使える」英文法。
決め手は「チャンク」を単位とすること！

CD付き

もっと自由に英語が使える CD付
チャンク英文法
文ではなくてチャンクで話せ！
田中茂範
佐藤芳明
河原清志　共著

チャンクって何？　それは、何かを言おうとするときに心に浮かぶ断片的な表現。「チャンク」の仕組みがわかれば、もっと自由に話し、聞き、読めるようになる。これまでの文法学習から解き放たれた、まったく新しいメソッドが「チャンク英文法」だ！

チャンクとは？
I guessとかthe company is startingとか、いくつかの単語でひとつの意味を表す単位がチャンク。頭の中で考えて、「完璧な文」を作ってからやっと口を開くのではなく、頭に浮かんだことをチャンク単位でドンドン口に出してつないでいけば、英会話力は飛躍的に向上します。

なぜ英文法？
意味のかたまりであるチャンクを作るには文法力が不可欠。本書が提示するのは、ひたすら項目を覚えたり丸暗記する英文法ではなく、本質を感覚的につかんで使いこなす英文法です。

ここまで使える！
チャンクをマスターすれば、リスニングも聞こえてきた順番にわかるようになり、リーディングも後戻りせずに頭から理解できるようになります。なぜなら、チャンクが使えるということは意味の切れ目がわかるということ。ナチュラルスピードの英語でも、どんなに長い英文でも、意味の切れ目をポンポン押さえて理解していけるのです。

【本書のおもな内容】
- ●ワクで仕切れる感じのa
- ●「あなたもわかるでしょ」のthe
- ●何を主語に立てる？
- ●変化が見えない単純形vs変化が見える進行形
- ●今への影響を語る現在完了
- ●何をどれだけ否定する？
- ●情報展開をトリガーする形容詞

〈文法の本質を感覚で身につけ〉

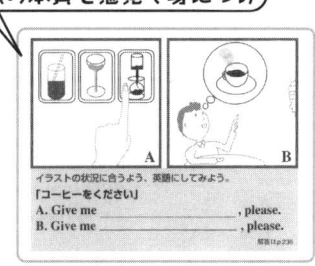

イラストの状況に合うよう、英語にしてみよう。
「コーヒーをください」
A. Give me ＿＿＿＿＿, please.
B. Give me ＿＿＿＿＿, please.
解答はp.238

〈チャンク単位でドンドン話そう！〉

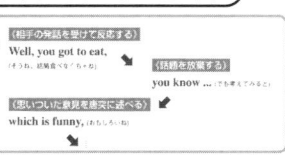

《相手の発話を受けて反応する》
Well, you got to eat,
(そうね、結局食べる〔ちゃう〕)
《話題を放棄する》
you know ... (ってよく考えてみると)
《思いついた意見を唐突に述べる》
which is funny, (おもしろいね)

田中　茂範（慶應義塾大学環境情報学部教授）
佐藤　芳明（慶應義塾大学SFC研究所）
河原　清志（慶應義塾大学SFC研究所）　共著

CD付書籍　A5判256ページ+CD38分
定価本体1,600円+税

発行　コスモピア株式会社

出版案内　CosmoPier

「名付けの魔術師」J.K.ローリングってこんなにスゴイ！

「ハリー・ポッター」が英語で楽しく読める本

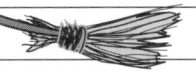

「ハリー・ポッター」は最高に楽しい英語の学習書！

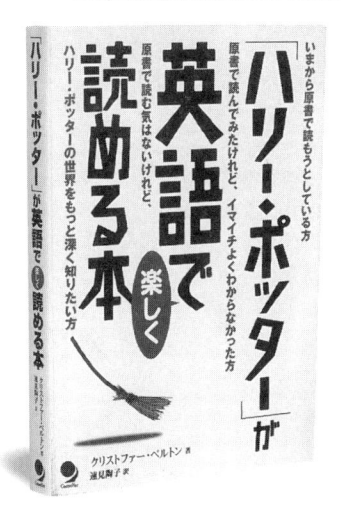

Hedwig（ヘドウィグ）、Hagrid（ハグリッド）、Hogwarts（ホグワーツ）…。何げなく読んでいるこれらの固有名詞も、魔法や魔術の迷信が多かった中世のイギリスでは、人や場所の名前に"H"と"G"の両方を使うのが一般的だったと知ると、急にこれらのことばに魔法のオーラがかかったように感じられます。

イギリスやヨーロッパの歴史・神話・伝承の知識や、ラテン語の素養がないとなかなか理解できない部分、原書を読み通すうえでどうしても必要な基礎知識を、英国ブッカー賞ノミネート作家で日本語翻訳家でもある著者、クリストファー・ベルトンがわかりやすく丁寧に解き明かします。

翻訳本を読んでもわからない、自分で辞書を引きながら原書を読んでもわからない、J.K.ローリングが本当に書きたかった「ハリー・ポッター」の本物の世界をとことん味わうことができます。

【本書の内容】

Part1 「ハリー・ポッター」英語の基礎知識
- ひんぱんに出てくる単語とイディオム
- 「ハリー・ポッター」英語の文章作法
- キャラクター　役者たちの見かけと個性
- セリフを読む隠し技
- なまり　しゃべり口調や方言

Part2 ハリー・ポッターが生きる世界
- ホグワーツ・マニュアル
- ローリングは天才的ゴッドマザー
- 魔法の小道具
- 魔法の世界の地名辞典
- マグルおよび魔法使い以外の生き物たち
- 呪いとまじない―ことばの魔術
- 魔法界のおかしなお菓子

クリストファー・ベルトン　著
速見陶子　訳
書籍　A5判272ページ

定価本体1,800円+税

発売　洋販
（日本洋書販売株式会社）

シリーズ好評刊行中！

各巻、第1章から最終章まで、原書と突きあわせて読んでいけるシリーズ。章ごとに、「章題」「章の展開」「登場人物」「語彙リスト」「コラム」で構成。

「ハリー・ポッター」Vol.1が英語で楽しく読める本	定価本体1,300円+税
「ハリー・ポッター」Vol.2が英語で楽しく読める本	定価本体1,400円+税
「ハリー・ポッター」Vol.3が英語で楽しく読める本	定価本体1,500円+税
「ハリー・ポッター」Vol.4が英語で楽しく読める本	2004年5月刊行予定
「ハリー・ポッター」Vol.5が英語で楽しく読める本	定価本体1,600円+税

発行　コスモピア株式会社